骆一禾 著

骆一禾情书

中国出版集团 东方出版中心

图书在版编目(CIP)数据

骆一禾情书/骆一禾著. —上海：东方出版中心，2019.10

ISBN 978-7-5473-1541-5

Ⅰ.①骆… Ⅱ.①骆… Ⅲ.①书信集-中国-当代 Ⅳ.①I267.5

中国版本图书馆CIP数据核字(2019)第195210号

骆一禾情书

著　　者　骆一禾
责任编辑　徐　丹
封面设计　陈绿竞

出版发行　东方出版中心
地　　址　上海市仙霞路345号
邮政编码　200336
电　　话　021-62417400
印 刷 者　上海盛通时代印刷有限公司

开　　本　890mm×1240mm　1/32
印　　张　10.5
字　　数　251千字
版　　次　2019年10月第1版
印　　次　2019年10月第1次印刷
定　　价　45.00元

目 录

世界是从两个赤裸的年轻恋人开始的(代序)

张　玞

亲爱的读者,你们将要看到的书信写于1980年代,作者是诗人骆一禾。在那个以诗歌为先锋为光荣的时代里,他曾经是北大校园诗歌的领航者,也是那十年里中国诗坛最好的诗歌编辑与诗歌批评家;当他的生命与80年代同时终结时,年仅28岁,被看作是那个时代最后的抒情诗人,而他在自己生命的最后一年向史诗性长诗所发起的冲刺,至今鲜有人能及。在他为诗而祭献青春热血的三十年后,再版他的诗集以及整理集结他未发表的遗作,既是因为骆一禾作为诗人在中国当代诗歌中的特殊意义和特别存在,也是因为我们更深地领悟到了80年代的精神生活于我们今天的珍惜与珍贵。从这个意义上说,这不仅是一份个人感情生活的纪念,也是那个时代精神生活之纯之密的一个见证。

一个诗人的生活怎可与爱分离?又怎么能不从中汲取生命的给养?这些情书不妨作为他那些升华了的诗歌的一份日常注脚,让我们更亲切地理解一种诗人的性格和命运。

而在此之前,也许,我需要先讲一个爱情故事,它从一封关于诗歌的书信开始,但却缘于一个年轻的死亡,其终结亦是如此,中间更交织着数个年轻的死亡,如一禾诗所言:“因此它是生命的写照,必然加入命运。”

那是 1982 年的秋季，我进入北京大学中文系的第二个年头，所在班级发生了一件吓人的大事：入学年龄最小的四川籍女生张延娟在宿舍里用她的一条粉红色纱巾上吊了！记得还有两天就是她的 17 岁生日，她是家中唯一的女孩，据说她是家乡那个县城里唯一考上大学的人，考上的还是北大！

宿舍门一个上午反锁紧闭，我是最先撬门进入的两个女生之一，眼前所见当真是五雷轰顶，班长喻天舒大姐慌乱中到处寻找剪刀，我则拔腿向外跑，想着应该马上去叫医生急救。从 31 楼到校医院不算很远，那不到千米的路程我跑得无法呼吸，喉咙剧痛双耳失鸣，腿就像在噩梦里一般拖不动。最终，我记得自己在午间空荡荡的医院走廊里凄厉大叫，这样也是没救的了。后来看到她被我们班几个男生放在担架上抬了出去，难以想象她个子矮矮的那么一个女生，现在五六个人都抬不动。死亡真是沉重！我的眼泪这时才落了下来。

两天之后，我们同班四个女生一起搬进了 215 室，原先与娟子同屋的人是再也不敢住在原地了，空床是条件不允许的，于是来自两个不同宿舍的两对好友自愿入住结成了新的小集体——她们就是一禾信里常亲切提到的 A、B、C、D，我们按生日这样地排了大小，其实呢都差不多大。我睡在了娟子的床上，我们把屋子整理得干净整洁甚至可以说漂亮，书架上摆了很多心爱的小物件。第一个晚上是怎样入睡的呢？好像是熄灯前，四个人各自坐在床上，安静地写日记。这一幕恒久地被我记得，其实也是日后经常的状态，我跟同屋的大学时代非常美好，因为最初情形下的选择，已是难忘的情义。

入住不久，同系七八级的师兄潘维明和刘晓峰到新宿舍看访，大概既需要作些调查又有必要对师妹们进行安抚吧。当时宿舍里为啥是我一个也记不得了，未见得是点名要找我谈吧？

那天下午我好像说了好多话，把娟子的事儿从头到尾说了一遍，说得两位师兄频频点头，临走前说会再派一位师兄来跟我聊一次，我很纳闷，聊完了呀。过了两天，七九级一位叫赵仕仁的师兄果然来找我续谈，看意思是想让我写点什么。这是要一个调查总结还是一篇报道？这怎么写？瞬间我就反问起他来，写张延娟的故事有什么意义？写这种死亡有什么意义？这本该是我自问的，可我却把问题抛给他，就这样进了另一种维度，它跳出了事实的陈述与真相的甄别，直接针对生死、青春、幻想、文字、真相，以及是什么赋予人生意义？是什么给予故事真实性？其实我的脑子是乱的，谈这些哲学或人生我还没有资格也不懂，因为不能接受张延娟的死而导致对事件的无从论起使我有一股强烈的怨怒情绪，让我对娟子的死倍感刺痛。

仕仁兄始终不慌不忙地跟我说话，有时也扶头陷入沉思。末了，才对我说实话，他奉师兄们之命要组建燕园新闻社，他们看中了我。噢，原来这是一次面试。接着他很关心地问了我一些个人情况，诸如我从哪儿考来的，有些什么文学想法之类。大概是我说了自己写了点幼稚的破诗之类，仕仁兄便嘱咐我下次来报到，一定拿给他看看。又过了两天，我去 37 楼学生会燕园新闻社报到，把抄好的两三张作文纸给了他。他说他们班有个大才子，诗写得特别棒，说让他看看给我评点评点。不久，他真就带回来长长的一封信——这封信就是这个集子里的第一封信。

我的习作被如此认真地对待，特别令人感动，这人的文字也立即让我臣服，真是诗人真是好老师啊！多年后再看那封信，我惊讶地发现在那么幼稚的诗里，也是有点宿命感的：我现在也是有一封不知如何投递的信。

老赵接着约我去见这位老师，这个建议简单到就好像他请我顺道去宿舍串门一样，我没多想就去了。只在进屋的瞬间我突然感到畏缩，我不知道自己是干吗来的。拜师吗？好像我真要写诗似的，我什么时候想成为一个诗人了？我不知所措地站在屋当中，惊讶地发现那个我要拜见的人还在老赵的上铺睡着没有起床，这都几点了呀？等他下床，空气早已尴尬凝结，我一句话也说不出来，头发乱糟糟的他也不能与我对视，老赵没事儿似的自说自话，不知说了多久，最后一句竟然是：没事，你俩一起去看电影吧！半个多小时的见面我啥也没记得，就记住这句话，庆幸它结束了我的尴尬：既然这不过是老赵一厢情愿地要给自己的同屋好友介绍女朋友，那我能做的也就简单了，对他的信表示感谢，然后麻溜离开。

师兄真是好笑啊，都什么时代了？我们又在哪儿啊？恋爱不能自己谈吗？搞得跟相亲似的，从头到尾这就是他下的套呀！我决定以后只去燕园新闻社再不去男生宿舍了。老赵倒也若无其事，常常到我们女生宿舍这边来，一来二去我倒跟他们班女生熟了起来，尤其是跟老赵很要好的师姐丁玫。我们宿舍挨得近，师姐们很有生活气氛，不是打毛衣就是手工缝纫的，而且一半都有男朋友了。

天气开始冷的时候，老赵召集开会，有个新的任务：当时的校团委李书记希望我们能办一个新式的共产主义教育展览。这个临时成立的策展小组，后来被我们戏称为"共产主义小组"。老赵带出了自己的"文七九"三剑客阵容，除了骆一禾，还有何拓宇，而核心头脑就是李书记推荐来的老大哥、当时哲学系的研究生朱正琳。我只是个打酱油的小跟班，所谓工作就是替他们打饭、领点材料、刷刷糨糊。鉴于老赵下套未果，现在他们仨全都默契一致地拿我和一禾往一对儿里算计，不加掩饰地暗示、诱导，可我自打开始就被这个小组的魅力深深吸引，根本无力自拔，倒几乎天天要跟他们泡在一起。

老朱是个传奇人物，年轻时曾因跟一群哥们在贵州图书馆偷书看而进了监狱，通过北大研究生考试却因资格问题被拒绝，后来他的上诉信登在了《青年报》上，最终被破格录取，所以他大我们十几岁。当然，他跟太太的恋爱也很传奇，讲课之余的闲聊，太太是经常被他挂在嘴边的，我特别记得的一个细节就是：每次他太太往监狱里送的牙膏都不是同一种牌子，真是忠爱无极呀。说完他自己的恋爱故事，老朱顺手就过来敲打我："小姑娘，恋爱要趁早噢！"对此，我只好用爹妈不允许来抵抗，虽说是真的，但无人搭理。彼时，我们无穷尽地迷恋老朱给我们讲课，从西方马克思主义、存在主义，一路开讲到大文明没落、大文化迁徙，完全是倒栽葱式的醍醐灌顶，直接往我这 1.5 级文学基础课还没上完的空瓶子里面倒。有些时候，还有点三英战吕布的意思，他们三个年轻的兄弟轮流质询老朱，说不过了就撂话，什么五年十年之后批判你之类。我是专心听讲的"小兔子"，老朱这样说，我还没来得及高兴，他就接着说，可是这个小兔子总想惹人注意。我臊得不行，老朱不比其他师兄，是叫我敬畏的，而他狡猾地在我的本子上写：一禾说你路子对！

小宇是个叫人开心的家伙，有点坏坏的魅力，他的言语总是那么风趣、幽默，什么事什么人被他一讲便是妙趣横生了。倘若是我们几个一起，我一定是先对着他说话，一禾在边上倒是沉静少语的。然而，眼看着女生宿舍门要关的时候，小宇就会一本正经地说，让一禾送你回宿舍，我懒，美女我也不送。

我们办展览的地方在新建的三教一楼 100 号，最东头的大厅，那时还未使用，夜晚回到 31 楼要经过空旷的五四运动场边缘和未修整好的工地，有点黑漆漆的，但比那个更让人担心的是，我要和一禾独处。不是没有推拒，但他已经拿起了我的大衣。一路上找着话说，我紧张得不行，甚至没来由地绊了一跤，很是狼狈，冲口就怪他，马上又被自己的无赖惊着了，人家始终是碰也没碰我的呀。及至飞也似的逃进宿舍楼的灯光里，我才松了一口气。

之后，我对一禾产生了好奇心。他绝对不是一个讷于说话的人。当老朱讲课的时候，不难看出三人之中最有才学和语言能力的就是他，而且他记忆力超强，能大段背诵诗歌或他看过的书，我们展览中的大多写作工作都摊给了他。老朱就写了一个漂亮的序言，开头抄的是《共产主义宣言》：一个幽灵，共产主义的幽灵，在欧洲上空盘旋。

可是他为何总显得那么忧郁呢？我开始有意无意地向老赵和小宇打听。比如问小宇，你俩性格差距那么大怎么成为好朋友的呢？小宇说他们俩成为好朋友的特点就是，他能说一晚上而一禾一句也不说，可是彼此感觉都特好。我有点明白了似的，之后便渐渐习惯了一禾默默的陪送。至于老赵，总算是约略透露了些一禾在失恋的信息，凭着小女子的直觉我也不难猜出那人是谁。当时常来我们“共产主义小组”串门的就是老赵的小女友、法语系的晓霖还有师姐丁玫，那时，我已经读过她的几首诗了，一禾爱上她一点也不奇怪，遗憾的是，我已经在宿舍见过丁玫师姐青梅竹马的清华男友了。

理解了一禾的暗恋之苦，我也就理解了老赵的煞费苦心，从此解放天性，再无尬念，高高兴兴在组里扮演插科打诨、集万千宠爱于一身的小师妹角色，因为我喜欢他们所有的人。那真是一段欢乐的日子，对大家都如此，最快乐的莫过于一起唱歌。这是从哪天开始成为我们的一个聚会传统的，我记不确切了，但肯定是一个大家都在37楼的夜晚，丁玫和晓霖也在。大概是老朱提议的，一开始是合唱，从大家都会的苏联歌曲开始，《莫斯科郊外的晚上》《山楂树》《喀秋莎》到《红河谷》《深深的海洋》《鸽子》《啊，朋友再见》等。通常是一个人想起一首就起个头，大家马上加入。噢，在那个还没有卡拉OK的年代，我们会唱很多外国歌曲，把世界各国溜完了一遍之后，我们便开始唱刚刚兴起的校园歌曲《走在乡间的小路上》《外婆的澎湖湾》之类。老朱不大会这些时兴的,便打开箱底唱他的恋爱歌曲,声称以前都是给他太太唱的,都是些我们没听过的外国民歌——

“我怎能离开你,我怎能舍得你,爱人请你相信,我只爱你。有一朵蓝色的花,名字叫勿忘我,佩戴在你胸前,思恋着我……”

“我今日上山漫游,梅姬,想起当年往事,小溪荡漾水车响,梅姬,仿佛当年同游时……”

“不知道为什么这样忧伤,我心中只有悲哀,有一个古老的故事,叫我不能忘怀……有一个美丽的少女,她高高地坐在山上,她有着金色的头发,一边梳一边歌唱……罗蕾拉的歌声谁听了都会哀伤,罗蕾拉用她的歌声将他这样埋葬。”

老朱嗓子不怎么地,却唱得很有板眼很抒情,惹得我也开始独唱,“不要责怪我吧妈妈,我是那样爱着他,没有他,我一人生活,叫我如何寂寞”。记得当时我跟小宇唱得最默契的就是“总是要等到考试以后才知道该念的书都没有念”的那首《童年》,最符合我俩的性格。而大家最爱跟我一起动作的,就是《拍手歌》,“你要感到幸福你就拍拍手……跺跺脚……”,最后我能把挤鼻子弄眼全都给带上去。到最后,我们总会唱《国际歌》和《友谊地久天长》,所以,对我来说,那一天总好像是圣诞节。

在以后很多次的聚会里,都有这样歌唱的场景,我记得一禾和小宇最爱合唱的,也是他们唱得最好的就是侯德健的那首《归去来兮》。“归去来兮,田园将芜,是多少年来的徘徊,啊,究竟苍白了多少年,是多少年来的等待,啊,究竟颤抖了多少年,归去来兮,青春将芜,老友将芜,心琴将芜……”而很多年之后,我再也无法去唱这首歌，因为老赵、一禾、小宇都不会回来了。

这快乐的日子过得非常之快，转眼元旦过完了，展览也结束了，最后一天小组活动，是1月8日，晚上在100号。在小宇还没从家里回来的时候，一禾说有东西要送给我，我高高兴兴被他拉着手走进了隔壁的教室，门一关，他未去开灯，而是一把将我拉进他的怀里，使劲地吻我，同时一只手也伸进了我的胸口……我僵在那里，这一幕突如其来，我完全不知如何应对！过了一会儿，我听见老赵在喊我们，显然是小宇来了，他在找我们。我们顿时都像做贼一样，动也不动，彼此听见咚咚的心跳，大气不敢出，不敢答应，待在黑暗中。不知过了多久，我俩假装没事出去，加入大家。但我觉得一切不过是掩耳盗铃，谁都瞧出我面红耳赤的不自然吧？只是没人忍心追问罢了。

我懵里懵懂地照旧被送回了宿舍，再一次一路无话。坐在床上，我也想起这就是我的初吻了，皮肤便一阵阵过电。即便是后来的初夜，也不曾像那一吻让我身心雷电通明，震颤到体无完肤片甲不留！

一禾大概也是一样，因为第二天一大早他就突然出现在我们宿舍门口，找了个没来由的借口，但我甚至都没法请他进屋，还有人没起床呢。不过，我明白他的心思，他仅仅是想看看我怎么样了。我微笑着向他表示我正常，但也没正常到会说话的程度，而他也很快地蹿开。我端着脸盆出去洗漱，在走廊里看到他仍在楼下张望，于是又朝他挥了挥手。

几天之后，再有独处的机会，是我送他到北大南门坐车回家。他毕业在即，只剩下论文，而我面临期末考试，压力山大。由是，我也没想弄明白在那一吻之后我们是何关系，以前我认定我无诗才不是他的菜，现在他却表白了他的激情，可为何不等到我毕业？无论是师姐的存在还是爹妈的教训，都使得我感觉恋爱最好是以后的事，我甚至认为他肯定是明白这点的，因为在这个小组里面、在我喜欢的人面前，我从未遮掩过一点自己：大学期间不打算恋爱，跟他们的差距太大了，要读的书太多了，友情比爱情更重要等等，这些话都是我认真说过的。于是我第一次看到了他的一点窘迫、非典型性师兄的表现，他说他不知道展览过后，我们是否还有机缘常在一起，而不在一起，又会发生什么事，况且，他再有半年就要毕业了。想想，我们都说再想想，但他说可以等我毕业再来看我。

必须要提到的是，1982 年最后的一两个月，对一禾而言不光是产生了新的爱情，更重要的还是他思想的转变，很多年以后他在自己的诗学《美神》中这样写道："我想提到一位长兄，一个我在诗论《春天》里提到的背着空布袋走过沼泽地的智者，他在一个冬天里引导我的思想走上了今天的道路，并使我领会了这样一句话的全部意境：'孩子，我已经让你看到了时间和空间的火焰，其余的我什么也看不见了。'这是维吉尔在《神曲》里所说的话，而我在青年时代得以感受到这样的真实和幻美。"

这个兄长就是我所说的老朱。

寒假跟家人过得很快，3 月回校后第一件事就是去老赵他俩的宿舍看他们，我发觉自己真是很想念我们的"共产主义小组"。老赵很快告诉我他们又有了一间办公室，平时就用作聚会的地点，37 楼 137 室，他们三个几乎轮流住在那里，而我呢，继续殷勤地每日饭点到那儿去给他们打饭，甚至用煤油炉做饭。后来小宇郑重地夸奖说，张玞同志给我们 137 室带来了家庭气氛。没人在意我们成为恋人的事实，在他们眼里早就如此了，而我俩也顺理成章没再去讨论我们的关系。讲真？除了私下里偶尔有机会偷吻，表面上的日子也可以说变化不大呢，快乐的"共产主义生活"继续主导着一切。

当然，生活的内容还是极大地丰富了，尤其是对一禾和我而言，那毕竟是最后同校的半年，我们好像是在抓紧活动，实际上是抓紧时间相处。

首先是老赵怕我没了展览之后脱离组织，赶紧给我派了一个编《文摘报》的活儿，在屋里抄抄剪剪的；而一禾和小宇则觉得有必要将我安排进文学社团。那时五四文学社基本上都在七九级和八〇级师兄们的掌控之下，社长是他们同班的胡迎节，小宇和石冰是小说组的，一禾本人是诗歌组组长，同级的诗人沈群、丁玫、熊国胜、老木，还有八〇级的于慈江等，都是他的组员。后来很多回忆和评论都把一禾看成北大诗歌的领头人和开启者，我也亲眼见证了他在北大的诗歌活动，比如他和西语系一个叫作“五色石”的诗歌小组接触，其成员除了西川，还有后来跟我成朋友的陶宁和李东。学期快结束时，八〇级的师兄张颐武带着法律系七九级的诗人海子来见一禾，我就在场旁听，他交上的诗是《山的儿子》，每句老长，跟后来他的诗风很不一样。西川和海子毕业之后仍旧跟一禾保持着诗人的友情，日后就被看作是北京诗坛的一个三人组。一禾对诗歌美学的论述以及对别人作品的评论绝对是精到富学的，所以他总是很能征服人。我想说的是，他后来当《十月》编辑的才识能力在那时便已显露无遗。

我自觉自己没什么作品，诗歌和小说组是绝对不好意思进的。想着或许进评论组比较合适，那时一禾的同屋李景强还有师兄张颐武似乎都是评论组的主力，我凑过去也不难。后来我短暂地参与过系刊《启明星》的编辑工作，但最主要的还是在“影评组”里找到了兴趣所在。最开心的是一禾、小宇、石冰等也一起参与进来，后来，我们干脆就成立了一个独立的组织——北大电影爱好者协会，会长是王晓庆。由此，在校期间我看了很多电影，还经常拉一帮朋友去看。毕业以后,文学批评和电影制作也真成了我多年从事的领域。

回想那半年,整天在 37 楼里进进出出,我认识了很多一禾的同学、团委和其他社团里的诸多师兄,有点活跃分子的小名声。大学时代,交友是非常重要的一科,我那时对自己的幼稚深感不堪,渴望成熟,所以尤其喜欢听那些比我年长的、有点社会阅历的人聊天。彼时经常出入 137 室的,除了跟一禾来往的文学才子们,老朱他们 28 楼的哲学家思想者,还有跟老赵一路的中文系其他师兄老潘、刘晓峰等,在北大团委里面,他们都跟李师兄一样,是立志从北大出去从政的精英。除了谈国家大事,偶尔也谈点别的,有一天,看我在宿舍里给大家包馄饨,李师兄便饶有兴致地教导我怎样在馅儿里包出汤来。

小宇那时跟我讲,他们这"文七九"的三剑客是有明确分工的,老赵是中国的头脑,他将来是要从政的;一禾是中国的良心,他将来一定要成为文学大师,中国最好的诗人。我说那你呢?你难道不想成为小说大师么?他笑着说,他们俩把大事都给干了,我就什么也不用干了呗,我就做个中国的胃!舒舒服服地整天吃喝玩乐,享受生活……顺便拉出点小说来。看着我冲他做鬼脸,他很严肃地说,你笑什么?没生活你写什么小说?我就是要生活。小说?就是个顺便的事儿。一禾不是说么,为了朋友的光荣甘愿做一个光荣的朋友,所以,除了生活,我还得写点什么,谁让我跟他们混呢。

这个段子很著名,因为小宇喜欢跟人讲,每讲就很得意,我敢肯定这是他们仨某天深夜长谈各自理想之后,小宇即兴创作的段子。他倒是给自己安排了一个潇洒的位置,可是你怎么能缺一个潇洒的朋友呢?这个角色非他莫属,他似乎一直过得很潇洒、快乐,他们共同的朋友向东说,那个小王八蛋简直没有一刻不是快乐的。直到有一天他潇洒不起来了,便断然结束了自己的生命。我觉得大概可以这么理解他。

我因为这样有趣又广泛的交往、聊天,几乎完全忽略了与本班同学的交往,内心深处,我甚至认为跟同年龄的同学交往没啥意思;但女生宿舍除外,因为有很多恋爱秘密需要深夜长聊。我们班男生不得不到走廊另一头的七九级宿舍去打听,才知道我已经给师兄拐走了。

说到恋情,那半年,我们的感情是青涩的,就像很多初恋一样。

开学没多久,一禾的大姐小蛮突然因病去世,而这病又牵涉起其丈夫对她的罔顾和不时家暴。一禾幼年随父母下放,稍大些在北京上学,是跟大姐相依为命的,受父母的牵累这个姐姐嫁得最为不好,才有如此悲剧发生。一禾当时是力主上诉公堂为姐姐求个公道的,但家里商讨半天最后作罢,令他不仅伤心更是忧愤。所以,我总觉得他还是像以前那样忧郁。

而老赵呢,突然决定跟晓霖分手,回归他那个考上了武汉大学的青梅竹马、同样学法语的福建女孩林建桦那里。对此,一禾立刻骂他事儿做得损,老朱也是不赞成。我和丁玫倒是同情老赵的,想想说到爱情,又有什么抵得过青梅竹马呢?毕竟老赵和晓霖也没处多久嘛。对此,一禾头一次冲我发了火,吓得我够呛,也很委屈。老朱和一禾仍旧决定带晓霖玩儿,有时我们就剩下四人了。渐渐地,我就感觉晓霖仍留下跟我们在一起,并不是为了老赵而是为了小宇,可我也不敢说呀。

也许更复杂更深的一层是,丁玫毕业去向的问题给她和恋人带来了危机,我不能不感觉到这也牵动着一禾的心,而我也亲眼见得师姐的忧伤;一禾有位极其漂亮的女同学陈燕妮,原先是老在通信的,如今一禾竟要背过身去撕她的信了。我明白这一切皆是关爱,不同于小宇的潇洒,我深知一禾的善良与重情。说到底,是我有点不自信,论才华论友情的根基我都跟这帮哥们姐们差得太远,一禾越是说我快乐的性情使他受到了吸引,我便越是不自信。这并不是说,我们俩的关系出了什么问题,只是我开始品尝到爱情的苦涩,有时也会莫名其妙地惆怅了。

可是大学的生活是如此活跃,我没那么多时间自哀自怜,更高兴的是,我跟一禾有了更多的活动。比如,我们确实一起去看电影了,一起去逛书店了,一起去听讲座了,一起去听音乐会了,一起去图书馆借书了。虽然集体活动仍居首位,但我们有了更多的单独一起的机会,一禾也就更多地成了我的导师。他总是会给我挖掘和表达自己审美感受的机会,这时候,他是否是我的情人并不重要。

我们常在一起散步、聊天,未名湖畔、宿舍楼之间的小道,留下了我们无数的脚印。我记得有一天晚上,就在31楼南门外的小树下,他说起老朱说过的,三十岁以后就不写诗了,因为诗是属于青春的。想起他曾经跟我叹气,说这辈子好像只会写诗,别的都不会,我不由得问,那你干吗呀?他回答说,他可以写散文呀,写小说呀,然后把毕生贡献给一部美学巨著,或许,最终他要写一个戏剧。他跟我说,文艺复兴往往以诗歌做先锋旗帜,呼唤新思想的到来,然后以小说为中流砥柱真实地表现那个时代,而最后为那个时代总结的是一个戏剧。那天,他跟我聊了好多题目,最后他问我你想写啥?我想起自己恋爱之后又写的几首小诗皆被他批评为平平、幼稚,就笑着说,有你在这里,我写诗还有啥前途,我还是写小说吧,或许我还可以写电影剧本。他提到入学头两年他也跟小宇合作写电影来着。末了,一禾停顿一刻说:“你知道咱们俩这叫什么吗?”我看着他,他说:“年轻!”

我们年轻么?快到期末的时候,六月,我要过二十岁的生日了，天天都很紧张地跟大家伙儿唠叨，怎么过呀？我要老了哎。小宇咳嗽，怎么说话呢？比你老的可都在这儿呢。我理直气壮地说，你们男的没事呀，过不过二十的都是青少年、小伙子，可我之后就是二十岁的大姑娘了，人家再也不会叫我小姑娘了。全体哄堂大笑。最终，我决定去照相馆照一张相，留下我十九岁的倩影，可笑的是洗完一看，老相得不得了，我记得那天熊国胜正好来，我还拿着照片给他看，是不是比我本人看起来老多了？一禾懊悔地说，早知道应该让你去王府井照相馆照，那有个师傅是给周总理照过相的。其时他三姐是在那里工作的，一禾没有食言，我的毕业照就是在那里照的，非常的小姑娘，跟我妈年轻时一模一样。

想我在北大十年，未名湖陪伴了我多久？后来我又跟一禾留了多少合影？在海边的、在山上的，但是留在脑海中最恋人的身影，就是二十岁生日那晚，他陪我坐在湖边，度过十九岁的最后一个小时。那天蚊子在我腿上咬了很多包，六月的石阶也是充满凉意，硬邦邦的，但就是舍不得离开，头靠在他的肩上，有种终身相许的依赖感。

年轻的紧迫感一直压在一禾心头。最后那半年，他依照着老朱的导引，去看汤因比的《历史研究》、斯宾格勒的《西方的没落》等许多大部头的史论著作，完成了毕业论文《太阳城》。借评论北岛这位 80 年代朦胧诗的领军人物，早在新一代诗人喊出 PASS 北岛之前，一禾已经辨析了他们的价值与意义，与他们拉开了距离，选择了自己要走的方向。同时，他开始在《青年诗坛》上发表诗作，新出版的诗集也不断收选他的作品。那时，拿着一禾的稿费到燕春园去撮一顿是我和小宇的一大乐事。小宇总是说，哎，蝈蝈儿，你去查查，一禾的稿费到没到？蝈蝈儿是向东给我起的绰号。

毕业在即，分离在即，一禾总觉得该跟我一起出去玩一次，以增进我们的爱情，而对小宇来说，在朝九晚五的上班日到来之前，彻底地放飞一次也是必须的。我不能确定去北戴河的计划是小宇的提议,抑或是不谋而合,但我有一种感觉,大海是他们俩共同的向往,因为最早他们合作的剧本,就是以大海为背景,有老船长、少年、海鸥这样一些人物。而后来,小宇对一禾的纪念,也以大海为背景。

在小宇兴高采烈的"让我们看海去"的欢呼中,我真是犯了愁。因为始终,我有一个问题。大概四五月的时候,回家一起吃饭,爸妈在吵架,我不知哪儿来的一股傻劲儿,突然宣布:告诉你们一个好消息啊,我有男朋友了!这下,他们就炸锅了,开始我还信誓旦旦,绝对不影响学习,我男朋友学问比我大了去的,可是完全没用。有生以来第一次跟父母发生了激烈的争吵,最终撂下一句话,我二十了,你们管不着!母亲头一次听女儿这般说话,愣了半天嘭地跪在地上,好!都是我对不起你是吧?!我吓傻了。此后,我每次回家都是畏畏缩缩的,总感觉自己被监视,家长们用冷战的方式逼着我分手。如今我还要提出跟男朋友一起出去玩儿,怎么敢呢?是不是得干脆来一出私奔呢?

幸好一禾和同班的旺子决定一放假先去广州玩,小宇表姐的同学李向东在那里等他们,他们还要一起拜会刚给一禾发了诗的《青年诗坛》主编林贤治。其实,向东和一禾认识已久,通信已经有相当一段时间了,互相交换过诗,一禾给我看过向东的信,字写得漂亮极了,他居然叫他小常春藤!就是对一禾有女朋友这件事相当地不感冒,信末直接警告,女朋友之类的东西是会影响男朋友之间的友谊的。这惹得我马上就问,小宇和向东,你跟哪个最好?一禾把向东排在了第二,但这也没让我放心,我说不行,我得给他写信,我不是这样的人啊。总之,我去一禾家(他们对一禾谈女朋友这件事倒无异议,见我也不过是有些考察的意思)送他的时候,心里还是惴惴不安的,一禾跟我说他会给我爸妈写信解释。最终,在我和小宇及其航院朋友出发之前，一禾的信总算是寄到了我们家，他恭敬的态度和信皮儿上的地址，终于也让爹妈对我放了行。而一禾呢，从广州回来没两天，也跟小宇另外三个朋友一起到北戴河与我们汇合。

小宇的朋友是北戴河的村民，我们一伙人都住在他们家，白天在海边游泳晒太阳，晚上吃点农家蔬菜喝喝啤酒，然后坐在屋顶上乘凉海聊。跟一禾一起来的朋友里夏阳和潇潇是北师大中文系的一对恋人，因为只有两个女生，我跟潇潇很快就进入闺蜜模式，她问你跟一禾怎么好上的呢？我叽里咕噜说了一通老赵下套的故事，可她却提了一个我没想过的问题，哎，你怎么没跟小宇好呢？我一时也不知怎么回答，恰好这时小宇也走上屋顶，单膝跪在我面前，双手放在我膝盖上看着我说，哎，我说张玞，你没发现你跟一禾好了之后我都憔悴了吗？我刮了一下他的鼻子，意思说，去！后来我把小宇这话告诉一禾了，他有点气恼地说，那他倒是跟我说呀！

海边的日子快活得不行，我可以跟一禾趴在皮垫子上漂好远，夜晚在海边散步，看到海里飘着绿色的海藻，惊喜得让我蹦蹦跳跳的。男孩们整天光着膀子想晒黑点都晒蜕皮了，我整天穿着小宇的大浴袍戴着大草帽捂得严严实实，但最后伸出胳膊一比，我最黑。

接下来是一禾上班我上学的日子，也就是 1983 到 1984 这两年，那是我们通信最多的日子。为了不影响工作和学业，我和一禾约定一两周见次面。对初恋的人来说，两次见面之间真有无尽的相思之苦，除了每天在楼道里排队打个电话以外便是写信，好像是每天一封的节奏，写两封也是有的。这种约定也未必能全部坚守，但坚持约定是我的自律。跟一禾在学识上的差距，我需要更勤奋地读书来弥补，差不多他一毕业，我便下决心考研，后来一直读到博士，都有这种动力在里面。我一心要做谢冕老师的研究生，也是因为谢老师是新诗评论大家、诗坛领袖，感觉我能从事新诗研究，是可以跟一禾成为“贤伉俪”之类的搭档的。没有课的日子，我便早早地到图书馆占座读书，三教楼开放之后有了晚自习，我也常常在那里待到一两点。日记也没时间写了，晚上上床前的时间都用来写信。由是，我很早就开始用效率手册这样的东西记事，直到考上博士。我每次翻这些手册，都得意于自己基本保持着一周读三本书的节奏！当然，这是囫囵吞枣式的学习。

那些年工作还是国家分配，各行各业都急需大学生人才，早毕业的同学得到了好岗位，但我一直乐于留在学校，也是性情使然。学生生活简单好玩嘛，读书对我从来不是苦差，考试也吓不倒我，在这方面我是属于既聪明又有考运的那种人。我一直觉得对自己感兴趣的问题进行深入的研究是很快乐的事，所以，选修课及写专题论文最为我重视，也常能得到老师的夸奖。在师兄们走了之后，我便把旺盛的社交精力全都投入到食堂舞会上去了，除了传统的交谊舞，我还去学新流行的迪斯科以及国标舞，以致到大四混进了北大艺术团成了“专业人士”。这期间我又结交了很多不同系的朋友，多数是师弟师妹，俨然有点大姐大的意思了。

这些密集的信，基本可以呈现那两年我们的爱情生活，需要我补充讲述的不多。第一件重要的事是 1984 年的春天，向东带着女朋友关佩来北京玩，被旺子安排在他中关村的单身小屋。那时，我们班正要去郊区植树，我可舍不得为了这事不见一禾最好的朋友，于是旺子就想办法给我搞了一个病假条。当然，这件事后来败露，我受到了班主任老师的批评。可我一点也不在乎，因为在那三天独宿的机会里，一禾和我终于偷尝了禁果。我不知道我是否应该为此而感谢向东的到来，他甚至带给我香港出版的《查泰莱夫人的情人》，一本当时很有性禁忌意味的书。当然，这并不妨碍他在长城上给了我一个下马威，狠狠地用脚绊了我一跤，痛得我当场哭起来，更把她的女朋友扔给我，单独跟男生们聚会。我便教唆关佩喝酒，我发现她还挺有潜力。半年后他又来京一次，是因为要去日本留学特地跟朋友们告别，当时他醉得十分惨烈。

那时小宇也有女朋友了，是北航的女生褚雪清，来自安徽。其实从海边回来，我便觉得小宇确实该有个女朋友，曾经试图介绍师妹给他，这类乱点鸳鸯谱的事儿我给一禾的同班好友老熊也干过，貌似颇得老赵真传，但比他还不得要领，最终毫无结果。一禾和小宇一起被分配到《十月》编辑部没多久，小宇约我俩到他家吃饭，理由在一禾看来有些神秘，为此还专门到学校里给我留信通知我。那天他就把雪清介绍给了我们，介绍得极其含糊，这就是我那个……那个……咳，你们明白吧？吃了一晚上，我也没明白这个女孩是从哪儿蹦出来的，完全地欠交代。以致回家的路上我愤愤地对一禾说，凭什么他约会，我给做饭啊？以后好几次他的约会还是这样，冬天他计划给女朋友买双冰鞋，竟然让我列入一禾的预算计划，搞得我很长时间对雪清无感，直到她到北大来找我玩，我才接受了她这个朋友。几年后她也跟向东去了日本，而分手的最初矛盾源于小宇不肯结婚，到最后他也没结婚。

毕业之后，老赵的日子是最不如意的，高检是他的选择，但实际去了又很不习惯那套体制，跟女朋友又长期两地分居，心情的低落可想而知。毕业后我跟一禾和他的朋友们大致还能以中关村为中心时常聚会，因为有旺子小屋和小宇北航的家，我跟陶宁成了闺蜜，住前后楼，石冰和一禾这俩同班兄弟搞得也跟连襟似的，常常能碰在一起。可是老赵在王府井离得远，国胜在八一厂也离得远。

到了 1985 年 6 月我生日前后，我花了几天时间不眠不休地誊抄完了关于曹禺的话剧《雷雨》的毕业论文交给了导师，而考研的事情也已落定。谢先生那年不招生，我便照顾了一下自己的戏剧爱好,考了陆颖华先生门下的硕士,专业方向是当代戏剧,所以很有些大功告成的感觉。那个夏天我便常常跟闺蜜、同级经济系的雷音等一干文学好友去颐和园后湖游泳,一禾也来参加过一次,他提到了老赵的低落,说老朱也知道,过两天准备叫仕仁一起去怀柔水库玩。

一禾从怀柔回来,正好赶上我们同屋几个一起去看电影,他也就跟着去了。我们看的是滕文骥拍的电影《海滩》,其中有一个傻孩子落海的情节,一禾默默地流出了眼泪,而我专心看电影竟然没觉察。走回宿舍楼,他拉着我没让进去,难过地告诉我老赵没了。说什么呢? 我完全不能相信!

事情大致是这样,老赵不会游泳,一直是抱个游泳圈在水库里泡着。另外两个女生也下了水,合用着一个游泳圈,一个想往中间游,另一个却不敢了。老赵就把自己的游泳圈给了她,自己朝岸边扑腾过去,也许他觉得这不过是很近的距离,可是没到岸边他就下沉了。当时老朱跟一禾在岸边聊天,看到了老赵的扑腾,冲下去想拉他一把,没拉到。接着所有会水的人都跳下去找他,却一无所获,谁也不知道岸边有一道几十米的深沟。直到潜水员来了,才把老赵的尸体捞了起来。

我嚎啕大哭,就站在路边,不管不顾。他是我和一禾幸福的连接者,此生最为感恩的朋友,可他竟然如此年轻、如此轻易地就没了?! 前两天我还给他打了一个电话同他说笑呢;而一禾也记得他赶到老赵住处跟他一起去怀柔,老赵给他煮了一碗方便面,还非要给他加上橙汁增加维生素。接下来的一周,一禾和老朱奔波于北京和怀柔之间,接待他的家人和几乎疯了的建桦,料理后事。老赵遗体告别那天,我去一禾家,发现他因为牙床肿痛已经几天吃不下东西,喉咙也变得嘶哑。我心疼地抱住他,他也紧紧地搂着我,说我们要好好地活下去! 在八宝山火化厅里,我们几个亲近的朋友一起最后陪伴着已经被放在传送带上的老赵，看到建桦用手绢擦着他耳后的血渍，我又一次哭出声来：我不敢碰你，原谅我，老赵。

之后，情形也不大好的一禾坚持要送建桦回胜利油田，她已毕业被分配到那里工作。路上，一禾翻看了朋友的日记，他感到自己的朋友毕业后不仅鲜有快乐，更渐渐失去了思想和阅读，以前的老赵是一个多么爱谈思想的人哪！那是没过三两句便要单刀直入地挑起一个重大话题的人。而最让他感到痛惜的是，从日记上他分明地感到老赵一直是个处男！即使是跟女友过夜，他也克制了自己的青春冲动。

七月末的最后一天，一禾和旺子几个朋友把仕仁的部分骨灰埋在了临湖轩西北侧一处向阳的山坡上，面朝未名湖。一年后，一禾写了两首题为《黄昏》的诗都是祭献给老赵的，仕仁就是他黄昏时的忧伤啊，而他在《美神》诗论中提到这位故友时说，是他曾经鲜活的青春融入了他的诗歌血液。老赵于我一直是大哥一样的存在，他不是个会开玩笑的人，他的政治思想我委实也不大懂，除了是个笑眯眯的人儿，我想不起他更多的细节。唯一不忘的印象就是在37楼，当我和一禾抱在一起喃喃私语的时候，他可以安之若素地坐在对面桌前看书，这是一个我们初恋的守护者吧？他在给我的贺年卡里写道：我知道，点爆竹时你不会捂着耳朵，你是个大胆的女孩。我相信，你要比那些胆小的女孩有更多的福气和快乐。

一禾早期的诗歌跟青春与友谊密切相关，是因为他有这样一些感情至深、默契共鸣的朋友。他很在意朋友，也很在意他们的感情归属，在我的印象中，旺子和小陈儿的分分合合，老熊的两次恋爱，大哥郑生与小雪的婚姻波折，向东和关佩究竟能不能撑住去国离别，石冰能否懂得陶宁的诗心，都是他关心的话题。随着老赵的去世，一禾开始有意跟小宇疏远；他知道了晓霖对小宇早有情愫，两人后来的关系更是隐瞒了所有朋友，这使得一禾痛切地感觉到老赵早已被背叛。他以为老赵情感生活的不如意和不能满足,与晓霖分手而招致的朋友指责是原因之一,而他也是其中的一个,由是,对老赵之死的感觉也更加痛切。但这仅仅是当时的一种情绪,感情之事的确难于为外人判断,一禾之伤心也是源于朋友的义气。说起此事,我也有种对不起朋友的无颜,然则,也再没有比此事更能说明三人之命根深结。一禾与小宇的真正疏远乃是后来实际上的分道扬镳,小宇很早就想离开《十月》,他觉得做个文字编辑没啥意思,他要做生意干大事儿。

1985年我考研前后,我们俩的书信开始稀疏,原因之一是一禾家搬到了皂君庙,离北大只有20分钟的自行车程。所以,任何时候,只要我想他只需行动。二是,我毫无意外地考上了研究生,叫我爹妈的担心变得乌有,我说了我不会影响学习,只会更上进的嘛!再就是不需要更多的上课时间了,连关宿舍门这事儿也没有了,自然,我夜不入宿的事常有发生。一禾爹妈早已敦促我俩结婚,我做的菜他们喜欢吃,仅这一项就足以使他们宽容我的夜入昼出,再也不搭个行军床扔饭厅里了。

此后的通信只是在旅行的暂别时才有。1984年夏天我借采风实习之机到南方整整玩了一个多月,同年的10月一禾也借开笔会之机上了一次黄山;1985年的4月和10月他先后去云南和四川开会组稿,去的地方都有一定的风险,但四川那次他因喝酒而感冒,身体很难受。1986年和1988年的暑假,我随北大艺术团去长春、大连劳军和巡演;1986年8月两人一起去西安,半坡给他留下了深刻的印象,而在华山的庙里他抽到一支“亢龙有悔”的签;1987年8月我们两人重游北戴河,看到了十分壮丽的日出与日落;1988年8月原本准备跟一禾一起去西藏,最后由于各种原因未能成行,他为了那次旅行还放弃了参加青春诗会,并把《西藏文学》上发表的评昌耀诗歌的文章也署上了我的名字。

我跟一禾的祖籍都在江浙一带,所以 1984 年的江南游有点像认祖归宗,见了很多老家的亲戚。西安则是我的出生地,那里有很多当年父母的老同事。我带一禾去看我小时候生长的地方,他对那里的一切都充满了感情,当以前的叔叔阿姨们提到我的哥哥时,只有一禾意识到我声音在颤动、眼泪在眼睛里打转,悄悄地在身后搂住了我的腰。我有个比我大五岁的哥哥是家里的长子,当年父母工作忙,便把他寄养在乡下的姑妈家,一时没看住,不幸淹死在河里。这好像是我与生俱来的忧伤,某种宿命的起点,因为那时我已经在娘肚子里好几个月了。一禾在我的信里读到这段往事,曾经忍不住哭了一场,唉,他有多么爱我,多么地珍惜我,我的一举一动总是牵动他的心。他比我更知道我,我其实是不能离开他的,我们的二人世界没有距离,离开他就像是离开我自己。

在他面前,我没有任何秘密,身体和灵魂都袒露给他。看那些信就知道我有多絮叨,喜欢把周围发生的一切讲给他听,终极的一句话就是:哎,一禾,我就是有了另外的男朋友也会告诉你吧?但这好不好呢?我想我的确把跟朋友之间的不如意和引起的情绪波动都一股脑地倾泻给他了!看一禾给我的信,除了诉说强烈的思念,就是交流学习和思想,但个性差异的冲突和协调也是其中一个复调吧?说到爱情,再美好的故事也不会缺少痛苦,但也是这份痛苦让感情变得沉甸甸的。

很明显,在一禾和他朋友们毕业之后,我开始结交自己的朋友,大多都是在舞会上。我那时酷爱跳舞,即便是考研期间也没断,以致好朋友见了我都会疑问,您这样是要考研究生吗?当然要考了,我跳完了再去上夜自习呗。最初也没什么,因为我们共同在校的时候,一禾不会跳舞所以也从来不跟我去舞会。可是有人给一禾写匿名信了,这个人到底是谁,我到现在也不知道。一禾把信撕了，觉得没必要听这种闲话，但我从此便有些心虚，觉得有点损坏名声，每去舞会后都跟他说抱歉，对不起我又去了。一禾发怒了，他自始至终没有要阻止我的爱好的意思，甚至他是喜欢看我跳舞的，还为我写过《舞族》。后来我还是决定教他跳舞，为了我的缘故他也学了，但终究我们俩一同出现在舞会上的情形很少。随着我成了舞蹈队的一员，跳舞的兴趣得到足够的满足，便很少去舞会上出风头招人恨了，匿名信的事也再没有出现。

我在学校里的聚会从来不放弃请我的男朋友出场，我希望一禾与他们也能成为朋友，或许是他们与我相处的方式更容易些，而一禾是完全不一样的，别扭也是有的，我俩会为此不快。其实，从一开始打我周围的闺蜜们起，就有觉得我俩不般配的声音出现，这不过是印证了我俩看上去个性迥异。一禾是个安静的孩子，没有合适的话题，他或许不会开口，而我却是一个不安分的、喜欢挑战的，也是一个被他娇纵得很任性的孩子。但倘若一禾暴烈起来，也是很吓人的。那次去西安华清池，回来的时候，因为占座的问题，我跟一个野蛮的男人吵了起来，一禾冲上去就要跟人打架，最终被表哥表嫂劝下。回到住处，一禾愤愤地跟我说，以后出来旅行一定要带把刀子！在他那文弱书生的身体里，始终藏着一个血气方刚的少年。他不喜欢被人看成是书生，在喝酒和身体不好的时候总是过分逞强，我少不得母鸡般地呵护他，让他珍惜自己。我们没少吵架，但总是很快和解。最逗的是，有时吵着吵着，我们开始意识到我们俩在吵架，气就弱了，最后一同笑出声来。更多的时候，彼此之间的一个眼神，就看出冷和隔来了，马上就会走近些，用拥抱来缓解，你怎么能让爱你的人背转身去呢？我们之间永远应该是没有距离的。

我们的爱情有幼稚笨拙的时候，但从来不是简单的，这可能是因为我那开放型的社交人设，也有一禾自己常说的那些不为人理解的古怪心情，我会觉得累，他也会叹息不易。但恋爱的七年之中，我们还是能够自诩我们的感情不仅没有退化且在日益加深。因为我们一直很认真，从不回避矛盾和缺点，我们会向对方讨论和检讨自己何以如此说，有时也到了情理乱缠的程度，可也于此中成长，更加理解对方。比如，我们会认真讨论花钱的问题，是否出国的问题，是否会爱上别人的问题，甚至我们说到过死亡。

当我喜欢上某个男孩的时候，我会问一禾万一我爱上他怎么办？他说这辈子我会允许你爱三次。为啥呀？不可能没人爱你，没人爱的女孩我也不要，人这一辈子感情经历丰富，总归是好的。那你怎么办？也许会很痛苦地看着你，但我有信心再次去争取你的爱，即使有一个加强班排在你身后，我排在最后，最终你也会看上我。这样胸怀的男人，我是再没有见到过的。拥有了这个男人，我好像就拥有了世界；对他来说，拥有我，就是拥有生活，这是他常说离不开我的原因。老朱说起男子和女子的不同，经常说男子是要真实的生活历练才能成长，他要一步步去走才能领悟人生，而女子却可以因为一个男人而飞跃的。这话不知道是否算是大男子主义的一种，但我确是真心赞同的，因为和一禾的这段感情，让我成长，让我更人性。

有一度，我大学时代的闺蜜都去了美国，雷音、小黎、勤儿、陶宁等，我也难免动心，想考托福出国。虽然学习英文对一禾也是一件紧迫的日程，但这件事是我俩唯一没能讲通的事情，一禾从未答应跟我一起出国，理由是执拗的：一个诗人怎么能离开自己的母语土壤、他的根呢？我辩不过他，就不能不想，我究竟要让他等我多久？好在后来我英语也没学成啥样，谢先生也招博士生了，我终究是健忘了出国的事。

再一次轻松考上博士，我终于得考虑婚姻的问题了。陶宁跟石冰结婚了，旺子都让小陈怀孕了呀，等博士毕业我们恋爱的时间就太长了，六年了哎。之前也不是没有挣扎的，这倒并非因为婚姻是爱情的坟墓这句老话，我记得当时问一禾，为什么我俩不能像萨特和波伏娃那样度过一生呢？没有婚姻我们不是更为超凡脱俗吗？一禾又一次苦笑着没能答应我，大致是说爹妈那边会很难过关吧。

结婚是让我有点发怵的，那时候，我想起了我的朋友雷音说的一句话，结婚是告诉所有人，我们现在上床是合法的。更何况，结婚要面对一大堆琐事，连婚前检查这件事都搞得我俩神经兮兮，婚后怎么住也是一个问题，我委实不希望马上成为一个儿媳妇，接着布置新房也几乎都是我一个人来。所以，我很有些发火，一禾的最后一封信就是说这些。那时，我们已经很久没有写信了。这封信让我心服口服与他结伴终身，很多年以来，这封信是我最常看的，每看总是泪流满面。记得当时眼泪汪汪地问他，你以后还会给我写信吗？写，他说我答应你，每个结婚日都给你写一封。

我们终于简单而快乐地结婚了，我是说我们骑车去了登记处，两家人一起吃了顿饭，仅仅是两个人都买了挺贵的西服。此后半年，朋友们争相来参观我们的小日子，那阵子好像我们每周末都在请客，以致月初就剩下五块钱的事时有发生，而我终于也知道，朋友们是艳羡我们俩的。1989 年新年，一禾给我的贺卡上写着：

呈现给玞子女王陛下——美丽女仙，黄金女子，光着光明的疯女儿

不瘦的健美爱好者，不胖的专业苗条者

幸福家庭的发动机，聚会的放火者和热烈者

布匹的磨损专家

学习的漫游女士：绿野仙踪

空气炒螃蟹、虾仁炖月亮、竹笋焖云彩的烹调家

直觉主义的美人，本本主义的妻子

怕发胖的著名唠叨学士，骑大马的硕士，诗人保佑的博士

明天早上我们会从哪一只鞋子里醒来？

1986、1987、1988这三年，一禾抒情诗的创作越来越多，发表的也不少，加上他《十月之诗》办得令人瞩目，推出了朋友海子、西川在内的许多重要的诗人，应该说在当代诗坛也有了独立的名声。1986年初一禾家搬到皂君庙，离海子工作的政法学院很近，好像当时西川的女友也在同校工作，他们三个应该是时有聚集的，海子的同事们大约也见过他的这两位诗友。他们都致力于浪漫的、气质高贵的、带有歌唱性质的抒情诗，与当时诗坛正在兴起的所谓第三代诗人更加口语化、都市化的趋势很不一样，他们并未去追随诗歌潮流，而是继续着他们在大学里讨论的诗歌目标，力图在一个更辽阔的文化文明背景里去从事诗歌的行动，那几年你能看到他们的诗都越写越长了。这种广阔而富于雄心的诗歌规划，一开始就是以一禾为主导的。在老朱的引导下，他看到了文明的尽头，汉语新诗必须在传统与世界隔断之后重建一个创造的背景，整合与飞跃在他看来必不可少。我考博士之前，他对世界诗歌的谱系与演化已经有完整的思考与勾连，曾经专门画了一张繁复而精密的图表为我复习。不过，当1987年9月，一禾接过海子交给他的一份油印的《诗学大纲》和长诗《土地》时，还是明白自己接到了一种挑战。海子的第一部长诗已经完成，而一禾仅三百多行的《舞族》那时辗转几家皆因篇幅过长而不能发表，仅此一事便可知《十月》给实验诗歌提供的空间有多重要。好在次年《花城》也紧随上来开始刊登大型诗歌，年轻的诗歌编辑袁安最终编发了《舞族》。

一禾一方面开始审视和批判海子的诗学大纲，一面也开始构思自己的长诗《千条火焰》，这个题目来自仕仁的葬礼所见。1988年元旦伊始，他也开始长诗的奋进，一年之内就完成了四稿，改名为《大海》。而海子则带着他的油印稿开始“游诗”，春天去了四川，夏天又参加了幸存者俱乐部。可是不太有人理解他的长诗行为，面对批判他又是拙于言辞很难抗辩的吧，于是跑到一禾那里痛哭了一场。一禾也没说太多,坐在那里朗诵他的诗,长达三个小时,只说,这诗多好啊!我记得那天海子离开之前我是到了一禾家的,他们两人相对而坐的场景一直留有印象。尽管一禾对这种混诗歌江湖的事儿不以为然,但面对海子所遭受的打击,还是予以兄弟的激励。大多数时候,他兢兢业业地做自己的本职工作,常常给作者写很长的信去分析和指出他们作品的优势与缺憾,很多人都记得并感怀他的激励,能具有这种高度、视野和耐心的编辑是罕见的。可是直到他离去,还是个助理编辑。有时候,他回忆起自己在人际中遭遇的不公,总是跟我说行善在这个世界上是一种冒险。

1988年海子搬到昌平去住,一禾和西川时而去看望,聊他们的大诗。一禾有两次带我前往,海子的宿舍四平落地、环诸萧然、厨房材料的匮乏,常常使我感觉巧妇难为无米之炊。一禾给我的最后一张便信,也是告诉我他要去昌平看海子,就在我俩结婚之前。第二年的春天,海子在山海关卧轨自杀的消息是一禾电话告诉我的,我惊得也不知说什么了。海子在遗书里写道:请将我的全部诗稿留给《十月》编辑部骆一禾处理。一禾与西川、海子的家人和同事料理后事,然后马不停蹄地连续在各高校做讲演,为海子募捐。我记得我们同班的男生邓映如在人大听了他的讲演,回来惊奇地说,你男朋友太能讲了!他滔滔不绝地讲了两个多小时,没用任何稿子,其中的引用全是背出来的。我只参加了在北大28楼前的纪念活动,结束后他就跟当时正在北大作家班学习的女诗人阎月君商量——她当时正在为辽宁春风文艺出版社编一套"世纪末诗丛"——请她征询出版社意见,能否加入海子的诗。

今天的人很难想象一禾为海子的自杀所承担的压力,自然,诗歌兄弟的离去让他悲伤,但对一个诗人而言比死亡更甚的,是他诗歌的死亡,被人遗忘。在此之前,一禾已然顾虑到海子的诗歌处境,极力为他出头,《十月之诗》发表海子的作品是次数最多的,甚至1989年第一、第二期还连续刊登了他的诗剧，他对海子的支持和激励由此可见。在一个多月的时间里，一禾除了讲演，还大量地给诗坛的朋友们写长信去谈海子，并迅速整理和审阅了海子的全部诗稿，写了《冲击极限》《我考虑真正的史诗》《海子生涯》三个重要的纪念文章。关于海子的死有各种传言，多年后，西川专门就此事写过一篇在我看来非常必要的文章，厘清各种传言。对此，一禾早有预感，他在日记里写道：海子，我的傻弟弟！你死后还有多少人要贬低你呀！正因如此，一禾便一力要将海子树为"诗歌烈士"，与世界诗歌中一流的浪漫主义短命天才并列，并将他的短命具体定义为"激情的写作方式与宏大构思之间酝酿的根本悲剧"。

他就这样在悲痛和激昂的亢奋中不眠不休地写着海子，我回家，看到他长时间不吃不喝，真是心疼万分。他头痛，嗓子干裂，可仍旧拼命工作，海子的死比仕仁的死对他的折磨更长久。要知道，最后两年，一禾自己也处在一个爆发和挺进的状态，写作十分密集。《大海》已经写到第五稿，还写了若干诗学长文。1989年3月，他刚把自己之前写的20首诗熔铸成《世界的血》这首长诗准备交给春风文艺社出版，这也是他有生以来第一次将要出版自己的诗集。但因为出版社不能答应多出一本，他便决定放弃自己的机会，出版海子的《土地》。我记得他在灯下为《土地》写序的背影，而我在他身后，躲在被子里暗自落泪，因为我毕竟是个自私的老婆。他觉察到了，坐到床边用力地抱着我，"我们要好好活下去，这样还会有机会"。可是，还未交付手稿，他便撒手人寰了。

他走以后，我重新跟春风文艺出版社商议，将《世界的血》和《土地》一并出了。此事能成，也要感谢我的父亲，他用自己在出版社的资源在北京出资印刷了这两本诗集。此事完成，我便把海子的全部手稿转交给了西川。这或许是该抱歉的，但我不觉得自己懂得怎么去编海子的诗稿。聊以自慰的是，1997年当上海三联出版社联系我出版一禾诗全编的时候，我也请西川重新编辑了海子手稿，由是，他们兄弟俩得以同时有个完整的诗貌面世。

海子有一禾这样的朋友是幸运的，但他的死对一禾未免绝情。背负起海子的诗歌生命是一种沉重的责任，一禾引导海子走上长诗的道路，也一路扶持推举着他的事业，是最懂他的一个；当他走在了一禾的前面转而向他的诗兄挑战的时候，一禾便也接受了兄弟的挑战奋力向前，最后一年写的《大海》曾经长达七千行，他写了五遍，并且完全是打碎了之前的所有诗歌材料和抒情方式而重铸的。海子的死不能不说给了一禾迎面重重的一击，在这浩瀚修远的诗歌之路上，他的孤单与心寒当是天地可鉴。有一夜，他如此仇恨上帝，对我说，我觉得它杀死了我的儿子。这话我铭心刻骨！一禾在诗里说：长诗于人间并不亲切，却是精神所有、命运所占据。

我始终认为海子死后成名，跟其死亡事件有关，也跟一禾拼命弘扬他的诗歌生命有关，包括他对海子的基本论定。可是，难道他说的不是自己吗？他不也是这样地在冲击极限吗？他不也是在燃烧着自己的生命吗？他是如此感同身受，他是真正倒在路上的。甚至，我也可以说，他早已预见了自己的命运，他在《大海》里早已经历了一切的死亡。甚至，我也可以说，他早已预知了自己的命运，并在《大海》中走完了自己的命运！

他好像就是那样慷慨激昂地离去的，1989 年 5 月 13 日的深夜，疾驰而去的救护车上，他半闭着眼睛，双手挥动，似在昏迷中讲演，语言和鲜血沸腾着冲击他的大脑。这一幕是如此惊心动魄，及至他被送进急救室，我便吐出了五脏六腑。

一个刚写完《世界的血》的诗人死于脑溢血是一种怎样的迹象？那个叫作“脑血管畸形”的杀手总是在伺机，它在出生之际就被置入了诗人的头颅，这就是宿命的烙印吗？我不知道一禾在医院里昏迷的18天经历了怎样的惊涛洪波及长涌赤潮？就像他在《大海》里描绘的一样。我只知道，就算是在他弥留之际，大夫也未曾允许我拉过他的手，哪怕一次！三十年来，这回忆好生残酷，等我可以触碰他时，他已经冰寒入骨。在医院的最后一晚我无论如何不能入睡，因为只要一躺下去，就仿佛全身的骨头都要崩碎。

为什么我们总会说到死亡？比如1985年11月5日的信，还有他日记里记录的种种，以及他的诗歌中死亡的字眼好像曾上百次地出现。这也是我在这个爱情故事里，必须再三讲述这三个好朋友的故事，必须再次经历爱与死的奥义。我比旁人更相信西川所说的那个分工，在但丁的天堂、炼狱、地狱三个诗章中，海子是属于天堂的，而一禾则是舍我其谁、穿越了地狱之火的那个，只是苦了西川。我何尝没有直觉？但谁又会轻信命运？

记得我们初尝禁果，此后便忧虑怀孕，这个在信里是看得见的，一禾最怕，而我转念一想，人们不是说孩子是父母的延续，那么有了孩子，我们便是不会死的了。我的回答曾让他震动，他把这句话直接地写进了《果树林》，那是他最早给我写的一组诗。但我真正的恐惧是有一日在家，做了一个白日梦，梦见孩子没了，我是一个没有孩子的女人，醒来跟他哭了很久。在他走后，我又一次迟来了红，好像是又一次证实了死亡是真实的。

我们最后一次做爱是在五月，我莫名其妙地哭了。正是在那几日，他对我说，你可以考虑出国学习。我不明白他为何此时可以放手，他说他总觉得知识分子这个阶层，或将终结。

直到我自家和一禾家里的老人寿终之前，我一直不能接受的是，为何我总是要从年轻的生命中去体验和领悟死亡。一禾去世后几个月，我回到了北大，那时总有人为一禾的缘故来看我。但有一个女孩让我印象很深，她是我同屋的朋友，我原本是不想跟她说一句话，但总归有一天躲不过，我便问，你干嘛非要认识我？她说，我觉得你是经历过死亡的人，因为我可能也要死了，我想从你这里知道死亡是怎么回事。她是那么直接，问得我胆颤，突然意识到我已经经历了几次夭折，然而，关于死亡我们还能说什么呢？我只是跟她做了朋友。她是沈阳人，叫刘莹，父母残疾有病，稍长大便开始在医院伺候父母，及至父母去世后终于考上了研究生，却在体检时发现自己得了癌症，最终未能上过一天大学。1990 年元旦后，她跟台湾女作家三毛相隔两天病逝，我知道，她仅有过初吻。她让我想起延娟和仕仁，一禾诗里说：来自大地的无辜，不能逃出命运。

2007 年的春天，旺子突然给我打电话，说他在一禾的墓地。他到哪儿做什么呢？我突然预感到是小宇出事了，果然如此，他就在那天的凌晨从自家的二十多层楼上跃下。一禾的死，小宇是缺席的。一个月后他从南方归来，从海南还是香港？当他出现在月坛北街的马路对面时，我是真真切切地产生了一种恍若隔世的感觉。我们再不能常见着，因为他经常不在北京。每次见面喝酒，他都要谈到一禾，据说他后来的同事们也是没有不知道他和一禾的故事的；有时候，他还想鼓动我们一起唱歌，但真是唱不起来了，以致我对他这种酒后的车轱辘话也心生倦意。我容不得这种不停地说磨损了内心的真切，岁月其实已经很无情了。但想到他没有了一禾的日子，我深信他失去很多，或许比我更多。我们这些曾经想跟一禾一样，要做一个光荣的朋友的人，在失去了光荣的朋友之后，又失去了怎样的荣光啊？很多的朋友都不再写诗了，都老了。现在想想，那些爱我的人和我爱的人都到哪里去了呀？

我最后一次见小宇，是向东带孩子再次北上时，我和旺子等人在我选择的一个叫作“去哪儿”的餐馆。他迟到了，以中年发福之后突然间消瘦的形容出现在大家面前，说他已经一周未曾饮食仅有喝酒，我坐在他身边无法忍受他腐味的呼吸。第二天通话我愤然发问，头脑没了，良心没了，就剩个胃你也要把它吃坏么？他说你总是举枪瞄着我，但从不射击。我想“文七九”的同学们参加小宇的追悼会时，不能不想到为什么先走的就是这仨呢？这是又一次让我相信宿命么？一禾写过这样的句子：只有后来人才知道，偶然和噩耗沿着性格织入宿命。

他走了，而我终将活下来，变得衰老，不再是他的女孩。我接受这一切，因为之前我们这样一起经历过年轻的死亡，这样说起过死亡，现在已是无法反驳。他不是也说吗？那些生活所给予你的，连命运也不能把它夺去。后来在墓地上，我用他《大海》里的诗句，刻下了这样的墓志铭：大地啊，你的儿子骨肉双寒，死亡也不是他的领地，愿他此去英武，愿他在这条大路上一路平安。

我知道，他还在天路上走着自己。

骆一禾情书

①Autumn is gold，秋天是金子，是金色的，那歌声那苹果树那金子。

你没发现，树也长了吗？

生命，一封沉甸甸的信。盖上时间的印……

我们在世界上原是有限的，我们的心得到爱也很容易，一些简单朴素，始终在用自身的形态、举止说明着生活的事物，就可以使我们的情感得以依附得以寻找到一个寄托，情和景的交融带给我们一个稳定的或不稳定的世界，我们便不仅走在一个世界里，而是在许多世界里跑跳飞行，这时候我们便觉得有了一种安详，一种勇气，对尘世的不满可以转化为对尘世的信心，对丑恶的憎恨可以转化为对美好的加倍的向往。金子似的秋天，年复一年长大的树儿，都给人以安慰的期待。而当人们确有期待确有安慰的时候，一切压力又算得了什么？我们无所祈求，便也无所畏惧。

然而，我们对于世界的责任全由自己来担承，所以我们原是无限的，因为一个真正人的生活意义不限于自己，我们自身的意义播扬及他人，而得到广泛得多的意义。这种意义，这种播种对于一个人来说是必须的，否则就会感觉一个人生存的无聊和不被肯定。所以我们的心也是很不容易得到满足的，“生命，一封沉甸甸的信……”必须为它寻找合适的投寄地点，在那里一个人不复是一个人，他是千百个人，一条血管跳荡的不是利己的血液，而是那万能的O型的无私的血，那里不仅有一个人的幸福，而这幸福也造就

---

① 编者按：本信实为骆一禾给其还未曾谋面的女朋友的一份诗评，此乃双方交往的起始，故没有抬头而列为第一封信。

其他怀有美好理想的人，那里将出现坚定而坦荡的，不以荣辱为意，而星光浑厚的性格。我们是多么地奢求，多么地不知满足，不知以个人为唯一目的，虽然我们是不能忘记个人而去空谈那种神学的宏论的。我们所求得的甚多。“你敢投吗？”生命在问我们自己，而也许这个问题的解答是要付出巨大代价的。恐惧吗？困惑吗？无须讳言——是的！但不是懦夫的恐惧，懒虫的惶惑。

——真的，在许多成功的作品里，都可以听到这样双重情绪同时出现的旋律，不要说这是矛盾，这是矛盾的统一，这不是虚幻，是真实，当我们总看到月亮一面朝着我们的时候，是不可能了解月亮的；而任何积极的结论只有在矛盾的交响里回荡的时候，才是最感人最雄辩的。贝多芬的《命运交响曲》里有不可抗拒的命运，有命运的反抗者，而后胜利的号角和狂欢的场面才更为使人感到狂喜。《梁祝》[①]里有强大的扼杀力量，有孤独的梁祝，而后那坚贞的化蝶不渝的感情才使人感到震撼……歌德在《浮士德》里就曾说过，“我一无所有，又万般俱足；我向现实猛进，又向梦境追寻”。——从那金色的秋天和秋天的落叶，从那绿绿的泛漾于无穷无尽的春夏秋冬的云儿和年年长大的树木，从那南方的海北方的山和那封刻满鲜红印章的信，都可以寻找到一种年轻的沉思，它是年轻的，而成为不可阻拒的；它是沉思的，因为有待解答的还那么多，也许会失去珍宝，会失去那未曾知道而终于知道的情谊，这是无可挽留，但这一切又何必挽留……种种类似的矛盾会构成这种多重情绪层次的动人的歌谣。不要失去这种诗的品质，得到它需要走过很长的路，而放弃它则往往只是由于一念之差，被别人所讥刺，被他人所不解，为环境所不能容许等等都会产生对这种品质的怀疑，但是怀疑就意味着倒退。常常有许多艺术上的误解是由于别的人不能达

---

①　指何占豪与陈钢作曲的小提琴协奏曲《梁山伯与祝英台》。

到高度的认识而强使高者屈就于矮小的侏儒，不要被误解的意见所打动。当然接受不接受这样的分析是要由生活的经验来决定的，但体察严肃的生活，它常常是一种相反倾向的综合，出路在于从矛盾中找到主导倾向，所以必须体会矛盾，把矛盾告诉人们，以帮助人们更好地生活，更丰富人对于环境的认识，这样做不能使人们解脱痛苦，但能使人们懂得去战胜痛苦，走向欢乐、坦荡与安详。

你的诗有两点很有利的诗的品质。“Autumn is gold”，“你没发现，树儿也一天天地长了吗？”——这两句看去很是平常，但是它们本身都是很动人的，金色的秋天——那生命更替求生的痛苦阶段，那未来希望还未能实现但是已能看到的时刻，树儿的长大，那是一个微小生命获得了青春和独立，走向完美的主题，不用再用任何修饰，这两句就是诗的，它的想象空间辽阔，而且意蕴很多。要懂得利用形象本身的意义和内涵，这样才不会虚设字词，搬弄修饰语。如果说，我们讲“紫色的朝霞和红色的晨晖里升起了旭日”，就不如大方而朴素地写：“太阳升起来了。”——太阳初升本身就是一种不做作的惊人的美。当然，这样讲要看上下文的关联，但是懂得利用形象本身的暗示和内涵，乃是一条永恒的、绝对的原则。你是懂得这一点的，因而你的诗不造假也不拿腔捏调。

第二点，你的诗的思想、联想是建立在形象基础上的，也就是说，你是用表象来思维的，这么讲可能不够科学，但说明表象和你的想象活动联系很紧。如果把你的诗比作一棵树，根是形象，这棵树的长高都是依据着形象体系的。《生命的信》里，贯穿全局的是那封信的形象，这就形成了一个有支持的结构，而不是脱离了形象的枯木。

在谈到诗的时候，很难说怎样才算达到了充分的条件，但是说出它的起码条件是可以的，上面两点可以说你的诗是诗，而不是非诗的诗。在诗中证明价值的，不是它体现的抽象的思想和依附的伦理、哲学说教，而是有创造性的，与一切思想等相关着的形象本身。要忠实于这个原则，就有可能写出好的诗的。而且同一的思想，即使被不断反复过，但只要表述这一思想的形象不同，而形象是独创的，也还可以说是一种创造。形象的抄袭较之思想的抄袭更难，而抄袭形象比抄袭思想更拙劣。——这些都说明，在诗中，诗的意象是至关重要的。在建筑诗的同时，也在建造独特的意象群和意象序列，乃是一个诗人所应有的素质。

一个较为令人注目的不足是，你对形象细节的渗透能力还不强，“但秋，……消了她的颜色”，《生命的信》中的“东西南北，我的信，该往哪里投寄”。都属于有形象但无特征，没有把握到对象的具体特色的弱句，你用的是一些“大词儿”。对这方面还应该下功夫。“大词儿”是可以用的，但要看是否有适合它的环境，要注意能深入形象，嵌入细节。

一些小毛病在写作体会中自会消除的。就不提了，请老赵[①]把诗和意见转交给你。

骆一禾

1982.11.10

---

① 指骆一禾同屋好友赵仕仁，让骆一禾评点一下师妹的习作便是他的嘱意，此后他又引见双方并有意撮合。骆一禾在自己的诗学文章《美神》中特别提到这位死去的大学朋友：“一个大学时代的朋友，一个福建山乡里木匠的儿子，他在1985年6月29日溺水而死，在埋放他骨灰的、未名湖的向阳坡面上，我想起他活着常说的一句话：‘人活着不就是拼么？’一年之后，我去祭奠他时，朋友旺子曾在他的墓地前种了一棵树，这时，我抬头看见的，是天上的太阳。”

玞玞：

你好。

这儿离邮局很远，广州连日下雨，所以信没有及早寄出，可能你30日收不到信了[1]，我的心情也很不安。

江南淹了，火车从两边是水的车道上开过。到广州是26日早上8点26分，向东和李民健[2]冒雨来接。挤走了向东的大姐一家，住在这里，所以也不能逗留太长。

一路行程的辛苦和欢快，我回到你身边时再讲给你听，25日黄昏的时候，路过岳阳和长沙间的山区，气象萧森惨烈。

在广州，给你买了一条金色的腰带，一把自动伞，伞的色彩素了些，但是图案还不错。由于广州女子都比较瘦削矮小，所以方毅、宋晓霞[3]和你要的网球裤，都不够尺码，而且是男式的，前面带拉链，可能女孩子穿了不好意思。游泳衣的样子很好的也没有，据说上海的最好，我在广州骑车跑了两天，有一种全红的尼龙泳衣，90公分[4]和80公分的，我先买了80的，不知小不小，等我回来前再买一件90的。还买了一件小码的，胸脯上是天蓝色，体侧是

---

① 此信没写日期，信封上邮戳日期为“1983.7.31”，根据信内容推测是7月29日写的。

② 骆一禾与此信中提及的广州一干朋友的相识皆因其同班好友何拓宇（信中的小宇）的堂姐何绯的引见，她与李向东、辛磊是广州中山大学中文系的同学，而后两人那时也写诗，与骆一禾同行的则是其另一位北大中文系七九级好友柳家旺（信中的旺子），故此行大致可谓是中文系串联之文坛文友行。

③ 方毅、宋晓霞两位并下文中的陈向红皆是张玞北大中文系八一级的室友。

④ 当时用公分，现在统一用厘米，下文同。

白色的，只有一种型号，买了一件黄红色ケ[①]形花纹的背带泳衣，这五件你挑一件吧，反正四十块钱如果能买到一件你合意的也好，小的话给你妹妹和向红，只怕都不是最好的，没有红色泳衣带白条的。向东和李民健都是小伙子，还不如我呢。向东的姐姐黄少励也不宜去求——我见到了她——而何绯已经不在学校，没能见到，她分回北京了。

见到辛磊和陈美华（芳原），他们和向东不一样。林贤治[②]我见不到，也不准备去见了。

向东很热情，天天做菜给我和旺子吃，还买牛奶和点心，他听说我想看看《西方的没落》，已经托人去香港打听了。他曾在踢足球的时候，被一个很负责的后卫戳伤了脚，为了给我摘一片菩提树叶，还爬上树去了。以后他要是来北京玩，咱们一定好好招待他。他分在广东省文联，可能去《广州文艺》当编辑。辛磊去省文化局当图书员，而芳原却去了本该数学或会计系去的统计局。

广州的骑车很别扭，汽车和人挤在一块儿，而且有些路口不设红绿灯。不过我们也一起骑车去了越秀山和流花湖，流花湖安静，游人稀少而且树木很美，水面很清，如果你在就好了。广州的女孩子不像北京的那么爽朗近人。我见到一个四岁左右的小女孩，在流花湖的棕树林荫道上跑来跑去，用塑料袋打水，胖胖的脸上流着汗，喘着气，用很细的声音叫着——“妈妈”，她妈妈很安适地和丈夫下着象棋。小姑娘的蝴蝶结至今还在眼前粉红地亮着。

过几天去七星岩一至两天，然后再在广州买些东西，大约四五号就走上归程，六七号回京。向东很想留我们多住些日子，我们也只能推迟一两天离开广州了。

---

① 骆一禾在信中所画的泳衣花纹形状。
② 广州诗人、作家，当时的《青年诗坛》杂志主编。

如果信到迟了，请你别着急，自己读读书。耳朵还疼吗？例假来的时候，要吃些好吃的。小宇如果有信给你，我还没回来，你先去北戴河，我再去追你。

利用晚间睡觉时间，写成了一首好诗《青春激荡》，读了一本弗斯特[①]的《小说面面观》，比高行健写得好多了，我走时托向东给你买一本，是花城出版社偷印的盗版书，不太厚，可是文笔生动，有官场病那种冷面幽默的风采。还看了一本加缪的《西西弗的神话》。

我久久地被你开朗的引力所吸引，像初识时那样想着你，想抱抱你。

吻你的名字

爱你的　一禾

1983.7.29

① 又译作福斯特。

玞玞，我亲爱的：

在广州南方大厦地下商店里，买到一件黑红两色的泳衣，85公分，那里冷气设备和镜子镶嵌的柱子，给人一种华丽的印象，向东说，这是广州最大的一家商店了。我看，也只有这一种最漂亮了。很抱歉的是，再也没有给你买到更漂亮的衣服。

向东买了两个小瓷娃娃送给你，原来他想给你买一件衣服的，我没让，因为他也是贫下中农。在我这儿，倒是想买一件纱绸的连衣裙给你，可惜颜色式样很难两全，我又想到万一被妈妈看见了怪尴尬的。

在流花湖数红阁请向东、旺子、林贤治吃了一顿鱼餐，花去26块钱，大家心情畅快。林贤治是个个子不高，脸型很是广东化的人，35岁，他对政治有一种激烈的情绪，是绝对民主主义者，若论起观点和看法来，有些偏颇。倒是他谈起青草地和蒲葵树来，那种不熟悉的态度，让人觉得人情味。和他交换了一些看法，他希望我再写一些诗给他。本来《青年诗坛》第六期要排入我的《友谊万岁》，结果在会审的时候，又被樱子——一个与林同龄，似乎开放但实际不能与林合作的女诗人——用“莫名其妙”否定了。

后来，一起划船，林走了以后。我们玩得很畅快，在大榕树下躲过了阵雨，拉着它的气根，把船像秋千一样荡来荡去。

在1号，我们去了肇庆七星岩与鼎湖山，在鼎湖庄元寺，秃和尚不许我拍个照，因为我没进香就给佛爷玩了几个非让他折寿的叩拜。“妈妈的，和尚摸得我摸不得”——我们后来到了黑龙瀑，孙中山在那儿游过泳。

在肇庆，是地区团委的宣传部长一流人，一个叫陈衍庆的中年诗人招待的，他矮胖，像马季[①]，房子里全是关于诗的刊物和一些文学理论教科书，有一本德拉克罗瓦论西方画家的书和《聊斋志异》，他的诗稿子涂得不能卒认地钉在门后，爱人还没谈成，所以他只有16个板箱，或当桌子或当凳子，他说这是“男装柜”。人倒是很热情的，找车送我们游山玩水，请客吃了顿饭，最后从客满的轮船上，找船长给挤出一个实习生的水手舱来。旺子说：这哥们儿够仗义的。

一夜，在珠江上航行，和向东聊了两小时的诗和诗学。舱里闷热，我们为了维护大学生的名誉，又不便打开舱门。晚上1点钟，船泊了码头。我们3点钟下船，站在花城出版社附近的一家小店里，开始喝起冰冻橘子汁来。广东街头最常见的就是橘子汁，就像北京的杨梅汤。向东拐着腿，像只瘸狐狸，可只长了一个好心眼儿。

3号下午，我们在广州网球场玩了一会儿，到海珠广场照相，看见一个女孩孤零零地站在木棉树下，身穿着白底紫花裙，小鸟依人地等着男朋友，在广州宾馆顶楼上写着“全国各民族人民大团结万岁”的标语，不过，我和旺子没有上去搞团结——说笑话——原来，在她不远的地方，有个在照相的她父母，她只不过在等爸爸而已。

晚上，向东的工人朋友甘宁来，请我们吃了一顿他做的全鱼，汤和蒸汁鱼。他和学生朋友来往时，总是他掏钱的。晚上喝了点白酒。我不行，喝红了脸，以后还是喝汽水好，又凉快又甜。晚上做梦，看见一个干净的宿舍，一张洁净的床，后来梦见这是你的床，而屋里没有人。

---

① 指著名相声演员马季。

也许我回北京，你已经去北戴河了。海边上的浪还拂动你少女的心吗？“如果你是晚霞，我愿是一小孤雁”。

吻你，拥抱你。6号上午10点左右就到北京了。

爱你的 一禾

1983.8.4

玞玞：

我是8月6日近8点回家的，看到你的信，连赶回车站的时间都不够了。从广州坐车回北京，天气很热，从湖北到河南，有一整个白天处在盛夏中，虽然日历上说再过几天就是立秋。汗衫上已成绿、黄、黑三色的世界。所以6号我就在家看看《人・岁月・生活》，去看了朋友肖培[①]，坐下来写日记。在干这些以前，我去三里河洗个澡，在那儿的床上坐了半个小时。

星期天看了个美国片子《挪威之歌》，写格里格的生活。从片子开始到完，观众不断退场，我觉得写得不错；红色石岩间的白鸥群，挪威春之声突发之前，一个聋哑无声的民族，怎么在自己的儿子中找到了一名歌手……晚上夏阳[②]和张玢妹妹[③]来电话，我告诉妹妹要去北戴河，她让我安慰你，因为你走时心情不好。

我很抱歉晚回来一天，因为中山大学分配完，那几天走的人多，票不好买，向东也很想留住我们。他在我们火车开的时候，连笑都笑不出来了。七天来，他受伤的腿一直在疼。

有那么一种无法完美的感情，也许只凭着这种不能完美的锐痛，总能激起在压力下度过如年之日的心力。可我还是想赶到北戴河去。我买到的一件黑红色泳衣，85公分的，一块带去，那是纺织的，不是尼龙的。

和夏阳约好，我8号一清早去东单买票，大概还有两个同伴共四人。大约可以买到10—11号的票，届时再寄信通知。到12号，

---

① 骆一禾中学同学。
② 骆一禾好友何拓宇的发小，同住北航，北师大中文系学生。
③ 张玞的妹妹。

我们总可以相见了。

我回来前，在北京车站寄出一封信到北大去，向红估计会给你收放好的，给小宇的信也寄出，不过你们收不到了。我回北京以后，身边只有65块钱，给夏阳们买过票后，大约还能剩30块钱，我爸爸妈妈已经出差到江南，所以旅馆和生活费都不能联系了，像我这样的，加入“共产主义小组”，可能得让大家海涵了。我到那边，将就一番也就行了，睡在破船下面也够有意趣的，何况其他？主要是一定要去，那里是快乐的海和深深的海滩。现在我能理解罗伯-格里耶的《海滩》了。

海滩是清晰的，以相对于混杂的世界，由于它并不完美，却格外地清晰，以见出脚印，孩子机械的沉思般的步伐，鸽子，单一的海浪节奏中，最动人的因素：明晰。

你看见海了吗？海，你看了，你总有一种新的东西在以后永在。见面我们一起去看海。

握你的手！

永远爱你的　一禾

1983.8.7

珙珙：

今日买到 8 月 10 日 337 次车票，当天约 13 点 04 分到北戴河，你和小宇来接或单让小宇来就行，我和夏阳等一共四人到那里。我再去找些钱。

1983.8.8

玦玦：

我心爱的。

时至今日，我坐下来写信，仿佛置身在黄昏的星和黄昏的路之间。它们所网住的，不只是失意者的爱，而是一个处在幸福中的人，他的全部心情。

多么好啊，当月光路带着一个幻想游向海深处的时候，你也正踩着波涛，追逐着闪光的胶体，渐渐在夜色中变成一团白色，闪着只有我可以看见的有香的光泽。我希望我得到的爱是纯厚的，而且纯厚地爱着我，它不是一种始终的清醒，而是一种闪烁在苦与乐的海洋中间的，永不分别。

日复一日地，我离不开你了。我有时候很想"滥用"一下友谊和情爱，运用到不合理的地步，以证实一下自己到底在别人心中是多大分量；到了死后，人们会需要我，但仅仅如此吗？长久以来，我满足于做一个车站，奔波的朋友们如飞驰的列车，能在这里喷吐着白烟，休息到开车时间到了。远方的车站，也许会被忘记的，但至少它曾经给予人们以平安，时间，没有挤掉什么而使尘杂的人生更拥挤。盖斯凯尔夫人写过一段很有意思的话："一般人见到有才能的人总是满口赞扬，碰到一个明白事理的人，虽然也感觉可贵，口里却一字不提。"——当我年轻（至今也很年轻）的时候，一定是被两种愿望所折磨着的，我希望能做个平静的人，能够恬静地度过一生，可是希望自己也能因此对人有用，而且得到信赖，而不是一种可有可无的无为，一种可忆可忘的无足轻重。平静的人，多半是被无为和无足轻重所湮没了的，在自己爱人的眼中甚或都不能有本来面貌：他被爱，是被当成某个样子来爱的，就像《跳来跳去的女人》里奥尔迦和戴莫夫一样。你曾见到我“慷慨陈词”的时候，那是一个不甘被无为和无足轻重湮没掉的我。我有时倾向于梦想：“人类也需要梦想者，这种人醉心于一种事业的大公无私的发展，因而不能注意自身的物质利益。”为的是能够朴素、执着、善良地做人，又不混迹在无为者之中。

也许是我为自己挑选了一种并不能担当的生活，也许是每个特殊的追求都因离开常识的判断而不被理解，总而言之我时常感受到“误解的理解”，夜晚和孤独感纠缠不去，把我挤兑到第三点上去，就像你所说的。这次去广州及北戴河，我是为了一种成人的友谊，一种不可推却的友情，一种独立建立生活圈子、在社会上建立自己的社会关系和生活方式，我应该有我的朋友，我的交际方向和范围，我的生活、事业的侧重，因为我的生活是不能由别人来代替的。结果没有去普陀疗养地，我母亲写信来抱怨我的翅膀硬了，她请舟山地委派人去接我，而我没有去，结果劳而无功，她又嫌我不懂事，影响不好。第二封信说她能理解我，可说什么这是受同学的牵制，是因为想和年轻人玩——始终以一种家长式的看法来解释问题，似乎别人不能有成人的生活。地委何必去劳动？这种待遇本来就不需要。诸如此类的事情很多，“像白面书生”“像个女孩儿”“太软弱”“公子”之类的评价很多次说出，在不同人的嘴里，连续的刺激，几乎形成了一种背景，有时候背景是决定人的形象的。

我想获得一种纯洁又厚重的爱，想完成我的事业，这样，在一生中，也可以借此摆脱平庸和那种背景。当你终于走近我，当我紧紧抱住你，第一次吻你的时候，我就下决心不让你离开我了。你在 100 号[①]唱“假如我嫁了一个比你还强的，那就会刺痛你的心”这

① 北大当时三教一楼的教室，当时骆一禾与张玞一起参与办一个展览，100 号是展览小组工作地点。

支歌的时候,我想说的是,不会有了,我就是那最强的。

因为你能爱我——这比理解更高更深重——所以我看到了一种孤独又幸福的希望,说这希望是孤独的,因为它只是我才会有的,说它是幸福的,它把我引向被爱,引向一个“大家”,引向一个被证实有价值的“自我”,所以我离不开你了。

以前我对你说的多,现在我想听你说,因为我依恋你,甚至有时候,我也很生气自己,觉得这么依恋下去,会显得软弱,显得不男子气,像个“女孩儿”,像个白面书生,结果混同于别人强加给我的背景,而失去你的爱,显得不能用自主来支配依恋。可是我甚至是冒着这样误解的可能而忍不住地依恋你,思念你。当我们吵架之后,我一个人觉得说不出的孤寂,很想得到你一个手势,一次叹息,哪怕你生气地背对着我,但不会离去呢！感情是惯于用最强烈的表现的,它不考虑是否合身份、性别。

我孤独,因为我曾依赖于一个杏仁及巧克力的家庭(它有别的好,但不是一切都好)而生长,因为我梦想得离奇：我要做一个诗人,一个代表性的大诗人——但又不是这样,我希望让我的情感进入中国人的思维历史中去,像王维,像李商隐,像李白。也因此而变得急进,焦躁,不合众数,易于苦闷,易于沉默,也易于由此而产生太强烈的依恋。当我吻你的时候,感到的不全是肉体的魅力,而是感觉到有一个肯精心帮助我,扩大我的生活,深知我的缺陷也不厌倦的女人,爱我这个古怪又有些力不胜任的男人。一种实在的支撑感在我心里回旋。以前我看《翠堤春晓》,圆舞曲之王施特劳斯,在他爱人的责备和激励下,写出了美妙而悸动的曲子,我不能理解,但是现在我体会着那种实在的支撑感、觉得有些明白了,我爱你。

我想画下我的爱人
她的眼睛是晴空的颜色

她永远看着我
永远看着
绝不会忽然掉过头去

不要以为我写给你诗，就是一种浪费和一种造作，我像个孩子，做一件事的时候，是全神贯注的，无心旁想，年轻人的心情，是这样的。也不要以为我的诗现在不是所有人都能懂而产生不安，当我们在屋顶上谈起“绿石子的河流”时，我确信，随着人们审美能力的提高和精确灵敏，这一切都是会被理解的，被爱的，人们不能永远停留在粗疏明白的叫喊和士兵的口令上。读诗的人本来不多，凡读诗的就是让人的精华注入自己心中的人，不能苟且，何况当一个作家可以不写诗，但绝不能不具诗情。——呵，我的爱人，我这是给自己打气呢，并没有说你不懂的意思。我愿意诚恳地改变自己，平静中必须有容量，而这正像在花钱时不能只想着黄金一样。我要把自己变得坚毅深沉些，这比较近乎我的习性，当然也要会玩，会做菜。

我很想对你说：再好好想想，假如真的我不能吸引你，让你生活中要舍弃很多爱好，那你就离开我。可是我也想过到那时会怎么样呢？我会再一次努力，追随着你，想办法得回你的爱，和别的求爱的人挤在一起，被热情和可怕的顽固燃烧着，那也许是一次结果为灰烬的燃烧，结果可能并不是年轻时青春所留下、所产生、所永在的那种银色花箔和泉水的飞升喷射，抖闪和飘扬，但我也要盲目地燃烧下去。所以再那么说就是故意制造事端了。而一切都会被很好处理的。你别感到我是在贬低你，是不放心你。甚至在以前，我说你会有一个加强班的求爱者时，也不是在嫉妒，而是有斗嘴的意思，可是有时候我也弄假成真，自己也逗出真格的来了。你是和谐的，也许你并不是最美的，也不能说你比谁都漂亮，但是我觉得你的每个线条，每卷硬硬的头发，额头，挺洋气的嘴唇，让人想看的下巴，都带着我爱的表情，活的。……爱我吧，跟着我吧，带着我吧，我们永远不分离。也许我的生活从总体上看起来会是很不错的。也许在经历上你会遇到麻烦，但你在情感上却保持着活力，烦恼，噘嘴，晶莹地转动眼睛，开朗地笑起来，有点老气地出神，很快很好地写东西，转着脑袋看笔记，堵住耳朵叫"不听不听不听"，去买一支发卡，快活而又详细地讲那些细小的事情：那不是废话，是的，我们的心脏正是在这些细小的事情所织成的多彩气氛中，找到敏感的诗情和寻求真正人生的起点，有意义的。从向红哭鼻子到去吉林，我可以想见她那个给她讲"七把叉"的弟弟，从你妹妹想去外地念书，我想得见一颗动荡的心有些疲倦但实际上仍想找到好生活的青春的向往……

玞玞，我们都去过海边了，当眩目的太阳在沙地上激起一片白光，湿漉漉的海沙在波浪退去时候显出石英晶面，当我们散发着咸味，并排伏在气筏上，用没什么内容但空茫地漾满了舒适的目光相望，在礁石上谈论月光路，汽车灯和"他们的打牌……不，在数七"的时候，当我们漂在水里，你把胳臂划断了，而这又带着无意快适的夸张的时候，我们是幸福的，别人想不到的，我们也不自觉的……"这一对给太阳晒得黑黝黝的情人……忘记了鱼，忘记了鱼线，也忘记了船长。他们忘记了死亡，也忘记了战争。平静的深蓝色海水和清澈的淡蓝色天空仿佛一个大圆圈，他们就躺在这圆圈的中心。太阳好像只照在他们两个人身上。"瓦雷里在《海滨墓园》里写的是："啊，为了我自己，为我所独有，靠近我的心，靠近诗情的源头，介乎空无所有和纯粹的行动，我等待回声，来自内在的宏丽。"这仿佛是游向月光路尽头去的、人生的幻想。

大海，大海啊永远在重新开始！

多好的酬劳啊，经过一番深思
终得以放眼远眺神明的宁静。

别笑我是个幻想家，别笑我这样写，别觉得诗都是不真的，只有在升华中我们才能理解深邃，才能发现一切是多么得来不易！一切又是用怎样的心血浇成的，让我回味吧，谁能说现有的比幻想的更真诚？我们爱着，付出着，为什么日常的谈笑，不曾显出它自身的无力？在平易随和之外，我们回味起那些涩味生硬的季节，不也感到我们多么的不容易吗？

我的好玞玞，我亲爱的！黄昏时候的思念是一种很怪的、撩人的心情呢。你喜欢黄昏吗？

吻你！在心里想念你！

永远爱你的　一禾

1983.8.20

玞玞：

我最亲爱的。

就要开学和上工了是吗？咱们都得努力干活。

看了《火烧圆明园·垂帘听政》[1]，觉得你讲的比他们拍的要好。片子里人物之间的权势关系和角逐的心理，都缺乏细节性，所以好像有结果但无过程似的。

等校对期过后，我回到《十月》，估计可以在编辑部里当个见习编辑什么的，那样就会清闲了，可以专心写几首诗，写一些小说，等以后可能的话，也帮人为己地试着写写评论。

今年你可以攻一下美学和人道主义了，我得好好地温习一下人道主义方面的书。一起学吧，在《十月》做编辑，可能也是相当容易的，可是充实一下自己的知识，把字句都落实下来也是必要的。还是得熟练一下各方面的知识。

“情多处处有悲欢，何必沧桑始浩叹”[2]，这半年多的爱情生活，我们都付出了很多，我感觉得很深刻的，是我终于找到了理想。当然，你会噘起嘴说：“我可不是理想。”是的，我们都不完美，但不完美才有前进，这样的爱情是需要精心维护又达到自由境界的，所以我珍视它，这爱情的意义是要证实我们自己的，因为当我们相爱的时候只有我们的心在指引，而没有别的什么，每一寸土，都是我们自己用心血换来的，别人的帮助，并没有缩短我们到达爱情的路程。

你走了，骑上车，我觉得我是充实的。“永远发明某种美的东

---

① 香港导演李翰祥拍摄的历史电影，于 1983 年在内地公映。《火烧圆明园》与《垂帘听政》是上、下两部。

② 出自清代思想家、文学家龚自珍(1792—1841)的《杂诗》。

西，是一种神圣的心灵的标志。”在我这个年纪，人很年轻，我是能懂得西西弗斯所面临的荒谬的，那是一种无力感、无意义感，孤立、自我疏远而不愿崇奉任何神明，大概这样人就处在最低点，就像处在海床上一样，但我们因此可以确知海洋究竟有多么深，自己怎么对待荒谬。但我始终想着去发明某种美的东西，我因此而充实。只不过在懂得荒谬和懂得发明美上，我都还不完全：当我得到幸福的时候，我特别依恋它，唯恐它遭到否定，这是不彻悟于荒诞；当我能发明美的时候，就生活在其中，而对生活中俗人恶事的冲击表现出过敏的反应，这又是不能彻悟于美的神性。但你的出现，确实增加了一些新的素质，仿佛也成为我自己的，使我充实……

我不要求你承受我感受到的一切（有意思的和没意思的），但我知道你承受的我也愿意去承受，无论是朋友带来的快乐，还是别的什么。你也会的，这就是我们没有距离的一部分因素。当我们彼此都愿意替对方多承受一些的时候，就会产生一些带苦味的幸福，像我们在气筏上所尝到的海水。善良也会酿成苦味的，但它不是破坏，只需要一点点谅解。我有时候会忽然担心，你从宽街骑车回来会不会车被撞坏，得扛着车往回走？这时候你会笑笑说：多余操这份心……这样的事多了，也会让你感到：我不用你这么担心，我能行！——这苦味和这幸福呵，苦味也许是即刻感到的，幸福却要等到后来，如果这样，谅解我吧。但同时，我也得多加注意，能刚健和自持，懂得让你去发现生活，否则，我对我自己也不满意了。

老朱[①]给你的小本儿上写着："路子对！"——是说的爱情、生

---

① 朱正琳，北大外哲所八〇级研究生，是骆一禾在诗论《春天》里提到的一位兄长："背着空布袋走过沼泽地的智者，他在一个冬天里引导我的思想走上了今天的道路。并使我领会到这样一句话的全部意境：'孩子，我已经让你看到了时间和空间的火焰，其余的我什么都看不见了。'这是维吉尔在《神曲》里所说的话，而我在青年时代得以感受到这样的真实与幻美。"

活、诗……我只是讲诗。啰嗦两句吧。从感觉上，诗是什么呢？它很像圣经里的插图，旋转的光辉向内旋转，从它的深处，那个强烈光芒中的中心点上，涌现出一对原始的恋人，亚当和夏娃。诗需要一种强烈的爱，需要这爱去尽宣传口号，政治教条，美学的陈词滥调等的矫饰，而发自一己的内心，真诚的对外界的感受(独特的)；这爱应达到一种饱满的和谐，就像亚当和夏娃是和谐的那样，古怪的、不美的东西不应杂入其中。而且诗需要有光的聚合点，诗不是一篇一篇的，是一点一点的总合，它是内心感受那些独特结晶的构合体。而最后，它需要一种美词美象的光辉。你的诗有两点不足，第一点是你的诗有些近乎一篇一篇的，而不是一点一点的，感觉中最动人的那些点，在顺叙中淹没了，显得不突出。通常人们说：欠跳跃。一个人在感到一个美好的精神事象时，它的感觉最强烈的点，不是一个一个的，而是一群一群的，其中自有逻辑，不要怕跳得太大。第二点是你的美词美象欠某种光辉，这就是避免掉不是独特发现的意象，而采用独特发现的意象的那种光辉。比如说，灰姑娘的形象，很容易使人想到辛德瑞拉那里去，而想不到你的独特发现，你用“灰姑娘”形象的独特命意，这种相似的想象，会抹掉你诗作的光辉。比如你就喜欢造成一种童话境界，用过一次“白雪公主”，这样，很容易引起“相似的想象”，给人以雷同的印象。另外，你对我说你要少用“上帝”词汇的话，有不同看法。我是这么认为的，不到绝境不要发最高级的感叹，否则显得感情厚度不够。《巴顿将军》里，巴顿一生不信上帝，当派他去救援陷入重围的101师的时候，又下了很大的白雪，行军困难，眼看救援将成泡影，一万多人将遭灭顶之灾的时候，巴顿在雪夜树林里，小声地叹息着：“上帝呵，望你赐我以晴朗……”——这时候，情感才显得真实厚重。

你别笑，也别摇头笑我书呆子气。你可以不写诗，可是不懂诗的灵窍的人也不算好作家，这是句俗话。你的诗里有爱，有和谐，有感受，只要再凝成点，凝成好的意象，独特的，不雷同于童话和上帝等代用品的意象，就会动人多了，就是好的诗了。顾城的诗，就是为了美，而追求童话效果，因为童话容易引起美感，所以他往往把这种方法当作省力的代用品，以取得廉价的美感。

美国诗人威廉斯有一首《情歌》，这么写的：

> 把屋子打扫干净/挂上簇新的帘子/在窗户边/穿上一套新装/来和我在一起/榆树正撒下/它的小籽粒/香喷喷地/从白色的天空
>
> 谁会说起我们/在未来的日子/让他说/曾有一阵清香/飘下黑黝黝的树枝

把榆树的印象和爱情的印象组合在一起，是一种独特的感受，爱情和清香的榆树组成一个和谐体，爱情是自然的，清香的，全无污秽和造作的，这是一种真诚的、强烈的爱，通过鲜明的两个点的感受表现出来。“把屋子打扫干净/挂上簇新的帘子/在窗户边/穿上一套新装/来和我在一起”这几句，平静地把相爱人的心理，那种要求一切都完全美好的心理，把近乎夏子与大宫①之间仪式性等待的庄重与热烈表现出来了。而细碎嫩绿的榆树子儿在白色的天空下撒落，茂盛的枝叶散发清香，又富于意象带来的光辉。

我对你唠叨了吧？玞玞，好好干吧，我很想你，可是我也得好好干活，像个纸耗子似的，庄严地去咀嚼校对稿子。

现在我在细读一下可以读到的现代哲学书籍，下一段读读古代哲学。这样比较整齐一些。你读哲学书，切不要读得太宽泛，如果得到老朱地址，最好请教他一下。我也想一想。咱们做好五年

---

① 日本电影《生死恋》中的男女主人公。

的读书准备，这也是挺吸引人的呢。

也写给你一首诗吧，昨天晚上你走以后写的，叫《守望爱情》：

她走远了
橘黄色路灯下
树叶折叠着她的身影
闪烁着……
我的祝愿
像青草一样漫长，青草更青

黄昏时分
她向着大地微笑

夜晚来临
木纹细密的白果树
疲倦了
还为她闪动着
枯涩闪亮的
金色眼睛

“她”就是你。我们两周以后见，你先接我的信，回信不要太费时了，那样我心不安。

永远爱你的　一禾

1983.8.27

玦玦：

你来过了，我以前的日记里写过这么一段："我等着玦玦来，她带着笑声，《鱼王》和明亮的眼睛……"可我真傻，就偏偏没注意到你不舒服，可你真像个女神似的，你倒是告诉我一声呵！我可真傻，除了觉得你用手逗我这一点不同往常，也没想得更多，以后可得加心眼儿了。得注意在这几天之内，你腰上有没有松紧带。你又该噘嘴说："坏蛋，你说你是不是坏？"——可我只好做个坏人了。

这么说好像我原来不如现在那么坏似的，其实我本来就"坏"。——得，够圆乎的了吧，两面的话都让我说了。——其实这样更坏。

我只好像《三笑》里那个渔夫唱的一样"横也秋香，竖也秋香"了。

反正你和我就是这么一对儿了。就是有个活泼能玩的在一边比着，你也会爱着我。别以为我夸口，只是我会更久地痛苦和更久地忍耐罢了，你心好，心好的人不喜欢制造悲剧，可最懂得悲哀的劲儿。我知道你喜好活泼和热情，所以你别把我当个不活泼不热情的"老实人"，那样想，你就会总觉得我格格不入，妨碍别人，替我担心了。我可以因你而更快活，可不是说，就可以不留下一些沉静，在火堆边，有一片幽暗树林围绕宝地，不也挺好吗？我喜欢营火边女孩子发黑的眼神，这不也挺有生活气息吗？"静"是一种和谐的，接受性的状况，真能静的人，才能比较集中地使用力量。当然我没这么神圣，可我并没有比别人更不自得其乐，你别觉得我不活泼，不热情，挺可怜的；我也不会这样。汲取欢乐有各种方式，能被充分吸取的才是真的快乐。

热烈的感情和沉静的性格，造成我比较丰富的内心生活，外在生活可能倒不太惯于了。但小小不言的一片秋山可以引我注意很久，何况那些热烈的人们，会说话的眼睛和灵活的手指。别让我使你的朋友败兴，也别以为我会把别人变成石头。

我这么细致地写这些话呢，并不只是为了申辩，我不以为这是你所不懂的，只是想说一说，以表明你不要太考虑这些，人和人该怎么处，大家一碰见就知道取齐和谐了。这些话以前说了现在就不说了，总算是一个态度呗。当我总这么说的时候，就把事情搅得不清了，不过这样也挺提醒我的：闭嘴！

*

晚上在外行走的时候，自己多当心，你这个鬼大胆儿。

《人道主义提纲》[①]可以整理一下我自己，就像用梳子梳理一遍我乱七八糟的头发。我也得发愤努力，否则要掉在你后面了。一个人多少还有点刺激他的虚荣心吧，老熊[②]有首诗说："别人满足自己的是虚荣心/自己满足自己的是自尊心"——如此说来，那是自尊心迫使我梳头发了。

*

给向东[③]去信的时候，顺便把我的论文寄去，或你没钱了，就带来给我，挂号寄走，还是带来吧。给向东的诗改好了，你给我塞在你的信里，信里少提他女朋友关佩的事。向东毕竟 27 岁了，不喜欢别人管他的事。我真想调他上北京，介绍一个好女孩儿给他，如果我有这权力和这人缘的话。麻烦你把《河》抄一遍，我没抄好。

祝兔子快乐！

永远爱你的　一禾

1983.8.30

---

① 这是骆一禾自己打算写的一份哲学笔记。

② 骆一禾同班好友，大学时期也写诗。

③ 前信中曾提到的骆一禾的广州好友李向东。

玞玞,我亲爱的小爱人:

一天工作完了,我真觉得有些疲倦了,主要不是工作紧张,今天上午学习校对手册,下午学《邓小平文选》,机关里那种刻板的时间节奏,让人心里觉得呆板,消耗精力。

放工了,我骑着车,太阳在西边燃烧,柔和而猛烈的夕霞,从木樨地的铁桥及运河上方普照人世,长安街上还能看见骑车女孩子的花裙子,让人有一种松了口气的感觉。小宇[1]还要挤车走很远,拎着他的公文包。下午他比我还显得疲倦,因无聊而生出的疲倦,如飞鸟般来,但又去了,他把绿封皮的校对手册带回去,叹了口气说也许晚上没有睡意呢?

真的,没有在这世上走,我不能懂得我很年轻,当催人进入梦乡的念文件声把我们折腾够了以后,当汽车像贝壳一样从立交桥下驶过的时候,当月坛北街笔直的路好像驶向太阳,但终于被玉渊潭上的水汽收留的时候,我知道,在那么多骑车的人里,我是蓬勃的。他们有些人在党校什么理论短训班里毕业以后,就在我们隔壁写青年道德修养的辅导材料,但是在小宇和我的字典里,找到的却是另一些词汇和人。胡平[2]挣扎了两年,今年也分到了出版部,还没来报到,他会和老朱一样谈些东西吗?是的,人的心不老,那是个奇迹,所以当我想起我的爱人和小宇、老朱这些朋友时,就觉得他们好像都自运河的太阳上空,穿过铁桥,用一张清澈透明的脸

---

① 骆一禾同班好友何拓宇,大学毕业后与他一起被分配到北京出版社《十月》杂志编辑部工作。

② 北大七八级哲学研究生,与骆一禾差不多同时被分配到北京出版社工作,经朱正琳介绍相识。

朝向世界，有一种恒定的、谜样的、热烈与淡定交织的表情。向东不太喜欢政治，但是他有一种良好的、接近人而不迫近人的和谐和理解力。是的，一个朋友，能够培养一种良好的情感，这种情感之所以为你我所有，是因为我们有了这样几位友人。而你呢？是的，当我们以一种语言表述感情的时候，我对你的话的理解总带着一种特殊感情所带来的光泽，而不是像听别人话那样照字面理解。你说："晚安了"这含义是平常人所能有的吗？——而这样一种情感，是我独自对你的时候，培养起来的，如果没有你，我不会有这样的情感。衡量爱情，首先是看它建树了什么，而每一次检视的结果，我都悄悄地向深远处吐出温暖的一个字。——是的，我没有错过你！

我曾经借父母的眼望过儿时的世界，也从别人的慧眼中见出道路，以前给老朱的便条里，我谢了他，乃因为他的光扫荡了蒙昧我心，而使我的情感本能深入进一直以为是禁域而不敢入的东西里。是的，实际上，离真正的路只有几步远了，但这几步恰恰是年轻而没有经历的人所不能跨步的真正原因。那指引者遥远的手却指出了这新来者所不能触及的问题。虽然以后的步子仍是我必走的，而勇气也只能取自自己，但怯懦，那些我们出于年轻的矫饰而不能明察的怯懦，突然明了，于是反而使我豁然起来。而身为一个女子，虽然你也有你的局限，但同样启示了我，感召了我，以一个女子的良善、真诚、本性的纯朴和女子的智勇。也许，你年轻，所以有很好的良知，却不一定能启开他人的心灵；也许你也不能完全跨越经历的不同，而知解我心想的那些，虽然它们可能与你想的有同样的名称，但我所纠缠的可能要更凌乱更作茧自缚些，以至于带来你所不解也无须去解的心绪——但是，当我对自己喃喃的时候，当我向你表白了，1 月 8 日的爱的表白以后，我就知道，这时，两颗心是敞开的、无间的、可以汲收的，而你提供给我的情感、良知、才能与见识，也已经成为我们独有的共同一份了。我变得更好、更强健和年轻，不是依赖了你也确是因为你的支撑和黄昏中的一瞥，高空中的一声。

我徜徉，我沉思，而四围的虚空并不使我凋敝，我知道，我是很充实的，我爱你。用朴素的，但不是庸俗的心情爱你。

一禾

1983.8.31

玞玞：

我昨晚骑了半小时到家，大马路上空荡荡的，骑起车来心胸开阔，4 吨卡车的声响大得好像“黄河”，因为很静，灯光加上去，显得更静，而复杂的组合，也是构成美的级差的标准，只有夜晚是美的，而灯光和夜晚又组成另一种美，所以在文字艺术中，也就同样存在自然之美和构造之美，也许你更喜欢的不是构造之美，而是一种自然的顺序，这和你的诗和评《南方的岸》时，结构上那种自然天成的顺叙是有关的。我可能上次注重的是构造的美，所以写的信上，不尽全面。仅仅在于，功夫要自然人“化”，还有个训练体会过程。

上午休息的时候，和小宇打起乒乓球来，有几个漂亮的发球和抽球，地面很滑，小宇调动我的时候没法跑，这墨绿色的大球台，比咱们在 100 号时的要舒服，可那时候更有意趣些。也许那时候已经成为回忆，所以感受更美好。小时候在干校，河南土路上跑的净是大“黄河”牌重型卡车，现在少见了，可是看到“日野”牌车的时候，还是会想起那黄土路上轰轰作响的灰色“黄河”来。是的，和近的事物我们分享的是油烟、尘土和轰响，和远的事物分享的却是美好的印象。人也一样。

我们只要知道这点，只要知道这时的一切，也会成为以后的美好回忆，就不必担心自己的形象。只要注重现在，因为现在是会一闪即逝的，我昨天晚上谈的是一些既成的、不怎么坏的生活态度，那么还必须注意爱的多样和形式，自然地发生接触，努力过好现在，就不必有什么解释了，我总是急于事成，急于让人明白。其实各人有各人的理解角度。我爱你，假如有什么不好，请多担待，各人的生活不同，就有不同的理解，只要能容纳，就是一致，而不必强求你怎么生活，如果人和人能互相规定生活方式的话，那么全世界只要一个人就够了。这是不可能的，所以我们把它丰富起来，以你的动，我的静，你的开展和我的执着，把它调谐到尽可能的程度吧，一切都会好的，而“好”只不过是变化而已。

现在开始，我要静静地来到你身边，“饮你的光，你满心的神奇，你的完整”，不多余地讨究我们已明的爱情，只要你不把我看作软弱和不能共处的就行了。如果我不能深情地做到这点，那就总也完不成我的诺言——诺言是必要的，而我知道你已给了我——就会让我自己也看不起自己了。

也许我不及你敏捷、乐天、聪明、宽许，假如我再不能坦白、深情、安详，就会变成“四不像”，就一无可取了。所以你也不要觉得我一人独处，在不做声时就是忧郁，太挑我这个了，我也就没有适合的与你相处的方式了，因为邯郸学步是很难堪的。我没有要自甘孤独让你不舒服的意思，你得体会我此时是多么想配得上你，而这样的努力也不比你低多少。

下午和胡平谈了一些话，他很敏锐，思路清晰，善于把握论点，而且比喻很精巧犀利。老朱是比他更强烈热情的，他在论述问题时，是远观式的，老朱是体会式的；而两个人的确都很能打动人。更习惯老朱的表述方式一些，以后还要和他多会会，这也是一种使人达观丰富的方式。

你可别再因为我多费心思了，让你劳神我也很觉不安，其实我很想让你在不必要的方向上省些力，集中力量，也能安适地生活。我再也不能冲撞你，让你因此而痛楚了，必要的倾听和建议是会有的，但不强使你怎么样，能让你觉得回到我身边时有一种宁静感，一种信赖感——不是依赖，在这个意义上，也能和你的其他朋友们达成一种协调。实在你有些话估计也是把我呛得别扭，不能自得其乐——不是怪你，是我还得多适应，以除去对自己的错误估计，完成自己的基本价值。问 215[①] 的她们好。

祝好

爱你至终的　一禾

1983.9.2

① 当时张玞住北大 31 楼 215 室。

玦玦：

闹了半天，我姐姐忘了把我星期三的信寄出了，星期三晚上她回家，路上有个邮筒，结果小克克[①]一边说话一边闹，就骑车走过了。

你们的照片已经洗好的，我挑了五张放大三寸，有两张你的相片修版也不灵，怪可惜的。只好割爱了。

给丁玫[②]的信，我决定你不要写了，应该我来写，因为事端起源是从我这儿开始的，她这么不尊重我的感情——我们的——，而只是关心她自己在我们脑子里的印象是否“完美”，表现她的了不起，她对我的“恩赐”，我也不能和她相处了，写封信割断就更彻底些。不必再谈这个了。

星期四晚上我去了你那里。路过百万庄的时候，小阵雨正下得紧，我总觉得你就在你家里，在台灯下看书。我喜欢从我家到你家一路上的大叶杨和梧桐树，在黄昏里，它们绿得发黑。你们家的那栋泛白的楼舍，对我来说是亲切而熟悉的，晚上如果我穿过夜幕，也能认出它来，尽管它和别的楼没什么两样。在过去，我走过那些楼群，可一点也没记住它，认识了你以后，就马上能认得清了……

那一天是个雨夜，绿色交通灯在那时特别清晰晶莹。

你坐在灯下看书，穿着家常的无袖衫，然后你开始灵活地转动着五指给我削梨，沏出来的酸梅汤味儿也特别浓。

---

① 骆一禾二姐的儿子。

② 骆一禾同班同学，也写诗。

你是我的好姑娘，下辈子我们也结伴儿吧。

“做每一件事情/都给它一个快乐思想/就像把一盏盏的灯/点亮”。我愿这样陪伴着你，在我们能在一块儿的时候。

《八千里路云和月》好看吧？那天是个晴天，6 点多钟太阳还没下净，天空还泛蓝。我去车铺要了块闸皮，用家伙把它安上了，从北大回来的时候，它掉了。这一天看了 5 万多字的清样，还和小宇、胡平打乒乓球，中午打得一身汗，白衬衫又发黄了，星期天下午浴室一开门，正午 12 点半我就去洗上一个小时的澡。如果你得空，下午就来取一下底片，它们卷曲着，不太好寄去。

吻你，紧紧地拥抱你，吻你，吻到你勇敢又娇嫩的心窝里。

一禾

1983.9.10

玞玞：

亲爱的。

在家休息得好吗？你是瘦多了。把药吃好，这一星期你要看电影，晚上出去多穿些衣服。和老朱一块走吧？

关于意象、意境、神思、物化、韵味、比兴这几个古典美学的范畴，比兴多为训诂家诠释，但我以为讲的只不过是明字义而已。而讲述这些范畴的人，也很少把它们联系起来看。我以为，意象是这些范畴的最佳入手点，估计要有几封信才能谈清，那么，我就陆续写来吧。

初步地讲：神思，物化，属于创作心理学的范畴，是人们创作时特有的心理状态。韵味，是读者心理的一种体会。比兴是创作的基本技法，而把这三者结成为一个网的，是意象。所以，从这里入手是合适的。以前想借写论文之际，写出一篇意象论来，结果也没落实，现在也借咱们玞儿的东风，整理一下吧。因为要抄《西西弗的神话》，工作之后眼睛有些疲乏，所以其中一些资料性的东西，可能就会粗疏一些。

今天你来过了，我心里很踏实。听说你病了，不见一面心里不安定。

给向红、方毅的书，我周一一定能买到。叶嘉莹的观点我是赞赏的，尤其她的文字有一种清晰光亮的美，在论理和鉴赏双方都很适宜。读过以后，对人的形式美的写作，很有好处的。——我不是写给她们看的，是在自言自语。

下午去洗了个澡，正好赶上礼堂放《火烧圆明园》，院里的人都不约而同地挤进影院，浴室里人不多，水温也很合适，太阳照得身子挺亮的，水珠也是亮的，想起你差点赶上（学校浴室里）没水，觉得怪神的。

以后咱们的家，得有个比较好的淋浴间，那样显得卫生条件好多了，不过还是留着以后说罢。

我看也不必去小宇家了，那天人挺多，都是同学，也有几个不便当他们面说话的，你和老朱去了也不能畅所欲言；准又闹到后半夜，回北大也不方便了。

王小黎[①]那么问过你吗？一半是由于你出色的性格，一半是可能她对男孩子有某种想了解的潜意识，纯心理的。也许你一说，还挺能帮她知道一些事呢，对她也好。以后她很可能也找了个"不出色，挺普通的"呢。——嗯，这可不能让她知道的。

亲亲你！

祝身体健康！

你的挺普通的　一禾

1983.9.11

① 北大中文系82级学生，张玞在校好友。

玞玞：

昨天晚上我乏了。星期天晚上骑车去朝阳门外，梁永琳[①]去植树去了，回来得晚，再熬夜会是比较紧张的。

而且见到李景强[②]，我有一种在读《蝇王》时感到的不吸收感。

前一个理由显得可怜巴巴，还不如不说。我和小宇也不太懂逻辑，所以也就不多解释。在男朋友里，对小宇和向东我不太感到有解释的需要。

所以见到他，我只是笑一笑。以后和大哥、旺子、石冰都有机会见，老赵回来的时候我去接风便是了，小林儿和我们办公室只有五分钟的“11路”就到了。

而且我们届时可以畅所欲言。马小林现在抽烟凶着呢，过去他爱踢球，我和他一块踢过后卫，他常跟我抢一个前锋的球，我在前边一逼，前锋就带球过人，把球推到我身后，小林就机灵地把球接走了，那个前锋就探头伸过我的肩膀，挺怅惘地看着小林把球开出去。

阿贵从福建来信了，讲了他孤零零地在街上走着，快活地想到在世界上只有我和小宇是他的同行，盘算着什么时候吃着柳妈妈端上来的果子，然后“娘们有娘们的话要谈，咱们哥们呢，在枣树下海阔天空地聊天，或者悄没声息地摸一把牌……”

野猫孤零零的

---

① 骆一禾好友李向东的同学，被分配到北京《人民日报》海外版工作。

② 骆一禾同班同学。本信中提到的名字均是骆一禾同班同学，大哥是王郑生；阿贵则是骆一禾最为关心的小弟，2018年因病去世时年仅54岁。

海很遥远

我坐下来给他写信，他这个留着长头发，穿着花衬衫，整天不读书的小伙子，在他最为人齿冷的时候，我们有过安静地坐在没有电的房间里，聊聊扑克、女人，后来也聊过论文和酒。他向我介绍过“翡翠”“红梅”“宝石”这些物美价廉的云烟。现在看来，我没有始乱终弃，出尔反尔……看到他的信，我心里很欣悦，不带一丝愧疚，有时间就想给他写封信。是的，我只能适应一些人，而不能适应另一些人，我们是些心里有着遥远的海的野猫，我们是些普通人……像小宇的小猫吉米——他现在孤零零地在一个遥远的地方——我们也长着沉醉的眼睛，因为我们的心灵并不是沉默的、冷漠的，而是沉醉在我们所喜好、所择取的生活之中。有一种伟大的震颤催动着我们男子的友谊。至少，不是势利的。

*

又扯远啦。今天不过是在自言自语罢了。还是看你介绍电影巡回展的文字吧，我可没机会看了，你讲讲也挺活灵活现的。

你的　一禾[①]

电视上居然也引了一句北岛的诗：

卑鄙是卑鄙者的通行证，
高尚是高尚者的墓志铭。

---

① 此信没有日期，根据骆一禾日记知，他是9月12日中午去马小林的新华社宿舍并看到一份阿贵的来信，故此信应该是1983.9.12，邮戳日期是1983.9.13。

我觉得这是中国文学史上最好的诗句之一。可惜电视里用得肤浅到不是地方。不是人人都能唱贝多芬第九交响曲的，连中央乐团也不行，欢乐是命运的复调，是宿命的升华。

玞玞：

我亲爱的。

今天拿到了你的照片，你单人照的和大家合影的，都挺不错的，如果说起来，我喜欢你笑的那张，像一颗海星在荒墟上眨眼。白裙子衬得人特别轻柔、干净。以后再把这两张的人放大一些，略去些背景，也可以的了。

去王府井给向红、方毅买到了《王国维及其文学批评》，这本书要价是比较高的，不过文笔光洁玉润，讲起东西来婉转而且有条理。《德语国家中短篇小说选》，只有一篇是张玉书译的，不过我想还是买了吧；有个以前的作品集，我觉得比这个好，有茨威格的《第三只鸽子》，里尔克的《小园中》等，可是这里选的名篇比那本多。还买了本今道友信的《关于美》，一本《现代化问题探索》(译著)，都不太厚。

今天可是个好日子，我还看见了《前夜・父与子》，你既然喜欢，就买下来，只是钱不够了，我想下月买，这月只剩 16 块钱，不知道怎么花的，给妈妈的礼物和我下半月的饭钱还得周转开，这样大约得 10 块钱，那 6 块钱我等着看，如果下半月没有什么好书的话，再买《前夜・父与子》也不迟。三楼有本奥塔・希克的《社会主义的计划与市场》，我推荐给肖培买，这样借来看看就行了。

星期天你有时间的话，来拿一下向红她们的书和你的照片吧。如果没有，就下周我去你那儿的时候带去。现在晚上外出跑跑步，做做仰卧起坐，然后看几页易读的书，再做做笔记，大概 12 点钟脱光了衣服，用热水擦擦，挺快地入睡，基本上能保持正常生活，只是有时候在被子里想你三五分钟……至于骑车嘛，现在好多了，骑车在人流里，迎着立交桥上下的风，6 点钟的太阳正金黄而大圆，我寄出每天给你的信。这样，两星期一见，也不算难挨，你的时间多些，我也可以抓紧自学和业余写作。想你的时候我就做点儿别的，要不心里就扑通扑通地，老迷着你。做了一个星期的“论意象”的计划。晚上练练字的闲工夫是没有了。

*

我日渐觉得，应当尽可能地掌握英文。

先不说这些了，关于中国这六年来的一些动态，以后我们还会说起很多，而能够想到，即使在最虚伪的时候，也会看到你的真诚欢快的眼睛，我觉得此生是蛮幸福的。

我得给向东和林贤治写封信去，如果《青年诗坛》的日子不多了，我要建议他们好好利用一下这个论坛，反正我又不是那么引人注目，写几篇诗论和诗，总不会犯天条的，否则太不够痛快了。我觉得中国的事情太让人憋闷，六年过去，在各个舞台上还是有那么多旧日走红而不真诚的人走红，而像谢冕、洪子诚老师这样的却不得意。

*

“苍黄两色棒，掩遏一阳生。”李商隐的句子有时候也很质朴沉痛；“回来，我们重建家园/或永远走开”——这是 1976 年青年人的诗句，也许有一代人将永远走开了。你看 1983 年 9 月 13 日的报纸，就会觉得事情总会来的，可来得这么容易，却是出于中国人的健忘，而恰恰是大多数健忘的人，总把历史的罪责归于某个人：“好国王琼布”“坏女王安娜”“青天大老爷”；没他们什么事似的。“我悲哀地看着我们这一代人……”莱蒙托夫的诗句不是那么快就死去的。

*

得啦，忧国忧民的事总是有的，可咱们不还得做个健全活分的人吗？自己多读读书，以强自身，多打打球，以避开文牍学习的恶臭，这样血也好烫一些。

*

对了，星期天还是不要来了吧！可能时间紧，我用那天给我们自己抄抄《西西弗的神话》，写几节论意象的短文，好回答你一部分问题。明天晚上第一二节可以写好了寄给你去。

*

给向东写信的日子定在明天，否则他可能被揪出来，别看他已经 28 了，可是说起刻薄话来可真好听，让人慈爱地抓住小辫子。今天听小宇转告了大哥的嘱咐之后，我抽了一支烟的雪茄，打了两场乒乓球，技术发挥正常，然后决定写信，林贤治正在写《巨人时代》，“需要而产生不出……”其实惹事没什么，就怕他一个人蛮干。

*

诚恳地祝你早日康复，专志学习；我现在宁静地翻翻德加的油画，想想你盈盈的笑脸，爱比个“六”字的手。待会儿做完 36 下装阳光的动作，这封信就会变成阳光飘到你那儿去了。吻你的头发！

祝健康！

你的小情人　一禾①

---

① 此信没有日期，根据邮戳日期知，是 1983.9.13 寄出。

玦玦：

下午政治学习，读《邓小平文选》，我就可以闲下来写信了。

玩了一中午的乒乓球，可以说挺开心的，就是口渴得不行，这里修水管子，从我们3号来上班的时候，就停水，除去早上8点钟以前供水，剩下的时间就得渴着。我决定等会儿去街上给我们俩买点大碗茶。可谁知道这儿有没有呢？

有一次我们一起在图书馆209室，正好是下午，我渴得厉害，写了一大堆冷饮的名字，越写越渴。这已经是挺老早的事了，我们已经一块儿走了多少路了呢？我天生不是小说家，所以总觉得没什么可写的，可是细想来，生活真有一些小说不能写而实际很美的情趣。我指的是契诃夫所说的美："一个人应该一切都是美的……"

不管怎么样吧，反正你把头靠在我肩膀上的时候，我觉得自己特别有一种尊严感，想挑战地看看什么人。可笑吗？

*

刚喝完一大杯凉水，现在可以随口聊聊了，因为刚才半个嘴淹在水里。

高行健的小说选集《有只鸽子叫红唇儿》我们校完了，结果又返工，因为他写得太臭，看起来特别不通畅，所以很粗糙地读一读就过去了。这小子的小说，抓不住具体的细节，总想概括时代，所以人物多是类型，是那种抽去了各人命运的共同经历，经常是熟人，一个专攻系统科学而且走在世界前列、最后害心脏病死了、连爱人都不知何方去的"优秀"青年，一个先是受骗上当、然后爱人死了才翻悔的后来当了作家的红卫兵头头，一个坚信革命和党、下了干校又坚持斗争、最后被迫害致死的老干部。我总觉得他的人物是老天注定就要担当书中角色的，而且当得泾渭分明，在道德上立于不败之地。一段长达六百字的议论之后，他的主人公好不容易有了一个细节："他按灭了烟，扭了扭粗大的手指头"——下面是，"接着说"三个字，又是六七百字的议论……他的细节是装饰，是为了说明再说明这个人的性格，但动作又无异于常人，让你看了觉得很钝、很平。

所以对他的理论我也表示怀疑，因为里面没有真切的心得，都是对外国名词的抄录，总是说不出最让人心服的那句话……在《绝对信号》的剧本里，我们同样可以看到类似的毛病，黑子好像全部功能就是在犯罪中忏悔，蜜蜂注定要在两个男人中表现得多情善感，车长就是个教导人的先哲……

小宇说：高行健写得最好的东西是他翻译的《秃头歌女》。

*

对了，以后你写给向东的信上，地址可以写广东省广州市沙河西街26号304。这样他收到得可能快一些。

*

我们家的朱顶红已经开谢了，秋天还挺热，街上的车队里还有夏天的气息，学校的游泳池关那么早干什么？外面也是，我好久不去什刹海、积水潭什么的了，因为那里太脏，最好以后的住宅都有顶楼泳池。看来是不可能的，胡平还在为他的房子疲于奔命。现在我们这些同学里，数老贺[①]（在《文艺报》）的住处最宽敞，20平方米住两个人，可是大多数还在挣扎着受苦受难。我正在校《北京风物志》，里面故宫及雍和宫，房子都相当多。而且是"金砖"铺地——金砖是用好几种木材烧过数遍，又在桐油里浸泡过的优质

① 北大中文系79级贺绍俊，知名文学批评家。

砖，越走越光滑，质地细腻。我觉得比咱们的水门汀要诗意些。

*

咱们什么时候能一块出去玩玩，在公园里划划船，爬爬山？可能在没结婚以前就很少有机会了。不过这么做长期预算是不科学的，也许它根本没有一定的规律。

昨天晚上梦见你了，穿着白色网球裤在走，去打网球……醒过来是早上六点，我就做了几节床上操，起得挺早。你早上六点是去打球了吗？早上还活动吗？

亲你的耳朵并且嗡嗡地说话！

爱你的　一禾

1983.9.14

玞玞：

我亲爱的小兔子，天上飞着的鸟儿。

你看，过去你每周都喂我两三次，结果没有把你照顾好。我昨天很想你，可是你也应该让我想想你啦！既然咱们都决心建立好未来的幸福，就应该面向着长远，多充分地利用学习条件，所以我劝你这一段先休息好，然后你也不用为什么时候让我见妈妈担心，咱们先缓一缓，一年的学习咱们都得抓紧。老朱说两个星期见一面的规矩不必要，是从帮咱们亲近的角度想。我觉得你也不必觉得我只是为了你，也是为自己，见面多了就老想见，就分心想很多相处的事儿。只要你想我啦，一个电话我就去你那儿，"招之即来，来之能战"，咱们亲亲热热地说说话，也不用太长了，那多有意思呵！两个星期到了，想见你的心情一定很迫切，就上你那儿蹭晚饭吃，要你给我泡杯茶。我知道你为了我连学业都可以缩短，所以我也一定得好好地给你充分的时间。你为我烦心，跟我亲热，在身心灵肉上都从不亏待我，我再不发自内心地感谢我的小爱人，实实在在地对你好，还说得过去吗？所以，在一去而不返的时间上，我们应该尽量从长计议，不要留下什么太紧张太疲劳的结果。

我可爱的宝贝儿，梳着刘海儿的小妈妈。

星期二我上你那儿去，咱们晚上吃点热乎的。那儿还有凉面吗？今天吃了一顿只有茴香的饺子，结果乒乓球技术大大下降，还经常抽球出界。我星期天去陪梁友琳到旺子家，结束我欠他两周的许诺：陪他玩。还不定上哪儿去蹭饭呢。

我在报上看见丘吉尔的曾孙蹭车被罚款，才知道外国也有人不买月票。恐怕我也得为了这趟玩破费上七八块钱。咳，钱不多了。

写的信,重复之处很不少,因为是断续写成的,所以前后时常会脱节。

唉!我多想你呀,但我们在这问题上必须学会克制。

小爸爸　一禾

1983.9.14 夜

玦玦：

终于，我们相见了。那车子骑得多么愉快呵！

不少的回忆，终于在一个辛酸的杏子上找到自己的句号，我能够知道你心的波动，那些谈起爱情时的辛酸……我们男子可能坚强些也迟钝些，所以遇到自己心爱的女人，可能就感到风平浪静，像看到一大片黎明后的海滩一样，海正从远处缓缓流来。

我总要挑起事业、社交、压力和感情的担子的，从过去到现在，我觉得是变得健康多了，我总会彻底锻造出来的。这就是我，我怀着一个大大的奢望：如果有下辈子，也让玦玦爱上我。

人们常常怀着一个希望而办事并将它成就。也许下一辈子我真的不能和你在一块儿了，但我常怀着这样一个灼烧着我的火星。来世对我们是很重要的。也许今世所遭到的一切，而我们未能自觉地秉正处理，下辈子就将遭天谴……所以我打算用一个我们的现在，我们所创建的共同经历所鼎承的未来，来压倒我的过去，努力生活。是的，我是你的确证，但你也同样将在我们私人的心史中留下对己的确证，所以我得堂堂男子般地生活。说句实在话，我对你是不公平的，也是留下抱憾的丈夫，但现在我不自卑了，因为我们到底走到一起了。

你闪烁着，终将走远……在一个世界沦入黑洞的时候，也许我们被仓惶而急切地渡过忘川的人流无声地冲开，连再见都来不及说一声。……所以我要说：我爱你，我爱你……以至无穷，因为说不完或说不出的时候我会很难受的。不过我相信，假如那飘着绿色五月的坚硬洁白的河流，那鱼王和欢笑般神奇的你明亮晶莹的眼睛，你的话梅和小面包，那纯净有力的母亲般的春天和春天般的母亲会一起重新自那苍茫中流来的时候，我一定能看见你在那河上的，我也一定要奋力向你游去。

这就是车子滑下三环路，滑下电车拐过的那个坡道，我骑车子在前面，而你在路灯下慢慢骑来的时候，我说不出来的那种热辣辣又堵塞的东西。我是钝化了，当着人的面前，我会装作无动于衷了，我甚至为自己一句真心激动的话感到后悔，但是看你写到自己，写到你哭了，写到那种复杂难辨的滋味时，我晚上激动得睡不好觉了……我呆呆地看着你的信，仿佛一个地球就在手上。

你明白了吗？我爱你……你好……从这些再也连缀不起来的字句里，我感到心在膨胀起来，就像我们白天黑夜在岸上看见海浪涌来时的那种神一样的大深远与大欣悦。

玞儿，你不是神，但你是在这个世界上挽起我的手和我同行的一个有着褐色头发和日渐消瘦脸庞的、我的女孩子……想到没有下辈子了，我就心里滚沸起来，烫到只觉得冷地渴望。

爱你至死的　一禾[1]

---

① 此信没有署日期，根据骆一禾日记推测应是1983年9月15日。

玞玞：

昨天晚上看了一回《叶塞尼亚》。这片子描写那种期待的心理很动人。然后洗了个澡，水是用煤气加热的，所以到后来就冰冷了，淋在身子上让人直激灵。到星期一我下班以后，再去浴室里把自己收拾干净，星期二你来吃晚饭，然后我们去你家里，和妹妹聊聊天，听听音乐，看看那只有大半个脸的发淡红的月亮。

中秋啦，你爸爸妈妈怎么倒出差了呢？星期三你家一定又热闹非常，那么多你的小同谋犯。星期四、星期五我们去昌平林场种树，到星期六回来，可能星期六就休息一天了。那么，就可以把我没写完的东西再朝写完的方向拱一圈。

这儿的乒乓球台边搁了一堆木头，结果我就不能闪身快攻了。昨天以 6∶11 输给了小宇，可是攻球还是我的拿手好菜。衣服穿上三天就汗味十足，领子黑得我搓不动，得打上一层肥皂。今天大扫除，我们得很卖劲地再擦两扇窗户。登高爬低的活，干起来比河豚似的大人们要带劲。我最怕扫楼道。

这样，中午我们就没事干了，随便聊聊天。胡平没事在那儿说起智力测验题：

有一个国家和另一个国家离得很近，衣饰饮食长相都一模一样，两国人民友谊也很深厚，经常往来，所以两国居民在两个城里都有。仅有一个外乡人，大老远跑来，弄不清自己所到的是哪一国。两国人民唯一的区别是，一个国家的人民满嘴谎话，从不说一句真话；另一国则是没有半个谎字。这个外乡人只用一句话去问所见到的人，就问清了自己所到的是哪个国家：撒谎国或老实国。请问是哪一句话？

你猜呢？

中秋的时候，我们中午要聚餐，校对科把我们推给了政读室，到了去种树的名单上，我们又成了校对科的。看来是想拿我们当劳动力呵！

今天校对《劳动经济与劳动管理》，有一段是这么写的：

> 社会主义的劳动积极性具有比以往历史上任何时期都强大的精神动力——社会主义、共产主义思想觉悟，一个人的社会主义、共产主义觉悟越高，他的社会主义劳动积极性就越高。……只讲精神鼓励而不讲物质鼓励，就会犯左倾错误，只讲物质鼓励而不讲精神鼓励，就会犯右倾错误。

这里有很滑稽的谬论。用精神来激励，就左了，用物质就右了，那么定值衡量的是什么呢？

爱你的　一禾

1983.9.17

玞儿：

我以后再也不那样了，写那样的信让你伤心。我不是在不放心，就是有时候心里一下子憋得慌，就有好多话要说。我可幸福呢！再不那样了。

我全都知道，都像珍视自己的看法一样珍视你的看法、秘密、任性。你是我的好兔子、好“女主人”和挺“坏”挺“坏”的小姑娘。

如果你“十一”决定我有去的适宜条件：爸爸妈妈不会觉得有碍团圆——因为你们家一家人要团圆团圆的，除此以外，再加上妈妈不是总在这一阵子向你发火。就这两条，虽说可能他们会挑剔等——不是指“找茬儿”那个意思，而是指天下父母都有的“精心设防”——我也完全可以去。也要带一点儿礼物，我也想不出有什么，买一束花儿，买一瓶酒？

《西西弗的神话》，如果老朱要看，当然我请你把书带给他，只是时间不长了，我一直没抄多少。

向东来了一封信，周二我带给你看。问你好。

你的小爱人　一禾[①]

---

① 此信是夹在上封信里寄出的，时间应是1983年9月18日。

玦玦：

你看，我这几天一去种树，就没给你写信了，让你怪冷清的。其实也不会的，我的小爱人有个好性格，可会照顾自己，不让自己受寂寞了。可是你也挺想我的吧？

我们到昌平沙河林场去翻地，修整北京杨和国槐，还得锄草。第一天和校对科的干活，“工人阶级”觉悟高，专门挑别人的刺儿，结果一个小伙子因干活粗疏而被牺牲了。有个自以为楚楚动人、精明能干的，腰扎得很细、瘦得膝盖像小鼓的女人，拖着高跟凉鞋和脏得发黄的白袜子跟，扭着腰说：“让他返工，查查是谁干的，全队批评批评他！”

第二天我们俩到《十月》队里去劳动，因为路上打扑克，没有在南场下车，就到了北场。有六个北大的，从七五届到七九届都有，加上年轻人多些，所以逮个蛐蛐儿，抽支香烟，在树荫里吃枣，加上玩命干活，时间也过得很快。据这儿的张头儿说，我和小宇实习以后，就参与审稿，并和老资格的编辑一起去熟悉北京作家，以后放外省拉稿子，可能机会多一些。

这样工作还是不怎么糟的，只是节奏慢，而这慢节奏将持续下去。首先是开始我们还得坐班，可能离能自由去找你的设想还有距离。不过，凡是等有了时间、机会或是更以后的从外省回来，我马上就去找你一次，你能请我吃碗热乎乎的馄饨吗？——当然啦！

阿贵来的信上写着“向嫂嫂请安”，指的就是你啦，小妈妈！

嗯，小妈妈，我可想你啦，想得像一匹春天的马儿……

小克克揉乱了信纸，我妈妈要回来了，你看，星期六下午可能我们没有很多时间先种了树再种你了……但我努力争取吧。小克克回家去了，在这儿的一个多月，他可皮多了。

想到你就要来了，我每次都特别不安分，像个初次赴约会的小男孩儿，在信纸上抱你、亲你，想起我毕业前我们在一起度过的下午、我们的晚上。真的，你每次要来之前，我的心口就开始很甜蜜地发胀，人就不安心了，想起你在美丽的绿帐子里，晶莹的身体和晶莹的心，你的头轻盈地、信任地靠在我肩上。

星期五坐地铁回来的时候，刚上地面，看见在工地外的铁丝网前，一个女孩子把头插在小伙子的腋下，他们一动不动，也没有声音，后背朝着世界，迷醉得看不见前方的苹果树。当然有人笑他们，有人目不斜视，可我总是能体会他们这时候不顾一切的决心。在北戴河的海浪中，我想爬上筏子，有一次想俯在你身上，你原谅我吧，我不是存心要让人看，那时候我也看不见眼前的苹果树。

不知为什么，我每天做锻炼的时候，总想起这样一段印象：我们从北戴河回来，在北京站上了地铁，车上人不多，灯光很柔和，我们都很黑，你的皮肤晒得黝黑中泛出金红色，美丽得像夏天里成熟的麦田，我们都很安静，带着一股回家去的没有任何阴影的、平安的气氛和彼此相爱的表情，那一瞬间是难忘的。

你说，为什么我一想起你的好些小动作、小表情，就突然觉得在感情上就又深了一层，更眷恋你，更想硬气爽快地做好你的丈夫呢？为什么呢，嗯？小妈妈。

爱你的　一禾[1]

---

① 此信没有署日期，根据下封信（“周五晚写的信交小宇带去寄”）以及日记上写的种树归来的日子推测，应该是1983年9月23日。

玞玞：

今天老朱该回高老庄了，我灯下头开始校对《中杰英短篇小说选》，真没法儿玩。早上我拿出那双崭新的白球鞋，小宇很高兴地一穿——小了，夹得他大脚趾痛，可能一踢球，就会脱颖而出。

这些不幸的消息不会打搅你的心情吧？不管你怎么沮丧，也得打起精神来，为那双漂亮的球鞋找个归宿。也许你还有办法。我呢，等发了工资去给你买双白球鞋怎么样？哪怕是出于对那挺动人的意大利—中国式土豆饼的感激呢。

小宇骑我的车去给你寄我星期五晚上写的信了，顺便去崇文门和西单玩玩，取回我们发的《十月》和一些其他的书、信件。这样，你可能在星期一下午或星期二上午收到我的信。

这些天的电视上没什么特别好看的片子，我就可以省些时间写信和写《论意象》了，慢慢地，我上班也会迟到了，即使在8点15分到，也是先到的几个之一，就像《一江春水向东流》一样。给你写信的数目可能会多，你给我的信还没数，可能确实比我多了。那种下班回家看到你的信的高兴劲，可能也和你的差不多。其实一两页纸就够了，你写信挺亲切自然的，像行云流水。就像现在咱们约会，一个月有两次，你笑笑地看看我，就让我心醉神迷了，尽管我是很想有一天骑乘着小马儿赶很远的路的……但是质量是那么一样浓厚！

"十一"我可以去你家吗？

柏拉图的美学讲灵感和迷狂，克罗齐的美学讲表现，车尔尼雪夫斯基的美学讲生活，莱辛讲诗画区别，都还是比较专门的，如果从古典美学里学习，还是个好的开头点。

这些书其实按你自己的理解去看最好。有的书可能它的主旨不一定吸引人，但是其中有一些论述是可以吸收的，往往是这样。而且读书主要是找到它的论述方法，并按自己理解形成自己的论述体系，然后采取“六经注我”而不是“我陷六经”的态度，写东西就自如了。

亲你的手指头！

爱你的　一禾[①]

《论自由》《阿奎那政治著作选》《关于美》《安格尔论艺术》《感觉世界》，你登录了[②]吗？《现当代英国短篇小说集》买到了。

---

① 此信没有署日期，邮戳日期是1983年9月26日。

② 骆一禾和张玞确立关系之后，说好自此两人的书共享共有，建立一个图书收藏目录，以免买重。

玞玞：

我最亲爱的！

收到了你的信，我很想马上跑到你床边，在静静的黑夜里，静静地挨着你，把你的头靠在我胸口上，然后我们没有杂念地喁喁着欢乐的话语。直到天亮我才起身，看看你蜷伏的香甜睡态，掖好你的被子。

别再去想我日记里曾说的傻话。我现在的灵魂跟你的融化在一起，才懂得了并敢说：我爱你胜于爱我自己。生活改变得多么大啊，我得到了一个多么珍贵的人儿啊！所有曾有过心理的不均衡都消失了，现在的我生活变得自然了。我有一种预感，男子的一种清澈自如的东西，挥洒流利的东西，开始出现在我生命里了。一个男人不是总有这种感觉的，一些人生感受，只出现在一定的人生境界里。你别笑，我特别想一边成熟地讨论一个问题，一边为客人炒着你给我做过的茭白炒肉丝儿……显出宽厚的、潇洒的、平常而真实的男子汉的美。

你对我无比温柔，全身心自然。我要全心全意地对你好。我们以后总会一起健康蓬勃地写作、讨论、骑车、游泳、划船、性爱，甚至吵架。我们要笑着闹着，也会有时间安静地坐在长椅上，看着落叶和秋天。

我什么都能干，就是天天骑车去你那儿，陪你静静地读书也可以。现在我晚上有时候从心理到生理上都有一种春水涨潮的感觉，想突然顽皮地趴在你腿上，看你晶亮乌黑的眼球，看你浓浓的红褐色光泽的黑头发。我想念你，每天跑步、做床上和床下操，是要让生活有节奏，让自己健壮些，做你的好丈夫。

从我个人来说，不但准备等到二十七八岁和你结婚，而且结婚以后我们不先急着生孩子。咱们合力“制造”一个孩子就挺好了。其实同居而不登记也没什么，只是还要应付现实而已，我不会用一条记载来欺侮你的，你别在日记里忧烦。

我知道你不是为这着急，可是我就只好这样说说，和你快活、辽远地闲扯着，你别急啊！

小霖来找过我们了，小宇是很机警的，不过这事如果小霖有心，小宇很难做到恰如其分。我尽力做些为小宇着想的事吧。由于丁玫和林建桦的出现，确实增加了人不少对于自然事态的别扭看法，她们是些把事情搞杂乱又不肯收拾的人。[①]

我很巴望小宇找个好姑娘。

寄给你一本《十月》第五期吧，我刚看完，一共发了两本，以后可能有一人四本的戏。我给了小霖一本，心里挺关心她的，对她我帮不上忙，只能给她些好意。

柳鸣九的《在罗丹艺术博物馆里》一篇写得不错，他挺有文采和感受的。

陆天明的《第七个黑铁门》，有模仿维任诺夫《障碍》和陀思妥耶夫斯基《白痴》的痕迹，写一个极度敏感而单纯的女孩儿在受了虚伪理念的破坏之后那种破损了的抽搐的光泽。她被净化的教育将她置于易受打击的现实地位，而对净化虚境的打击，则使她更简明地走入幼稚的境界，无欺但生命力脆弱，不同流合污但又呈现病态。有出人意料的情感和出人意料的幻想，终至无法生存。借鉴的痕迹很重，但又有些良好的动机。只是戏剧化得过分了点，显示痛苦中的坚毅到了不能自已的地步：结尾还故意跌宕出一个

---

① 大概是因为骆一禾与张玞的好友仕仁与青梅竹马复合转而与在校女友分手的事情，使朋友圈也有些牵扯。

分离。

其他篇章没什么参考余地和注视价值。

我们 27 号发工资。

玦玦，天晚了，11 点半了，我还不想睡。其实在思念的同时，由于我们男孩子还加上比较强烈而且易于冲动的生理需求，我也往往难于自已。这几天一直脱光了身子，一丝不挂地入睡；有时候我忽然心情古怪地暴躁起来是和生理的欲求有关的。现在我慢慢能节制自己了，心情也一直处在硬朗晴和的状态里，因为我爱你，也自知为你所最爱。集中精力，好玦玦！你要是想见到我，我无论什么时候都会到你身边，哪怕在上班呢！我找个机会，还是骑车去你那里，每周一次，只是你自管读书，我陪你伴读好吗？

时间是太少了！

爱我的小妖精的　一禾[①]

---

① 此信没有署日期，根据日记推测当是 1983 年 9 月 25 日，应该是与上一封信一起寄出的，其中的《十月》杂志也应是小宇取回的。

玞玞：

我最亲爱的小妈妈。

今天星期四，收到了你的两封信，我很爱读你的信，你讲东西特别好听。有时候我起过一个坏心眼儿：要是在一块的话，就看不着这种熨帖人心的话了——可是转念一想，要是不在一块，我一定变成又疲乏又老。你让我变得心地充实，富于青春的气息和精力了。最主要的还是在于：作为一个整个的张玞，她就是有美好的灵魂和性格，就是醉人又醒人的。

昨天晚上骑车去给小宇送工资，因为等小牛和夏阳见一面，所以九点半才下楼，结果下了一场霈然大雨，我只好看着女篮比赛和体育之窗，到 10 点半才回家去，没能去成北大。

我吃饭晚了，到小宇那儿，小宇故意很平淡地问：怎么八点半才到？我甜蜜地撒了个谎："给张玞送了本书去。"他这才忍不住露出坏样笑了："我说有人不会让你白跑一趟……"

你说小宇坏不坏？可是我明知上当了，仍然甜蜜得胸口发胀，从胸口到大腿之间，都像有浪潮一样动荡，饱满，强健。

回到家门口外的大路上，我没急着进去，我傍着马路沿儿，架好车歇了歇，并且还很有信心和滋味地抽了一支"友谊牌"香烟。这天晚上路面水泠泠的，绿灯很漂亮地眨巴着。

红灯是公正的、深沉的、定定地看着所有的路。

我亲爱的小妈妈，你永远是个淘气的女孩子，也是个深情的，温柔妩媚的好爱人。你有时让我头痛，可是从来不让我难受和别扭，所以哪怕我头痛极了，也是甜甜的。我们挽着手，跳着跑着，在我们的路上，这全靠你啦！

不和你体肤相亲的人，也许很难真切地感到你灵魂深处的悸动。这种在日常生活中不显示自己痛苦的朴素高傲的态度，正是我最喜爱的。我甚至甘愿痛苦，也不要你失去心地的高傲。

我想过很久，决定这么给丁玫①写四段话：

我终于本色地、诚恳地、不受压抑和失望，不受欺瞒地爱上了一个最好的女孩子。现在我懂得了："我的男人"和"我的女人"这两句古老语言中的真实、朴素的魅力。

我曾经向你允诺："我们不再想过去，我不会在你们生活中出现。""我来看你，没有别的意思"——是在医院里。但你不尊重她的情感，也看轻了我的诺言。分手使我轻松。我再沉默，对我、她和你都是有损的。

如果不寻找省力的生活方式，也不在回避中抱着承担一切的幻觉，可能你生活得会好，但是，在你"拒绝任何定义"，又接受了自选或给予的定义："卖火柴的小女孩儿""最不幸者""灰姑娘""Rose"的情况下，我是为你的"美"感到抱憾的。"美"是不回避什么的。

我对你不公正，但我确实失望。别觉得是她在攻击你。是我！

我再不说话，我就含混，你就受伤害，她会幻觉中自得。而你不应该受到这件事的任何伤害。好玞儿，别再想这件事。

从这件事里，我们自己的反应是有呕吐感，而对她的印象我觉得是"黏滞"：一种自我感觉良好，自我沦为某种角色的自我欺瞒和防卫欲加夸大欲的综合心理状态。但愿她还能真的好起来。

① 骆一禾之前暗恋的女友，后知对方已有男友。

只是，我绝不再见她了。

好啦，我们说说诗论与画论之类的吧。

诗论我比较熟，就先说诗论：钟嵘的《诗品》里有个序，那是他全书的精华所在；陆机《文赋》里，提出了语言有“姿”，即语言的雕塑性或语言系统的潜在表现力问题。中国语言在声形意上，都有一定的暗示，所以它是立体的、多义性的文字，“姿”是一个重要的表述。台湾人就此写过“gesture 与姿”，收在咱们有的那本《比较文学论文集》里。随后，唐朝和尚写的《诗式》，讲的是诗的创作心理学与格律结构，对于怎么读古诗，有一个理解上的帮助。司空图的《诗品》是一本中国空无直觉派美学的风格论，文采华丽，比喻形象，如果细细看去，可从比喻中得到体会。宋人里我以为最重要的一本是严羽的《沧浪诗话》，那是一本唐诗批评和气骨格调的美学范畴的起始点，而且较少宋人的学究书袋气。再往下数，对谢榛的《四溟诗话》我持很高评价，那是比较周详地论述了形式美及中国情、景、形、神等美学范畴的诗话，而在内涵上又突出情感乃诗的核心。它有一段说：

> 作诗不必执于一个意思，或此或彼，无适不可，待语意两工而定。
>
> 《文心雕龙》曰：“诗有恒裁，思无定位。”此可见作诗不专于一意也。
>
> （《四溟诗话·卷三》）

这表面看上去是说诗可以是多文题的，而深进去再看，他论述了这多意性是何处来的：“语意两工乃定”“诗有恒裁”，讲的是诗有它的形式，而这种形式往往决定了诗的内容、主题，一定的语言结构及组合变形，会引起“思无定位”，一定的体裁及内在结构，又以形式美的力量影响了诗的内涵，这和西方形式决定内容，诗是世界的变形，使无次序的存在变成有顺序的超存在的理论，有相通之处。

王士禛的《带经堂集》(《渔洋诗话》)，分体裁文类论诗，提倡神韵说，可以一看，不过我析读不深，很难向你推荐。刘熙载的《艺概》，以史的观念评论古今，有些定论是多年经验的积累，可以把握一个诗人的史学地位及创作特色。而王国维的《人间词话》，是中国新美学的先声及旧美学的集合，是一本必读书。

画论我所看甚少，你可以向王一川[①]，古典文学教研室的袁行霈、张少康去问一下，袁行霈的学问和人品都是很好的，就是不易见到。大约是中了《拉奥孔》诗画不同源的毒。

"The Theory of Literature"有能力的话还是看看，下卷尤其精彩。在查询台可以找到《文学论》的译本影印版，是台湾人译的，不太通畅，但聊胜于无。

星期三下午去王府井买了一本许国璋本《英语》(二)，原来的找不到了。捧着洪谦编的《逻辑经验主义》(上)看了半天，还是没买；在西单买了本《性知识》。那些书都挺不新鲜的了，所以好多都不堪一买。

上午校了一本法拉奇的小说《给一个未出生孩子的信》，二万字，小宇没来，我和胡平打打球，记记日记，任务完成了以后，时间就是我的了。但是不能乱走动。我想抽支烟，可是一想又不行，已经四天不抽了，平时没必要就不抽了。

在看《论自由》和《美国女作家作品选》。现在正看日本电影《我两岁》。啊！真想见到你啊。

星期一你来，我送你回去，没什么值得你不安的，就是我很想

① 当时北大中文系84级文学理论研究生。

在你们家楼下看看你屋里的灯光。

其实我不是也多了一对父母吗？我很想像头狗熊似的在厨房里忙来忙去，当你的下手，也有时候自己做菜。

给阿贵的信还没寄，没写，还来得及。[①]

---

① 此信未完，后接另写的一页。根据信开头的星期四推测应为1983年9月29日。

小妈妈：

给你凑个整吧，15 块钱，有整的有零的。

过几天咱们去王府井买书，我准备了 13 块钱。剩下 25，我自己吃饭，买东西，零花的，足够了。

4 日还会发几块钱奖金。你自己别太俭省了，我觉得小妈妈总是该有点零花钱的！

谢谢你妈妈、爸爸的接待，那天还没面谢呢。

小爸爸

1983.10.2

玞玞：

你没不高兴吧？我觉得下午你那么走了，我心里头好像不落实。

我反正不管别人怎么说，见不着你就觉得很难过。所以不管怎么样都和你相爱。做你的好丈夫。你太好了，我决不同意让别人议论你。这不一样：在外人看来，好像她们提的一两个问题是提问在没有倾向的白板上，但实际上，我对你怀着很深的、生死与共的感情，这种感情是有着鲜明色彩的心板，一个问题，往往是对我感情色彩的疑问，是一种侮辱。我觉得这种爱情，别人是不大能体会的。不过由于我有这样的感情，我也觉得心地开阔了许多，所以也不会怪罪人。玞玞，在信上吻吻我吧。

为了你和我们的爱情，我敬爱每一个人，何况我们的父母都还是很开通的，虽然有时候会出于好心而给我们以谕诫，好像我们都在冒险一样。

*

有多少好日子还在我们中间跳动着呢！

我渴望着幸福，但是又带着愉快的恒心。你能在信纸上轻盈地跳个舞吗？——在你读完书之后。你能的！我的小爱人，小妈妈，小兔子，小百灵鸟什么都会。

> 我们将到那些岛上去……
> 梦沉沉地在松下，我们也许会听到
> 爱情的话，神明的话，辽远的话。

我要加上：这就是我和你的话。

你知道我近来为什么喜欢写河吗？我读过的两句诗：

> 河是一个很有力又很纯洁的母亲。
> 河是全个自然的母亲。

这活像是你，我的大河，我的小河，我的头发浓厚，嘴唇柔软，心地丰富广阔的小河流。

也许，在晚间，在那薄薄的黄昏，你会悄悄感到一种磨人的感情，幸福的痛苦是明亮的、真实的痛苦，其实它和别的痛苦没什么两样，只不过别的痛苦必须解脱而且要麻醉心灵；而这种痛苦时隐时现，无以解脱却使人像大自然一样真实澄澈。我常常在校读的时候，突然觉得不能自已，很想坐下来，坐在我的床上，轻轻碰着你的手，你的头发，但是当这痛苦微微地过去，我又骑车来到街上，会感到想愉快地吹口哨，朝着骑摩托的警察挤眼睛奚落一下，平心静气地在路口等着绿灯开亮。你说怪吗？有两次我晚上觉得你就在我边上，合上晶莹的眼，微微蜷着双腿，被子没盖着你的光脚，睡得那么好，像是对我说：嘘……小爸爸，你别动！我就一动也不动，直到突然眼见到窗帘，光着的身子也觉出被子那棉质的布纹为止。

那时候过去，我就想起你写信的时候，拿着笔灵活地、努力地写的神态，有时候你会歪歪头，有时候你还会没词儿呢……我觉得神明没有弄错，把我们结在了一起。

我们彼此应该早就认识，我们既然认识了，相爱了，就像自然一样舒展，美丽如阳光，真实如秀木，安静地听从我们彼此心律的召唤：相见、分开、再相见——永不分离地听从我们爱情的心声来召唤我们约会的节奏。

叮，咚——叮，咚——叮——咚。

祝你这周学习好，看看你读了多少书啦？你一共寄给我了 17 封信，还有一张纸条。那我肯定比不过你啦！我就查查你读书的数目吧！

你读我的论文，我很高兴你完全懂了，而且问题提得很是地方。特别是对论文 I3 的看法。神话特质我并没有展开谈，而且只谈了一个例子，以说明这个问题，而不是用严密的逻辑推论，来论导这个问题，是用了一个省力的方法。I3 的关于意志与情感的问题，却是比较出色的，国内还不多见。对 Ⅱ 的看法也准确，我觉得仅仅谈了北岛诗歌中以人道主义原则批判现行社会思维及现行社会不完善的一面。在我力图阐明一种批评析读的方法及意象分析法的实用例释时，就难免顾此失彼了。而且你打了三角的句子，正是我写得眉飞色舞的句子。看来你可挺善于分析的，这种"六经注我"而非"我注六经"的写法，你也肯定会赞同的，凭你的头脑加上多读些书，是会有成果的，而你一定得有信心，别看着别人自己着忙就行，我觉得你写东西结构感好，这对于去探讨有好处。

你别有任何心急的地方，我现在就不太心急了，因为有你这个活泼可爱的好伴儿。当然急还是得急，不过我们不会失去，我们学习的时间也少失去些更好。

想你呵！吻你美丽丰满的手臂！

爱你的、你的"情人"（按柏拉图的称呼）　一禾
1983.10.3

玞玞：

我最亲爱的，我亲爱的小朋友，刚才我看完了阿瑟·米勒的《推销员之死》，不知为什么，我还是看得眼睛有些潮湿；我平时难得看话剧，因为好的话剧太少了，只在首都剧场看了两场莎士比亚，其中一场是《推销员之死》。

我还记得咱们一块看《推销员之死》的情况，散场以后，我在剧场红色霓虹灯光里等你，骑的是一辆不蹬就不转的破车，那天晚上还下了场小雨。那时候我还常爱朝你发脾气，好像刚喝完牛奶，带着一股子牛气。不过，阿瑟·米勒是个天才，场面调度流畅自如，很难想象不露出技巧的针线，可他做到了。

这些好难忘的日子呵！

今天我读你的信，读一段我笑一段，一共读了三遍，我特别喜欢你写信的口气，特别爱听你讲电影，讲书，讲事情啦。你要是生活也像大作家那么丰富，小说一定也能写成名作，因为口气很宜人呀！——这是我对你的吹捧，不过还是有不少真心的称许在里面呢！就是你的那场梦，我觉得很有些可怕，我觉得那不是一种恐怖，而是一种不舒服感，给人一股潮湿阴冷的气息。如果那个梦真准确，很可能指的是我们在现实中那样生活……玞玞，你别怕，有我在呢，不会让人追查你的，因为我的小玞玞是个天真能吃苦的大自然姑娘，才不像他们那么恶劣呢！我不准人欺负你。

关于我工资的事，我答应你，不过，还是你给我存着吧，万一到月底还有余额，我一松手就会跑掉了，是存在你的抽屉里，还是在银行里你自己立个小小的折子呢？我们定期见面的事，我完全赞同你。而我和妈妈很快又谅解了，说明了彼此的心意，又赞扬了你，母亲还说：我是知道张玞不是那种人，就是心里有些放不下你……哈，她想儿子啦。你尽管抠门儿好啦，只要你能念好书，我一个月见你一次都行，就是还有些想你，那可忍不住，只能忍住大部分，可那小部分就够撩人春心的了，我现在控制得比较好，晚上也不在床上翻了，睡得很安稳。我给丁玫写了六页信纸，今天一早我上班，小宇问我，张玞给丁玫写了点什么？——原来丁玫向小宇说：她感到委屈，自你那封信之后她一直感到心里不顺，说她本想委曲求全可是不行，然后抱怨甘肃人如何如何没意思。而后又故作姿态地写她生活很舒畅，待人随和……小宇写了封信给她，用了两个自然段批评了她，可是我觉得不该让小宇为难，就写了六页纸，措辞比你看的要平静些，但该说的都照直说出。我们一直保持沉默，从过去到现在，我要再不说什么，就显得怯懦了，但愿她能好好听听，就是她可能会为自己而哀怜，听不进去，这就不太好了。

玞玞，你就那么急着看信呀？万一有个好奇的人以为你在读上乘小说，凑过去，多紧张啊，嗬，都比得上侦探小说了，我看了都觉得你真是好笑极了，逗死人了。其实，我一回家，寻觅你信件的时候也怪好笑的，佯作镇定，什么都不问，两眼直往桌面上溜。

昨天写了 2 500 字的意象论，今天挺累的，加上看电视，就没再写，明天估计可以完成 3 000 字。

老赵[①]来信，问你好，他现在在山里面，读《小逻辑》，吃发霉的月饼，地址是河南省济源县中央第二政法干校 2 班，他要当班委了，组织四五十岁老头子们体育活动。

我家里的工作我来做，根本不怪你。至于你叫伯母还是叫阿姨，我看还是叫阿姨，叫我爸爸骆伯伯就是了，我妈喜欢，院里女孩

① 赵仕仁毕业后被分配到最高检察院工作，正式工作前先下基层锻炼。

子，二十七八的都叫她阿姨。

祝玞玞你身体健康，精力充沛！

吻你的大腿、膝盖、小腿和可爱的脚并给她们以平安！

小爸爸

1983.10.5 夜

玞玞：

昨天晚上的电话，又给我带来了一种春天的气息。你还在长牙吗？唉，玞玞，你是个小姑娘呢！我有点辛酸，有点嫉妒，有点温情缭绕地想。就给你写信了。这天晚上写的东西挺乱的，就没给你寄去，现在又写，虽然我昨天睡下了，可是又睡不着，写信又很乱。光着身子给我的小美女写信当然挺有劲儿的，可是句不成句，段不成段，只好重来了。

你去看看，万一要是牙顶住牙了，就不怎么好办了，还是看看，乘她们还没打架以前就先处理一下，在牙床上轻轻划一下，就有地方了。我也不懂医，除去以前看过半本破书，那时候才十五六岁。祝你健康啊。

看完了《美国女作家小说选》，那本书里，关于性的描写是很少的，比之中国的女作家更为洁净严肃，张洁什么的，还要写一些刺激的东西，而美国女作家甚至好像对爱情和家庭的题材也有另一种感受，没有我们所熟悉的那种问题、气氛，好像谈的是另一回事。看来女作家和男作家是不一样，而美国可能物极而反，可能更处于女权思想的有意蒸馏之下。除去一两篇外，倒也不是像朱虹所说的那样：它们都为女权思想呐喊。

星期天什么时候去买书，你来电话告诉我，或者怎么找你去的问题，也请你“规定”一下。

现在我比较能克制自己了，只是有时候情欲还会挺难熬地在我心里拱动上那么一下，让我觉得寂寞一会儿，这些都会好的。每到离我们约会的时间近了，我就有些不安稳了，心里总是有点动来动去的。所以到难熬的时候，就不得不停下工作，稍稍休息上一会，省得核对出错来。

这几天在看《战争与回忆》，这是第二遍了，小说里面，这算是通俗类的上品，人物写得很活，拜伦的性格有点像小宇。我挺同情罗达的，这是个四十多岁还很年轻活泼，喜欢玩，能做很可口的饭菜，有点小小虚荣心，什么功夫很好的妻子，后来她和她的很出色的丈夫帕格分开了，可即使如此，帕格直到最后，还很觉得出她的家庭情意，每次回家都觉得出俄底修斯流浪十年后，回到帕涅罗珀温馨撩人怀抱的和美气氛。罗达有一次见到希特勒之前，从大门的滑梯上滑下去，裙子一直滑到露出吊袜带，显出漂亮的大腿，她可不好意思又很快乐地大笑起来。——挺有意思的，作家把人写得挺活。有一次拜伦一拳打掉了克里夫兰的假牙，打得他挺着光着的大屁股摔在地上，因为他和拜伦的妹妹梅德琳鬼混，又不和他夫人离婚。这时候拜伦忍不住和梅德琳交换了一个眼神：就像他们小时候看见什么好玩的东西一样。拜伦爱睡觉，不守纪律，可打仗特别有准，后来当了潜艇艇长，是个出名的艇长。以后你闲了，可以读读这本七卷的小说。

这几天校了一本意大利小说选：《给一个未出生孩子的信》，还有一本写黑手党的政治暴露小说，一本《弦乐大师帕格尼尼》，最后这本没意思。一本老舍的《文学概论讲义》，比现在的教科书有意思，写得具体些，分析中西文学流派，也有怪肤浅的见解。这样，日子还好过些，要是赶上没意思的书稿，那才难过呢。

星期三我们《十月》看来要开个五周年庆祝会，小说组的让我和小宇给谢冕送一张请帖，他们挺拉他的，谢冕待人也热情，特别是近来处境不好[①]。我被误认为与他很熟，这样星期六或者下星

---

① 1983年谢冕教授因新诗潮而受到批评。下面的内容也涉及这场风波。

期一，就可能去北大，你准备在食堂给我买点饭，可以吧？——当然可以！

所以想起你呀，我就觉得生活特别安定，不管怎么样，都有一个好姑娘爱我呢！——这使我一下子觉得成熟了许多。你是我的根呢……

《十月》最近又挨了批，对《车站》（高行健）、《花园街五号》（李国文）、《绝对信号》（高行健）等，都有批评，这个刊物直属市党委宣传部，现在它还能有些自由，还注意读者心理，万一批得厉害了，这就只剩下对宣传口径一条路了，这种报喜不报忧，对社会制度不允许批评，闭眼不看真相的情况，说明我们的文学又在走上一种危险，而社会的隐患是渐渐种下去的。当初谢冕没有同意让我发论文，否则这粗浅的论文也会挨上风潮。可是该说的不能说，到底让人生气。所以你潜心读书，是一个及时的、有益的决定，万一数年之后出现了社会运动，还是要有修养，又有勇气，才能立住脚。这个社会毕竟还是与我们有关的，但是缺少那些以精神创作去充实它内涵的人。

我觉得对它没有乐观的看法，虽然我是赞成公有制的。

刚才，由于校对工作中，出现了不少错漏，我一共发现了80多个错字标点，是编辑没有指出的，排字工也没发现，所以发了八块另三毛五分钱，这样，可以买几本比较厚的书了。具体的生活里有烦躁也有欣喜，我们没有拒绝感受它，感受了也不自我欣赏到骄以示人的地步。

什么时候我们能再去海滩呢？一望无际的，平平的，静静的，鸽子窝的海滩，沙子又细又平，我可以一直走出百米开外，看着你晒黑的后背和肩膀，浸在水里的猫眼儿和贝壳，你漂亮的手臂上的水珠，太阳在高高的天上，像一只白色的碟子。

我坚信，我们是离海很近的，是很近的；那咸味的爱情，在水里格外滑润的腿儿，那小红帽遗失的水面上，炽热的吻和目光，下雨的晚上，中午发白的海滩和那把丢失了的小阳伞。这是个好的自然，我想着你，想在周末心慌意乱地等你，很有劲儿地提着沉甸甸的书包，挽着你的手，走上那么一段路。

祝你康健、快乐、专心

一禾①

（你看我粗心不，寄了头，把信尾丢下了）②

---

① 此信未署日期，邮戳日期是“1983.10.7”。

② 附言为铅笔，夹在下一封信中寄出。

玦玦：

我亲爱的小宝贝，我愿意做你的小海滩，让你修长秀气的光脚在上面走呵走呵走。读了你的信，我有些急迫了，急于想见到你，想得我越发想克制住自己，你明白吗？——一个礼拜下来，我有点坚持不住，可还很想坚持下去，你教化我早了吗？不早，是你太好了，我一抱过你以后，那种渗透到心底去的情欲，就再也不能忘了，只有你：又天真又“放荡”的小宝贝。

你写道，想起我抱着你，你悄悄把手伸进我衬衣里面去的时候，我觉得痒痒了，春心烘动了。我害人的小妖精呵，我的小皇后呵，我真想让你多“害害”我。——可是，真的，吃顿饭就够好的了。

把头枕在我腿上吧，看看215外面的天吧，每天晚上我都祝你晚安：跑了一圈回来以后，我写点信或论文，然后洗脸，刷牙，上床，裸体做些床上活动，40个仰卧起坐，20个俯卧撑，然后很热乎乎，挺有劲儿地入睡，这时候，我就问你的晚安了。

真奇怪，不问你晚安好像就睡不安稳，像丢了东西似的。

关于《挑战》，我同意你的看法。我以为，这是一个留美学生对一种异国情调的爱好在中国小说上的摹仿再现。我们可以从三个角度来透视它。

小说对男女主人公的描写，有一种难以分说的既欣赏又责难的态度。当他写到这样一个形象构造系列时，多少显得比较强烈，富于感召力，动荡不羁：船——海——青春歌舞——女人眼中的幽火——雷电风雨——男女性爱。而我们必须意识到，这条系列线索恰是“挑战”的一面，它在结构上是属于推进情节的主结构，而这个故事中富于气氛的、较多心理细节的地方，也恰是与这个形象系列有关的。在小说"挑战"中，外表与其所表现的内涵比较契合的，恰是这一部分；反过来，当我们观察小说的另一面，道德的谴责时，则感到的是表现与内涵的脱节，比如，当第二天早晨，那女人便完全换成另一个境界，而这个境界恰恰是前一夜伦理的反动：昨夜是热情，今晨便是理智；昨夜是性爱，今晨便是忏悔。这种直接的单线变化，就是心理细节的缺乏；而这是表现与内涵不相符合的明证，这时的小说，也就完全演变成了一场伦理观辩论之争，成为概念牵引着性格走、把性格化为伦理类型的低一等的作品。——这里，文笔的无力，辞藻的雷堆，感情的造作就不提了，只当它别处都很好，不挑剔也罢。

我们看一看契诃夫的小说《跳来跳去的女人》里的描写：

> 七月里一个平静的月夜，奥尔迦·伊凡诺夫娜站在伏尔加河一条轮船的甲板上……里亚包甫斯基站在她身旁，对她说：水面上黑影不是阴影，而是梦……都在述说我们生活的空虚，……人要是忘掉自己，死掉，变成回忆，那多么好呵……
>
> 奥尔迦·伊凡诺夫娜一忽儿听着里亚包甫斯基的说话声，一忽儿听着夜晚的宁静……她，眼也不眨地凝神瞧着远方，瞧了很久，好像看见成群的人、亮光、音乐的胜利的节奏、痴迷的喊叫，看见她自己穿一身白衣服，花朵从四面八方像雨点般地落在她身上。她还想到跟她并排站着的这个人，是个真正伟大的人，天才，上帝的选民……

这一段，所写的没有活力的自然，没有灵魂的风景，正展示了契诃夫对这两个独处在一条船上的男女的漠视，在这很美的风景中是看不见人的，人是被否定的。小说写得细致极了，完全暗示了这无人的风景的虚伪美，这两个人心的卑下和枯死："奥尔迦·伊凡诺夫娜一忽儿听着里亚包甫斯基的说话声，一忽儿听着夜晚的宁静……”而夜晚的美是与里亚包甫斯基的否定人生的话相连的。

而在《挑战》中，尽管写得很低劣，但仍然写到了女人眼中灼人的幽火，那是一颗灵魂的火，虽然是燥热的、饥渴的、情欲的。因此，这点同前面作者把一些较富活力的形象，加在这对男女的韵事过程中，表现了作者的隐隐的、犹抱琵琶半遮面的同情。这样，他又很厌恶地写男人怎样撩着不存在的额发，女人怎样四十岁了还在狂热中的丑态，显得他既同情又怯于同情，终于被伦理观压倒了小说形象，以图表明自己伦理观上的清白，造成了作品的类型化。

同类作品可以看看《苹果树》（高尔斯华绥），也可以看契诃夫《带叭儿狗的女人》：写一对逢场作戏、性爱求欢的男女，怎样在内心的痛苦和彼此的需要中，开始认真考虑生活了。——性爱或伦理，都不足以为高下，而要看作家怎样表现，怎样个性化，充实心理细节，并且由此导向题旨的深化，展示人性的矛盾。

第二点，我们可以称之为“观念集合的比较”。一部作品可以反映一种题旨，通过这么一个故事反映出多么复杂的意旨，深化它的哲学含义，也是评价作品的依据，一个作品表现只能表现“狗看家，猫捕鼠”一类简单意旨的，就浅。相反，一个作品表现了更复杂的“人生是荒谬”或“希望在人间”的意旨，则要较强的表现力，就较深刻。这样就在一个表现、一个形象系列中，包含了多少观念的集合问题，它可以作为一个标准来衡量作品的伟大或渺小。

在索尔·贝娄《塞姆勒先生的行星》里，一个男人挺出巨大的卵形睾丸和阴茎，吓坏了19世纪风度的塞姆勒先生，象征着原始非理性对文明的胜利。这个说法，我们可以不管它。毛姆写了一篇小说：一个妓女诱使了一个以清廉禁欲、反对罪恶著称的神父，使之与她发生关系，这是一种对教士的人格、信仰、伦理观及全部生活的破坏，那么小说无疑是在暗示了一个较复杂的集合体的。

而《挑战》则只是性爱与伦理的冲突，这乃是“狗看家，猫捕鼠”的简单集合。

先写这么多吧，我困极了，睁不开眼了。

＊＊＊

向东来信，林贤治被罢免，险些回原籍当临时工，现在调到别的编辑室，《青年诗坛》明年停刊。林的罪过是：想当青年诗人领袖，想用诗坛拉宗派，傲慢，不尊重老诗人，鼓吹现代诗。向东想把《生为弱者》《先锋》《星》《殉道者》[①]编在一起，交林排印在《青年诗坛》告别刊上，最后一期了。还约我写一篇关于反思及思想先驱的历史意义的论文，发在最后一期上，他自己也写。我想，不管冒什么风险，受什么压力，说真话只有这一遭机会，再不说对不起中国的有智的志士，中国人的“瞒”和“骗”的作风会害死人的，所以全部无条件应允了。下周的信可能会少一些。

我是多么爱你呵！想把你的双手贴在我的胸口上。你爱笑爱自然，真好。我的小妈妈。

爱你的小爸爸　一禾

1983.10.7 夜[②]

---

① 这些都是骆一禾当时的诗作。

② 上封信于白天寄出，但忘记了最后一页，于是，为寄这一页当晚又写了这一封信。

玞玞：

快 4 点了，我舒心地看完了最后一行的文字。不是那最后一行使我舒心，而是终于看完了它让我松快。

叶辛写的这篇《在醒来的土地上》，女主人公叫郑璇，结果满是铅空，这名字让排字工那点墨水不够使了，我校对用的绿彩笔也因之干涸。叶辛的男主人公，又是所有人里唯一有头脑的，能代表道德良心与社会正义的知青。好像一切动乱都以最直接、最原初的形式，一点不变地体现在他的生活里。似乎社会的动荡是直接挂在他屁股后面的钟表一样。男女主人公都把每一件小事当成人类的不幸来处理，弄得挺复杂。

不过，就这样的小说也不是很多的，像陆天明那样的也是。他们都首先在生活中，挑出两个人：一男一女，然后把这两个人的观点、行为模式，化为小说的是非中介线，其他人的生活行为、观点，都由这主人公的尺度来衡量，因此，小说中的行为关系，成为主人公的关系，而其他陪衬人物都没有独立的价值观，详细的心理活动，好像他们生来是为主人公证明对错而生活，不是为自己而生活的；所以其他人是死的、枯竭的，总可以觉出小说里一部分是不活的。这样，很容易表现作家的倾向，也很容易把小说变成作家倾向的传声筒，而忽略了对不同人的人生经验的展示。这种小说首先表现为对生活的省略，而不是生活的主观展示。它是一部斗争史，而非精神史。我们常说中国小说倾向性太明显，以致损害小说的进一步发展，指的正是这种“省略生活”，忽视人生经验的全面展示，而展示生活的经验，必须依靠必要的心理结构中心理细节的过渡（不能一下子从怒到喜，一下子从红背心跳到搞“四化”），一步步地以心理及有心理依据的性格塑造，完成小说的发展。而叶辛及陆天明的人物，都是在政治好恶、人生哲理的驱使下展示的，他们为了证明自己的生活信念而生活，为了生活信念的展示，作家就可以让人物脱离感受的基础，一下子做出一次行动。纵使在小说里可以说明一条道理，但它的重心仍在于怎么做，而不在于舍弃怎么做、就去为哲理而生活、行动。

叶辛的主人公严欣，就是发现生活中满是不合理，而后他的生活就变成做一个合理的化身，和人交往、与女朋友郑璇吵架，都是为了证明什么是合理的了，行为就沿着这条线索必然地发展下去。

不过，这些主人公形象的出现，也正说明了，中国的社会生活，也正是把人捏造成这样的生活。这种生活是异化的，非人性的，凡沿此生活者，才能成为主人公，才能是"正确的"——才可能被人理解和正视。这样，生活中就隐含有一种荒谬了，把人简化，必须合乎一种类型，才能生活，才算生活。凡为时代的问题而生活的人，凡为国家、民族生活的人，才是活着的好人。

倾向化的写作，危机就在于这里，把人片面化了，成为马尔库塞所说的"单向度的人"。

也许我们不能脱开这一命运，因为可被称为"事业"的，就在于这种片面化了的生活之中，找到一项自己的工作。脱离开这一点的，就变成了没有事业的。看看沃伦斯基，他觉得和安娜在一起没有男人的"事业"可干，而他的事业便是去竞选议员，去政界活动，去贵族里活动……《金子》里的金子，只有当她插队，为队里干活时才有"事业"，而照顾病危的亲人就不算"事业"——这正是一种危及人性的"事业"，因为它不把事业看作是人自身行为的组合，而看作是高出于人的日常行为的某个东西。

我在想，怎么写出对这种人生"观念"进行展示和批判，扩大人的行为之艺术表现的作品呢？当一个私人藏书家，在餐桌旁观赏分析一种版本时，他不是在事业中吗？当我们有一项爱好而专注于它的时候，就不算事业吗？当我们抚养孩子的时候，就不算事业吗？当我们用电工手艺修好了一部电梯，而全身心处在对自己技艺的满足时，就不是事业吗？《莫斯科不相信眼泪》里的果沙，不就是这么生活，而同样为"人"的吗？——这也是我们生活、事业的一面，它提供了一种身心不相违背的、可行的生活方式。

匆匆到这里，说下班了，还有好多好多想对你说的话，晚上再写。

你的小爸爸　一禾[①]

---

① 此信未署日期，根据骆一禾 1983 年 10 月 10 日日记推测，信的日期应该是 10 月 10 日。

玞玞，我亲爱的兔子和小马：

今天一天喝了好多水，而且校对了 3 万多字。和小宇配合双打，赢了两盘。下午到 5 点钟下班，却抽不出空来给你写信。然后到阜外派出所上了户口和粮食关系，这样我又完全成了一个化内之民了。

办人事手续真费劲哪，光我的团关系就在市府团委、市团委、市机关团委和文化局团委之间跑了半天，闹了一大阵之后，才弄明白原来北京出版社直属市委。

得到了你的底片，冲洗出来的照片，这几张都还可以，有一张你站着，背后是天的相片还挺好的；方毅和你那张，她可真是八面威风呵！你们屋的蝈蝈，叫起来的雄壮劲，真像可爱的方毅同志一样，好像要跨过鸭绿江去，真不愧是小大姐呢！

你不想要的照片，就送给班里的别人好了，也许有人想保留也不一定，不过同学的合影也可以留下。

写《变》的小说家，天分比罗伯·格里叶要差些。我很喜欢罗伯·格里叶的《海滩》，有一种科学的精密度造成的水晶的质感和距离感，那只海鸥又带着梦幻的色彩。辛克莱的《大街》我没看过，他在美国"一战"后红过一下，德莱塞、辛克莱、斯坦贝克都是名震一时的优秀作家。

车尔尼雪夫斯基的文学论文，是与他"美是生活"及"美是按照我们的理解应当如此的生活"这两个看来互为矛盾的定义有关的。我隐约有这么一个体会：把车氏的论文与《歌德谈话录》比较着看，是很富于启发的。歌德对艾克曼 1827 年 4 月 18 日的谈话中说："拿橡树为例来说，这种树可以很美。但是需要有多少有利的环境配合在一起，自然才会产生一棵真正美的橡树呀！”——这几乎和车尔尼雪夫斯基的定义是同义的。

(1) 车尔尼雪夫斯基的启发性思维在于，他把美看作是一种交错的总和构成的整体，而不去寻找一种单一的本体。这与狄德罗“美是关系”，克莱夫·贝尔“美是一种构成‘积淀’的有意义的形式”等有共同之处。所以美必须是真的升华，虽然它不是真，但也绝非别的什么的升华。所以当美违背了真的时候，就成为非自然的造作，造作具有单一化并视单一为唯一的毛病。

(2) 联系车尔尼雪夫斯基以山为例说明伟大与崇高，以树木风景来说明美，以农妇的健美与小姐的病态美来说明美的标准不同，都说明他对自然的一种尊崇，美是生活，首先生活是一个整体，是真，是处于自然状况的。进而他又并未把这一论点推向极端，而是采用了一个似乎矛盾的定义来完成这个定义的含义，即“美是按照我们的理解应当如此的生活”。换句话说：“美是生活”意味着，我们理解一个事物到何种程度，也即我们自身的认识能力达到了何种程度(如我们认识了细胞，也就说明我们已有了认识细胞的能力)，也即我们自我认识到何种程序。因为每种能力的发展，都说明我们自己是具有何种能力的生物，这就是自我认识的发展。那么，A. 自然标志着它是人的思维的尺度，离了这个尺度我们无法谈及认识的程度。这也就限定了自然在美中的作用与价值，——只有那些可以衡量人的思维，从而与人的思维发生关系的自然，才可能是美的；因而，B. 为人的思维所理解的自然才构成美，于是从“美是生活”就进入了“美是按照我们的理解应当如此的生活”这两个定义是有内在关系而非互相背反的。

(3) 从 A，我们可以说，美是有尺度的，它必须具有一种可以限量的形式，无形式不构成美。从 B，我们可以说，自然与人的理解并不应是截然相对的客观与主观，它是人的自我意识的两个根本因素。我们不能据自然而称唯物以反对据理解而称唯心，——自然与理解，是人自我意识的结构所不可缺的。从A、B两者，我们可以说：美，自然，在这里都不能离开理解，故而它是人的一种生命心理状态，是人的生命活动的一种。（我们说这人很自然，不是指他是山或石头，而是指它具有一种心理状态，在一种自己内心意愿与表现形式吻合的生命状态中生存）

（4）当车尔尼雪夫斯基的两个定义合为一种生命活动状态的和谐时，它对美的感性特质的注意也就上升到了首位，所以他坚持“美是生活”，因为生活是具象的、显现的，人生存其中而直感的。

*

玞玞，我本来在暑假回来以后是想做个“快乐的啰嗦的人”的，但是现在很多时候，和我妈谈起话来，我只想说一些与我生活原则无关的奇谈趣事，而不涉及我生活的愿望等功利问题，因为那样我发现互相不懂且互相干扰，不如平和相处，少些烦扰的更好。反正我会努力搞好的。

*

学校里的伙食现在怎么样？吃东西要是吃不下就不硬吃。到星期三的时候，我给你送几张底片去，省得误了你们班的事。而且带些美食鱼干去，如果能买到的话，再买点水果吧。你学你的，我在那儿看看《文心雕龙注释》就回家了。

读完了舒克申小说选。我很推重他，他的人物都有一两点真正执着的、人性的、稚嫩的，总让人感兴趣的地方，我们喜欢一个人往往就是凭他身上的某一两个光辉，而不是别的，这种人本身就是生活，带着不完全的一切的生活，又是抒情诗，具有人世间还留下的、最动人的品质、泪水、太阳和红莓果、桦树林。你也一定喜欢的，你努力写，也可以写得出来，我想我也可以写出来。当我突然被一种温情无可奈何地汹涌着的时候，就想起这样的故事。

快乐的啰嗦，你的　一禾

1983.10.10夜

玦玦：

我的小坏蛋，今天收到了你的信，先开始我以为是阿贵或向东搞的鬼，可看看字儿又似乎是有些像你的，于是就胡乱地一咬牙、一闭眼拆开了，等看到是你的信，我才真真地感到狂喜了。

哟，小妈妈，你那么会说体己话哪！我的小天使不会让我一个人孤零零地活着，这真高兴，咱们老一块儿吧。我想起有一天你晒得那么黑，还没去海以前的黑，穿着白短裤，白背心，像个希腊女神一样，这影子就永远留下了，就像20岁前一点，你把衬裙裹在腿上的影子一样撩人。你还说我是小傻瓜？我是有比不上小宇的地方，可我也不会嫉妒他，因为我们是好朋友，而你呢？是我的好玦玦，好天使，我不猜忌你。

玦玦，你也饶饶我吧？加那么多条件干什么，越加越逗人逗得心急。你放心读书好了，我绝不会打扰你。只是见了你呵，我就觉得特别幸福。你要不多读书，我就生气了，就不见你！

当然一切得你纵容我。所以你别纵容我了，想起你在我梦中赤条条一丝不挂的样子，我真有些难熬；为什么当初我很粗鲁地、刚一向你求爱就用手摸你的乳峰呢？因为我已经足足熬了好长时间了，那时候精神上的爱已经透过肉体让我打战，我晚上很想咬住枕巾，不要发出呻吟来，你很快就击中我了。我对你的爱是很疯狂的，没有你，我会在精神上毁了自己，也会在肉体上枯竭。所以不要太放纵我了，仅仅让我有片刻的欢愉，像鱼水一样游戏一小会儿就够了。你是我的小天使，可又偏偏是我的小冤家呀！你这个可爱的，能吃苦的，好心眼儿的小妖精！

亲你的脸蛋儿和秀气的脚！祝你病痛全部消失！

你的小公牛　一禾

1983.10.11 夜

玞玞：

你好！My little girl.

收到了信、那封特别招人疼爱的信，还真吓了我一跳呢，以为是某个洋鬼子寄来的，想来想去，我没参加过抗日战争啊？于是一咬牙拆开了信，看过以后牙都快乐掉了。

只是你呀，有些不放心我对小宇说的那几句话了吧？我和他是好朋友，而我是真心佩服他的。因为你对我特别好，所以我才和你说真话，要不然，我是会努力提拔自己的。现在我也是努力提拔自己的，要给你这个最可爱、又淘气、还有点“坏”的小妖精当丈夫，可不是马马虎虎过得去的。

只要你好好读书，我是舍不得多耽误你的，只是你可不能预先猜测到我什么时候像公牛一样发情……

好啦，我这是和你开玩笑，也是个警告，你还是趁早乖乖地读书，别耽误时间，到了不太密集的约会时，你再小小地让我舒服舒服。

我再把前一封信上的关于倾向性小说的艺术批判的想法，作了稍有条理的粗线条描述。

从生存的实况来看，一个人绝无可能完全代替另一个人生活。这是人生哲学思想中，一个不容忽视的原则。而倾向性小说是与此相违背的。下面，作一些分析。

当代中国的小说家，易于布置这样的一种结构，即：以主人公之间的关系为主干，作者也与主人公合而为一，以主人公的观点、行为模式去布置情节世界，原因很简单，他讲的是主人公的故事。其结果是造成了一个纠缠的锁链，作品的倾向即主人公的倾向，对其他人物的行为、观点的判断，都以主人公与他人的关系以及这种关系所形成的态度加以衡准。换言之，即其他人物以其对主人公的关系而证明自身的存在，而不是独立的存在。这样做，在作品中，主人公是引起判断的标准，而小说便以这一标准的存在，导引了作者的倾向。A 是好的，所以与 A 相好的 B 基本上也是好的。这样，无形中便以一个构造的中心，代替了对生活关系中各人物关系的认识与判断。这个中心如果发生相互矛盾的行为，就会丧失其标志杆的作用，而这根标志杆的存在，这种主人公潜在的恒定性，也就妨碍了小说的成就。

其次，这种小说也就把生活中各个人不同的行为，不同的价值观与人生关系、人生经验，过分地简单化了；它是用主人公的观念这面哈哈镜来观察各种人事关系的，而以一个人的生存代替了他人生存，从而不可能真诚地观察到别的人物行动时所据以为本的生活观、行为习惯及个体的独特的行为方式——警察是怎样看待犯罪的，这完全不同于小偷的看法；男人评价一个漂亮姑娘，也不同于女子的评价。——这种小说就必然造成对人生经验的全面展示的省略和偏颇。

身外发生的事件，成为人思维的内心积淀：人生经验，这是一个充满了心理细节的，合于心理结构层次的变化。好的小说，不偏颇地展示人生经验，更在展示中，注重内心心理的揭示，从心理细节中一层层地沿着心理构成过渡到对人生的认识、展示，在艺术中，尤其注意这个“怎么展示”。而倾向性的小说，不可能严密地做到这一点。

因为，主人公是价值判断的一个准则，所以它自身始终要合于某种既定的社会见解、普遍原理，依附于某种品德。这样小说家就不是严谨地按照生活中个人习惯，个人的特殊行为方式，个人的具体心理层次、心理活动而进行行动的抉择，不是一个“变”，而是一个被某种人生哲理、美德、观念导引的类型。

在中国,倾向性小说的类型化,表现在:不是不写生活,而是写省略的生活,似乎社会变动是挂在他们屁股后面的钟表旋钮,而他们是为旋钮所开动的钟表。始终有一种先导的“社会看法”在导引他们对生活的认识。

这是与“典型”说追求共性、把握本质的论点相关的弊病。本质本来是感情事件与人的行动意向的累积,但在倾向性小说,是导引一切,解释一切的永在的原理。

*

屠格涅夫的长篇小说,从《罗亭》到《处女地》,写的是从他的散文《门槛》里可以看出的那种情调和人物:在生死未定、去向不明时刻深于思考、果于行动而不免牺牲的人物。所谓深于思考,是他们在思想中完整地构造了未来,从而也就生活于未来的、预测到的状况之中,罗亭、巴扎罗夫、英沙罗夫……都对未来有一整个的看法,他们因而也就不大生活于现在,在现在中没有他们的位置,但又在精神上高于他们所批判的现在。所谓果于行动,是哈姆莱特式的,他们思考了各种的可能,而每种可能都很难通向未来的实现,所以行动空前决绝,几近铤而走险,往往毁灭了自己。这就是“多余人”中的一个原型,它和以后的毕巧林、奥勃洛莫夫等都不一样。

而屠格涅夫的小说里的人物因此多在考验性的矛盾情节中显露出他们的“多余”,小说取 60 年代时代革新的敏感题材,以后也都回答时代的重大问题,在结构上采取戏剧化的场面,往往以一个杰出的“多余人”闯入某个沉闷的生活圈子入手,以他们的离开人世或孤立出走作结。换句话说,屠格涅夫写的是“娜拉”,而从不处理娜拉出走以后。他注意生活中迸发的火焰而使黑沉龌龊的一切相形见绌、终而火焰熄灭的、带伤感情绪的鲜明印象,以此印象成篇，他不像车尔尼雪夫斯基、赫尔岑那样以理智成篇，也不像托尔斯泰、陀思妥耶夫斯基以心理成篇，既不像莱蒙托夫以热情成篇，也不像契诃夫那样以气氛成篇。他和普希金是通连的，而他所没有描写的，就都由契诃夫写成了。由于重印象，屠格涅夫的人物是雄辩的、流浪的，又是易于陷于情感矛盾中的，情绪变化较为剧烈明显。契诃夫的人物不是从一个情节、一次行动中凸现出来；而是从一种秋原晨霭般的气氛中浮现出来，整个故事读完以后，回想所有情节的总和，你会看到他的人物在半透明、边缘不清的状态中，像一颗巨大的、袒露的心脏一样，在两个平面的摩擦中颤抖、叹息着、爱着。

由于屠格涅夫描写大自然的出色笔触，他对鲜明印象的多层次的敏锐感受，所以他的倾向性小说中，充满了可以回味的细节，他和一些作家不一样：他们对鲜明印象只记住其光鲜的样子，而没有注意到光色的变化，阴影的节奏，鲜明印象的不同侧面是有不同暗示的；而他却不是的，当一个站在光辉中的人体，显示在他面前时，他描写了这个人的浓淡深浅，一个人反射光的程度，不同侧面是不同的。

今天就写这么多吧。

Your boy　一禾

1983.10.13

玞玞：

小宇答应星期三到你家去吃晚饭，我们大概5点钟到你家，你也不用太早回家。我这儿还有13块钱，可以用去一部分。你打个电话到我家或工作地方，定下来就行了。

还有两个半月到年底，美学书要加紧读，加紧消化，我也定下心来把《意象论》《人道主义提纲》写完，两篇大约总得各2万多字，一共得5万吧。星期天晚上我知道我已经太过分了，心里一直有震动；你太好了，我承受不起。

我的意思你明白的，我还得多负起责任，多承担生活，这些是一个男子汉该做的。你该对我“严厉”一些，我太放纵了，你要把我训练成一个镇定、快乐、聪明，有“功夫”但懂得珍惜你的小公牛。拜托啦！

我的短文形近完成，而且对一些问题有了初步的看法，车尔尼雪夫斯基、亚里士多德、卢梭思想及自然观，这些有可能导致我对小说理论的某些看法的形成，你在小说和戏剧方面的想法，也多交代一些，帮助我热爱这些问题，在这些上，我可不如你了。

也许，慢慢地我要开始写一篇小说，好久不写了。

我现在在你的洇染下，得到了很多，包括许多震动和欣悦，对事情的看法渐渐朴素真切起来，所以我是高兴和坚信的，你是真实的。我终于意识到，生活将开始到一个新水准上。

真的，我挺激动。这都不是虚幻的。

一禾①

---

① 此封信与下一封信同时寄出。

玦玦：

今天是校对的最后一天，《十月》要“吾等”或“侪辈”回去参加思想轮训，一共十天，这样恐怕就不会再去了，这想不到的。

以后就不在西边而到东兴隆街 51 号北京出版社去了，电话是 751016。

下周见啦。

一禾

1983.10.22

玞玞：

我最亲爱的，我是多么想念你呵，一直不敢想，因为想起来就会很厉害的，所以我是克制着的，可是“想你＋克制地想你＝双倍的想”。你回宿舍以后没想得伤心吧？其实呢，我心里实在是有一份男子的怪脾气，总觉得我说出来的不如不说那么真切，那是一串游荡在洞穴里的火花，在冰冷的石壁上擦出爆裂的声响。我是多么地宠爱你呀，可是也空前地信赖你。你对我是所取所予，都给我了，我呢，也是像你的男人一样向你要了；我是高傲的，所以我要严格地对待自己，而不是总向你伸手“给我，我要你做……”但是该伸手的时候，我伸向你，握住你柔软而平安地放在我手上的手。那时候，我感到：我是个很“阔气”的人哪！你要是个差点的女子，我会很生气的；你看，你做得这么好，还让我要什么呢？不是我太谦虚，是你太好了。

我不该这么夸你，你跟着我是应当的，可是我又怎么能不用一种古怪的方式夸奖你呢？我不太好意思说你许多直接的好话，可是我的确觉得你很好，于是我有时候不作声，可是不作声呵，你知道吗？堵得我心里真难受呵。我于是放任你，不要求你，拿这种也许并不需要的方式来表现我对你的欢欣和偎依时的饱满坦荡的感觉——当然又有时候我变得挑剔、苛求——那是我的大男子主义在作祟啦——你真应该哭笑随心哪！我爱你的热情爽朗，能挚爱如一又有时争强好胜，你的坦白无欺又会把美食鱼干夹在伞里——只有我知道你，能领略你全部的自然：

饮你的光

你满身的神奇
以及你的完整

（洛夫《爱饮》）

在台湾诗里，我看得上的，就是这两笔。那是在广东，一个朝着黄昏的凉台，我翻着向东的诗本子。

关于小宇和小黎见面的事，我想等天再冷一些，我问清楚他什么时候回北大，我们一同去吃饭的时候，我们到饭馆里去，就诡称我收到一笔稿费，请你和小黎一起去。冬天，温暖的厅堂、友情，这样比较有轻松的气氛。

小宇喜欢快活听话，能独立生活，体贴可不专门体贴人，不免会做错事，有时会害羞的女孩子，他喜欢“自然”。

小黎现在懂得思想，可不太懂得“和谐”，所以她和小宇的接近不会是很省力的。我以后再熟悉熟悉她。尽力帮他们吧。

现在只能想到这一步。别的先不管。

我们的学习班星期五中午结束。听可靠消息，星期天的《这儿的黎明静悄悄》不演了。日本电影《海峡》（高仓健、三浦友和、吉永小百合演主角）、《诱拐报道》《蒲田进行曲》都停映了。

玞玞，想起我不管怎样，都有个很完整的天地，是你给我的，我能不渴望你、宠爱你吗？

最近在读一些马、恩著作：《手稿》《反杜林论》……看张隆溪的短文，另外读《第三次浪潮》《文心雕龙》。所以时间紧。不过，当我晚上终于躺下，做完仰卧起坐、俯卧撑和床上功以后，让光身子挨着松软的被窝的时候，就幸福地想起你来，想起你的信，想起你淘气地抱住你爸爸，弄得你那个“假装厉害”的妈妈“嫉妒”了……想起你跑100米，在球架下拦得我投篮不中，想起你的娇羞，想起夏天你光着身子跳舞的俏皮诺言，想起我们认真地准备以后一起写作品的样子……我是多么地爱你呀！

你使我获得了真实。所以我愿与你分享一切，分担一切。你不要为我担心，就像如果打起架来，就是我被打倒了，也不要你着急、保护一样，我就喜欢体贴我但遇事不慌的你，虽然我们都有慌的时候。

要是我妻子还睡着
孩子和凯瑟琳
还睡着
太阳是个喷白火焰的圆盘
挂在发光的树丛上
银色的雾中——
要是我在北屋里
光着身子旋舞
……
谁会说我不是
我家中的快活神？[①]

谁的？不记得了，但是在雅谑的、有些放浪的口气中，透出一阵淡淡的家庭的暖意和静谧，快活……

记得小宇说你“给137[②]带来了家庭气息”吗？他是我们的好朋友，所以能中肯地夸奖你。你这么爱我是不易的，而我们也都会珍惜这不易的爱，该要求的时候，我会叫你的名字：“玞玞……”

别急，身体不舒服的话，你就多睡，然后集中五个小时看书。

---

① 美国诗人威廉斯的诗句。

② 指37楼137室，当时北大燕园通讯社的办公室，也是骆一禾与一众朋友的聚会地点。

我星期五发工资，星期六给你 20 块，你多打打球，跑步，再吃点点心，买些饼干放着。我现在可好了，家里矛盾已经缓和，因为父亲已目睹了“左”派的表演，所以部分赞同了我的看法；而我并没用言论惹事，母亲也放心了。我以为他们主要是怕我出头惹事，所以近来对人对事，都平缓了。周六下午我就可以坐在床边上，你就可以伏在我胸脯上了，所以你别着急。至于你的聪明才智，我从不怀疑，你的感受力和分析把握力很棒。学问的积累也是必要的，但它是个积累嘛！

《奇境》作礼物是不轻的。奥茨是“心理现实主义”的代表作家，作品中有大量的潜意识及分析，情节的象征意义及象征结构等，可算是一位较有代表性的实验小说家。她后来的作品一连六部都很走红，而在最近的几部中开始退坡。《人性的枷锁》我认为可以买，我以后给你钱，先由你垫上吧。说好了，书由我开支嘛！我准备花 3.50 元在商务印书馆门市部买叔本华的《世界作为意志和表象》，汉译名著，这本书可能不久就要禁！

这两天我赶写几段《意象论》，抽空再写第二封信吧，那时候再谈谈果戈理的短篇小说，勒萨日的《吉尔·布拉斯》……还有我冷冰冰的鼻子。

你看美学著作那么顺利，我很意外，可你都把握了，我觉得你思维很清楚。

你的爱发情的小公牛　一禾[①]

《西方学者论〈一八四四年经济学—哲学手稿〉》不在我这儿，不过你先不必找！

---

① 此信未署日期，信封邮戳为“1983.11.4”，是周五。

玞玞：

《这里的黎明静悄悄》看完了，你一定挺喜欢里面的女孩子的，我很可怜这些很出色的姑娘，特别是李莎·波莉奇金娜。片子以黎明的静悄悄和布谷鸟的啼鸣作为影片的节奏，显得特别美，特别富于女性美。廖其托夫湖、俄罗斯森林，又是壮丽的、抒情味挺重的，我觉得这个片子告诉我一个最深的奥秘：人性的核心是深厚的伟大母性。

不过，这片子还是不如小说。原来片子里有一段姑娘们赤条条光着身子洗澡的镜头，现在删掉了。有些事情真让人觉得不知该怎么评价检查员，那么好的姑娘，身子当然也是健康美丽的，可总是勾起异想。

星期五我不能去北大了，星期一骑车，一个人猛拐弯又不示意，我骑得很快，甩了出去，当然也把他挂下车来，他还让我看他搓红了可一点没破的手掌，我当然据理力争，将其痛斥一顿，他装得很正经。直到吵完架才觉得很痛，腰部、左肋、膝盖都摔了一次，骑车、上下楼不太方便，——你别急，没出什么内伤，骨头也很结实，就是有几块淤血，没问题，我也没对家里讲，所以可见没什么异常。北大那里我下周再去，你好好学习！关于克罗齐，还是有些谈头的，下次细写，这几天略想一想。

亲亲你！

爱你的　一禾

1983.11.7

发了一本《当代》(1983.5)，里面有苏叔阳的《旅途》，里面有露骨描写，所以社会上传阅很盛，就是涉及了些性欲而已。

珙珙：

我最亲爱的。

看完《这里的黎明静悄悄》以后，我很想打电话给你，问你看到了没有，以后我们自己会谈起它的。这片子虽然不如小说那么层次分明而多样，有丰富的情感内涵，可是我还是很喜欢那些姑娘，原来片子里有段姑娘们光着屁股洗澡的全裸镜头，后来就删掉了，我想，那么健康美丽纯洁的姑娘，即使光身子也只会让人觉得健康美丽的；即使有性的激动，也是对健康美丽的激动，而绝不是下流的。这些事只有在中国才会出现。精神污染？看着那些女孩子，我觉得人性最深厚的渊源就是伟大的母性。

片子里用壮美的俄罗斯森林，战争与和平的对比，静悄悄的黎明和布谷鸟预言寿命的叫声组合的节奏，烘托出抒情电影的美学特性，我也很欣赏。

1983.11.8

今天收到你动人的声音，我的胸脯又感到轻轻被手指触动的感觉。票弄不到就算了，小黎还没从上一次感情中脱离，和小宇接近时，可能会比较迟钝，因为不集中，人也感到激烈冲动后的疲乏。迟几天也好。

雪汉青①的书我一收到就带给你。

今天开了会，决定分我负责云贵川康（西藏）地区的小说来稿

① 骆一禾同班女同学。

和外出组稿任务，这一带是不怎么出作品的，用老编辑的话说是“不毛之地”，观点激进的多，因而往往不能上稿。这样我就得白手起家，找一些重点作者，争取发稿，以站脚《十月》，而且以后出来组外稿，会把你抛在家里，凤只鸾单，独守空房，多亏你啦！

小宇是陕甘宁青新，大西北虽也遥远，但是作家基础较好，稿子来源会好一些。得给他找个好姑娘，拉住他的心。

我们发了一些过去的《十月》，从《飞天》《苦恋》到《南方的岸》《高山下的花环》《绝对信号》都有，省得另外收集了，像《公开的情书》《张铁匠的罗曼史》等等也都有。还有几本多的，也有七八本，可以送给别人。

下午我骑车赶回家，穿过几颗稀稀的雨粒儿，给你写信，看《中国小说史略》和《美学原理》笔记。7点钟打开电视，看看保加利亚和中国队的艺术体操比赛。我的老阿姨说，衣服就像没穿一样，屁股都露在外面，她是个挺有意思的、怪而且乡气的、没文化的老太太，至于怎么看现代文明，她常常出语惊人。

晚上风很冷，要降温了，你多穿点儿，别冻着。我晚上盖着很厚的被子，暖和和的被子裹着我光着的身子，不觉得冷，可是一到了起床，可就冷了。我前天又撞了车，是一个男人不举手示意猛拐，我又赶上班时间，一下子把我甩了出去，他被挂倒了，还伸出搓红了可没破皮的手掌让我看，于是我骂了他个翻白眼，还要和我动手，他掂来掂去，见我挺凶、挺阴沉，不摸实力，很委屈地拐走了，他不占理嘛。当时我腿和肋骨都很痛，骑车弯不了腿，要打起来，我还占不了便宜呢。现在好多了，身上和大腿、膝盖上有几块瘀血，问题的没有，这几天坐车，今天能慢慢骑车了，星期六看《情暖童心》时，一定没事儿了。

我爱你，粗糙地、沉醉地吻你的手、脚和颈窝！

老朱来了电话，他住在护国寺人民剧场招待所204房，在《中国法制报》评论组工作，电话是333475，他近期住在办公室里。在陶然亭公园附近，地名是西旅，靠近电影院，他口气正派，活像个公职人员，问你好。

再吻你，亲爱的，我们什么时候才能单独在一起？（我只是问问，感叹而已）

你的小公牛　一禾[1]

---

① 此信未署日期，邮戳日期是“1983.11.10”。

亲爱的玞玞：

最近我情绪有些小的波动，不过和你无关，而且是你宽慰了我。甚至当你用毛乎乎的手套揉眼睛哭的时候，也没给我增加负担。你是个好姑娘。

因为我们离得很近，所以反而更容易觉出距离投下的影子，我指的是物理的距离。当我本来贴着你咚咚跳的心房，贴着你大腿的身子忽然感触不到你的时候，我很明确地感到我的心里是多么疼你呵！

心电图拍了吗？真是让人担心你呵，不管怎么说，让人心疼的女孩子，总有一两处让人怕碰得坏了，这是粗心大意的男人们都怕去碰的稚气的心灵的某个深处呵。

何拓宇同志那里你先慢些去信，再沉淀一下，他近几天脸色又灰蒙蒙的了。雪汉青那里我去了一信，催催《浣纱记》，周五还不一定拿得到，耽误事儿呵！

*

玞玞，我最亲爱的，毛姆的《天作之合》我一篇都没看进去，这几天老是在灯前坐着，或者躺在床上，盯着灯发呆，直到特别亮的灯丝刺得人合上眼睛，墨绿色的黑暗中，有一条 W 形的金红色折线在晃动。

对你的心声的饥渴，是肉体所无法表述的，我像个头回恋爱的小伙子，整天被一种莫名其妙的情绪所左右，14 号我坐地铁回家，上到街口很久了，才发现："嚯"，天都乌蓝了。我是这样在心里爱着你，甚至我都对自己没有信心：我有能力传达这心里的爱吗？你别骂我，我甚至想，我是不是个自私的人，我这样的配占有你吗？

我又会突然发现自行车走得已经很慢了，我在想，我是个很有信心的人，我是她的，她也是我的小姑娘，她冲我撒娇，对我又哭又笑，这都是真的！嗨，你这个笨蛋，都把她折腾得心里像揣了只跳兔似的了，还这么自卑干什么？

我买了一本《译林》1983 年第 4 期，因为里面有一篇《一个鲍米涅人》是我认为文笔最美、最有诗意的爱情小说之一了。

我不知为什么想起，在今年的夏天，我和你黑黝黝地从海滨回家，走上地铁车站，我摸着你太阳衣下有力丰满的肩膀，觉得像两个舒涨起来的波浪。我爱你。

我不知道为什么要对你说这些傻话，这些傻话，可都是我说的。

我爱你。

*

我可以搞到手一个记者证了，还可以在明天看一会儿水上芭蕾舞的电视片，一个礼拜没什么好片子了，今天什么也没有，我写完了克罗齐直觉美学的思考，大约八千字左右，明天下午抄好寄给你。一个星期以前我一面看中国—保加利亚艺术体操，一面构思作品。现在写完了，还有几点可以，序比较合心意。

我一定要朴朴实实地写写你。以后我们一起写东西好啊！

亲你美丽的脸庞，吻你的双手和双脚！

像个男子汉那样抱抱你。

买了一本《当代世界政治理论》，挺贵的 2.15 元。

你的小爸爸　一禾

1983.11.15

玞玞：

我亲爱的小手套，收到你的信，我高兴极了。又加写一张信纸给你，不是奖励，只说明我的心情太高兴了。

我会好好疏导自己的，现在情欲倒还好排遣，只是心里的思念缠在树上，树也会枯干的。我常常想你，等想到你是那么爱我，我就不那么郁结了，毕竟我们幸福是大于一切感觉嘛！所以你别急。昨天晚上梦见你一次，织了一只指头那么大的手套，套在我右手中指上，然后我就扭动那憨厚的中指，你就笑了，先是伏在我膝上，然后仰起脸来，笑吟吟地，用你的巧手朝我凸起的下身打来，我又甜蜜又护痛地哎了一声，醒了。心里很醉很甜，不由得把头缩向被子里，好好地、乖乖地睡觉了。

我的小小虚荣家，还怕自己不美吗？你很漂亮，更主要是美，漂亮给人突出感，美给人和谐感。你很自然，也会害羞，和谐像一团气氛围绕着你。你也会任性，会很厉害地估计一个人，会用话掩饰你的病，你爱我，抚慰我，可不是只说我好话，你是用最好的一切来接受我的，你有时候还会虚荣呢！……总之，你是自然的，也很美。让人看了舒心，觉得心、相如一，不受蒙骗的脸，好看的、女孩童似的眼睛(别老皱着眉毛看人哪!)爽朗得让人愉快地叹口气的笑容，诚恳的额头，你都有，健美的身材你有的，女孩子气的举动和灵活、温存你也有。还有一种不知表现在什么地方，如同气息似的，若有若无，在无心中自有的，会让男孩子心里一动的性感，你一样都不缺。而我尤其喜爱一个整个的你。

你别逗我写你啦，再写下去我就要起性欲了。已经春情荡漾了，那就再写点儿吧。你动情的那一次，身子突然那样一动，不是撩人心腑的吗？我不写了。你的美刚看上去爽朗、开放，有点粗糙之美，和你处了这么久，我可真爱你啊！你可别以为我是应邀说好话，要是说你的美丽可爱，我可以躺在你身边，咱们看着星星，躺在大床上，偶尔我用腿碰碰你，说上好多个夜晚，讲你的故事，你的可以说出口的和说不出口的，纯净又有弹性的故事……

我正在抄克罗齐美学的体会，白天很累，晚上得打点精神。

小宇已给你写信，他说："女孩子都那么谨慎。"——说你，正话乎，反语乎？——口气还快活，我捅了他一拳："嘿，有门儿没有！"他笑了笑，有点不好意思，咕噜着"星期天到我家看看……"之类的话，没说出个所以然来。星期五如能见面，我们再谈。

吻你。亲你美丽的脚！

你的小爱人、小爸爸　一禾

1983.11.16 夜

玦玦：

我来你这儿一次，不为别的事，就是告诉你，明天晚上，小宇请你我去他家做客。因为我们下班晚，所以请你采买一些蔬菜、肉食，你看着办，要你准备 4 个人的量，我、你、他、“还有一个人”（原话），他妈妈出差了，你 6 点到 6 点半之间到他家即可，钱还是用我的吧，给你留在信里夹着。用剩下的你留存起来。

你还好吧？

我正在写《烛幽普照之间》，谈李清照与柳永的意境创造。我资料不全，你一定可以看穿，我也写不好，试着按你的评论风格的看法，把它写得生动形象，富于文采些。你有空看看，批评批评。我挺没把握的。刚写了 3 000 字。

明天晚上是星期二（11 月 22 日），咱们再见。我今天倒休，星期六我值班小宇休息，星期一他值班我休息。星期天休息得挺好，洗了个舒服的淋浴，今天写稿子还比较有精力。

亲你，我的小姑娘，亲爱的果树林！

一禾

1983.11.21

玞玞：

《烛幽普照之间》写完了，一共 6 800 字，大约花了两个整天。若说在文艺理论上，我没有在这篇文字里体现出什么创见，根据中译过来的西方现代文论的原理，我约莫体会到其中一些原理该怎么用在批评上，因为不太能懂英文原著。所以我只能从体会上揣摩现代批评的原理，把它们运用起来。把一些道理零星地收集起来，化为批评中可以实用的方法和观点，这也就是我这篇文字的可怜的创见。

希望你能学好外语，自己可以看东西就好了。我这几年也还得抓一抓。我自觉得外语上吃力得很，恐怕还不如你的一半呢。

文章的结构还比较好，有一些对作品的个人体会也还可用，你看文字风格是不是好些呢？

我亲爱的玞儿，我亲爱的海浪，我亲爱的果树林。我是多么地爱你呀！星期天的下午我去洗个澡，洗了近两个小时，舒服极了。人也不多，我当时一边淋着浴一边想，你该是多么美啊，夏天的太阳像是有记忆力似的，把浅浅的红铜色留在你身上。我在那些人中间是最均匀地晒过的，全身有些浅棕色，光屁股上有一条游泳裤的印儿，你可是美上十倍的，该多么像太阳呢？

我叫你果树林，因为我是松鼠，你是那么健康、自然、甜、新鲜，给人以水的感觉，清晨的果树林，你在里面走过吗？那就是一切呵！我也是头小公牛，所以不能很好地把果树林的美好传达给你。

吻你秀气的光脚，修长的手，亲你的脸蛋儿。你是挺美的，别太苛求自己了！只有漂亮姑娘才会对着镜子来回蹦跶，说自己“娜塔莎，你的脸上净是雀斑，你的屁股太大了，腰身和肚子还可以……”呢！

你是可爱的！记住这一点，我是真心这么告诉你的，别小看这一点呢！

我又在胡扯了，话是真的，可怎么会说起这些我可不清楚了。

你的小公牛　一禾

1983.11.21 夜

玞玞：

我昨天回家以后，觉得你可能晚上有一点点不高兴，不是生气，只是有点提不起精神来，后来你显得高兴了，情绪还是有些变化的。

美好的事情使人黯然神伤，这是常有的事，譬如花谢了，下雨了，夜晚来临，还有寂静无声的黄昏，也有个人一些隐藏的、自己也不能承认的情绪。以“我”的尺度去衡量一切，就会有这些的。“我”总在变着，而其中要求亲切和睦的气氛，知心朋友和总也不会分隔的团体的心情，却可能不太容易变，这种要求我也有；即使在方毅想和大家相处，但又拒绝爱情的举动中，也可以看出来。

小宇生活得好就好了，各人对自己的女朋友都比对别人更亲切些。在这种关系里，我倒是比较理智地以为，小宇和雪清[①]之间，只看得见对方一人，这是以后生活下去的热流。假如一开始不狂热些，以后冷却就很容易了。咱们做朋友的还是高高兴兴边上靠靠为好，“嘘——这是咱们的大海，这是咱们的永恒”。

我现在就是很担心向东，他只有找到他喜爱的人，不是别的女孩靠近他，是他忽然有一天天良发现，灵机一动，百感交集的时候，他看见一个女孩，就会喜欢的。如果他眼里没有点上《仲夏夜之梦》里仙王的药水，即使他现在的女朋友拼命向他摆动裙子，他也会冷冷地看着她，用那种观照的眼光盯着她想：卖弄风骚。关佩恐怕就栽在向东的这种眼光里的，不论她怎么努力，向东不喜欢她做的一切，这种观照是可以让人心里发抖的，因为她热情了半天，

---

① 当时何拓宇新交的女朋友。

俏皮了半天，回头一看是一双眼睛后面的眼睛，只会觉得自己在疯，扮演小丑。宋晓霞吃不消的方毅那种眼神，多少含着这么一种东西。也许关佩能放下总编小姐的身份，不显出和各家编辑都很熟的样子，家庭气息些，近人情而远道德一些，和谐、活泼、依从向东些，会化解这种目光，但这实际上是从一个人变成另一个人才能完成的，看来只有另一个人才行。如果向东能在北京，大家的和美恬静的家庭气息会感化他，幽默而知心的暗中劝告会让他不那么高格调。可惜他不在。信是无法表述出气氛的。——我也许把向东想得太冷了，他对我们都是很好的，很尽人情的，可是他这事怪挠头的。我甚至以为，你说要让向东看看什么是女孩子，把他变得不那么清心寡欲，那是女孩子们可爱的小小虚荣心的结果，我太不乐观了是吗？这事我也只能和你唠叨，对他我都不好意思说起。

前几天看了几篇《天作之合》里的小说，毛姆写了一个年轻有为的外交官，和外交部部长的夫人有私情，后来部长以分离要挟部长夫人，夫人不能忍受清苦，也不愿跟外交官去热带岛上，可是她始终不说，让年轻人自己表示出离开她。年轻人高尚地离开了她，为自己的牺牲所鼓舞，并认为她是他最好的朋友，这样他没有马上垮掉，很充沛地活了四年。后来他到夫人家去看她，发现她并不是那么爱他，也不是他的友人了，他的牺牲只是一个零的价值，他就垮了，死了。——我觉得小说很有意思，这个故事写人并不垮在特别的当即，而在很久以后，因为那时候支持力失去后，这个分别的淡淡影子就像命运般包住了他的心，他感到宿命不可违，于是自持力就崩溃了。

我觉得假如张强是非常爱方毅[1]，爱到熟悉她的一举手一投足的程度，那么现在的平静未必是好事；强烈的感情成功之后是细

[1] 当时张玞班里一对未能和好的男女同学。

节之极的爱，而失败了则是一种不能自已的恨，而不是嘲讽、怨怅，或别的什么。如果张强爱方毅还不到那么深的话，我以为是好事，除去一种略有特殊而略有远之的亲切之外，不会有别的什么，张强还可以学到些人的情感中纯朴厚实的东西。假如不是这样，今后不论方毅在感情上有什么动向，事情会变得复杂而痛苦，掺杂着嫉妒、自责、惘怅、悔恨等一系列把人置于半空中不上不下的磨难。我想大概不至于此。所以处理好又注意创造张强的信心，肯低下头想想朴素东西的兴趣，这可是不世之功，他就会棒一些，女孩子们有这个能力的，可方毅有没有呢？

扯到现在，我该说说我的心情了，我是恨不得狠狠地亲你一下才好，我很想知道你周围的事情，也像你一样感兴趣。有时候我做不到了，比如那次你们赢了排球，我就没有那么高兴，我总是很惭愧的，觉得对不起你——别生气，不是说不如你，是应该和你一块儿高兴才对，不高兴的事可以以后说呗。——我们该是天生的一对儿，我是多么想分享你的一切。如果我实在做不到了，我会告诉你，你帮助我好吗？——可是，要怎么做，我还是宁愿做到底才好，爱不是乞求，我从来也不是乞求你，我很尊重你，也自尊，所以你对我的爱，我感到幸福。昨天我没有劲儿了，今天好好抱紧你。

一禾

1983.11.25

玞玞：

今天，我们发了《十月》1983年第6期，又枪毙了20多份稿，给杜光辉（一个有点苗头的中篇《冯大家族》的作者），洪阳（一个短篇《船夫》的作者）写去了修稿意见，如果他们同意修改，我手里就有两篇比较有分量的作品了，大约到明年第三期，我就可以向总编辑推荐了，如果能在工作几个月内发稿，那么成绩就还可以了。

明年1月号上有张承志一个中篇小说《北方的河》，我以为是近年来最好的一篇作品，他的作品有《骑手怎样歌唱母亲》《绿夜》《大坂》《黑骏马》《北方的河》，在一年之内已经成为主要作家，写作上有艾特玛托夫的风格，《北方的河》写得很苍劲，如果搞当代文学，不能不注意他了。李国文的《花园街五号》已经成了中国近年来长篇小说创作的成功标志。如果不出什么意外，大约茅盾文学奖就落到李国文手里了。《许茂和他的女儿们》的作者周克芹，背弃了他的妻子，那女人总揽家务十余年，让周克芹专心写作，可见周克芹的人品也太不地道了，《十月》因此退了他的稿子。明年2月号上有张贤亮的作品，他写的《灵与肉》《龙种》《河的子孙》《肖尔布拉克》也都得到盛誉，只不过他的《肖尔布拉克》最真诚，别的作品都带点儿马克思主义理论家的样子。陆天明有一个中篇，据说比他以前的都好，也已经传开了。

刘扬[1]给我来信，他今年6月，作为云南省青年新诗代表作家被开会讨论，自此成了众人瞩目的对象，“反污染”以来，他又处境不佳，被分到云南体委春城体校当教师，《滇池》不敢收他，因此，在

---

① 当时云南的青年诗人。

我们几个熟人里，我、小宇、向东就算是可以发稿的最后线路了，《滇池》《青年诗坛》都已经断线。他写信来，要我的诗看，说“我们不是还要一起登山吗?”我当然马上回了信。现在沈群[①]、查海生都有诗压在我这里，我这几天交给诗歌编辑看看。

然后，我要重写《意象论》，读完《手稿》[②]……

玞玞，《蓝光的挑战》《烛幽普照之间》《否定孤独之路》三篇的稿子你留在手边，等风头过去，我准备把评论《挑战》的文字修改一下，寄给《青春》。明年春节石冰[③]去江南，也许去《青春》，不过我不想让他带去。

可以把你的手放在信纸上，让我亲亲吗?

这一段好的中篇不多，我得开笔写我的小说了，叫它《万方雨雪》……叫它……看来不能先起名。不开始写，心里就总像什么都没有似的。

吻你

一禾

1983.11.28 晚

---

① 与骆一禾同级汉语专业的校园诗人。

② 指马克思《1844 年经济学哲学手稿》。

③ 骆一禾同班好友，写小说。

玞玞：

我星期一寄给你的信收到了吗？和小宇给雪清的信一块寄的，雪清情急心慌地给小宇打电话来说没有收到，怕丢了；我想可能是我扔在路边设的邮筒里，那儿比较偏僻，所以特别有可能被大邮车忽略过去。

好在我这次没有在信里写什么，就是谈到我们发的《十月》第六期，张承志的小说《北方的河》，据说这篇小说是张承志不满于孔捷生《南方的岸》里缺少男子汉力量而写的，这个因素可能是有的，但不会是写作的动机。我觉得这小说写得不错，有很多粗犷而又壮丽的片断。

只是可怜了雪清，她可真恋着小宇。约定一个礼拜不许见她，可星期一就找上了小宇，说她一天只看进去一页书。

*

我可真想去你那儿，本来下午可以借看电影为名去的，现在不成了，把票子给了小宇，他没看过《面包师的儿子》，就让他去了，我得坐一下午了。

好啦，以后见，波妮①！

一禾

1983.11.30

---

① Bonny，张玞上英语班时用的英文名字。

玦玦：

我亲爱的女孩。

我就叫你 Bonny(波妮)吧，在信上可以写了。我以前曾经有过这么一小段笔记：

> 天渐渐黑了，那些飘着秸秆味的路隐入夜色，又伸延了夜色。大地变得难于分辨，只有风告诉我大地是实在的。我上了屋顶，在这种黑暗里，我甚至感觉到不愿意添加什么，那样做是多余的。她坐在离我不远的地方，挥手赶着蚊子，她现在很少和我说话，眼睛总是看着别的地方……这里边有好多我不熟悉的东西，我总觉出一些像夜色一样莫名的东西，你会觉得它很深，可到底有多深你不知道，而且你不感到深不可测的紧张，她在这儿像个美丽的农村人。
>
> 很想跟她说话，可是有一种粗糙的东西在锯我的胸口，我终于什么都没说，坐在有粗沙子和硬草垫的屋顶上。我坐在星星中间，沉默地数着黑黑的、光滑的夜……不知为什么，乡村的土地让我觉得不好受，是那种很厚实的、有劲儿的不好受，这儿没多少花，有的是玉米地和远处的海湾。我想唱什么呢？——Oh, the west wind crossed those islands. I felt my feeling but I couldn't sing a song. For she was lying on the ocean……(呵……西风穿过那些岛子，我已感到了我的情感，但我不能唱响一支歌子，因为她正躺在海洋上……)

这就是"Oh, my Bonny lies above the ocean"所说的那种情绪

吧。你是我的波妮，我的躺在海洋上的快乐的女孩。

不要生我的气，那在海边的日子，有很多很多时候是很高兴的，可有时候呵，Bonny，你懂吗？人慢慢地长大，就是在这种感觉中长大的，说不上任何苦恼，可是明显地你能感觉到自己一点点在大起来，心里有个什么东西在扩展开来。幸好我们不是任何时候都觉到自己成长的、那种增生的、具体的步骤，就像长个儿是不会被想到一样，否则，人一定是很难过的。惶惑？……很难说的。

My dear Bonny.

对自己会干错事的预感，对自己空虚无聊的感觉，对自己的实际能力有不稳定的估计，惶惑和丝丝怅惘……不满足，这些都是青春在闪出夺目的光彩时，天空中那初期的一片白色；你会很成熟的，会觉得忽然间就成熟了，就像个好女子那么自然大方地生活下去，这是你做姑娘的最灿烂的日子。我不能及得你，你在这时候会变，会变得无与伦比——在我看来。我近一段很想见你，天天在一起，我想看你，而且觉得我要赶不上你了，作为一个人，一个生命。

我们是该认真地谈谈了，像一对相爱至深的情人一样聊聊这会儿我们看见的，觉到的一切。我渴望你用晶莹的眼睛看看我，靠着我。你 20 岁的时候，感觉是什么样的？现在也许有点儿像，而且，你再看看我写的那首岁月，也许能领会到这种流逝感和成长的蓬勃自信感，淡淡的空无思绪交织的情感。

我爱你！也许你是需要我的。Bonny.

1983.11.30

王一川要的书，我在社文艺室和王府井书店都没见到，很是失望。

买了本郑敏的《英美诗歌戏剧研究》，对我们都有点用。

你的小公牛(OX)　一禾

1983.12.1

玦玦：

收到你的信我真高兴。My dear Bonny.

先谈谈学问吧。

我以为克罗齐的美学有现实意义，和它是否“过时”是两个没有必然因果的问题。小马拉车在中国还有现实意义，但它是过时了的。

不过，王一川用“过时”或类似意思的词来评价克罗齐美学这一社会科学现象，也不很恰当，可能是随口有失了。你认为他的说法值得一问，是敏锐的。这里包含着“进步”这个决定论的观点。实际上，克罗齐美学与当代美学的差别，不在于进步与落后，我们不能说卡夫卡的小说较之巴尔扎克的小说更先进；托尔斯泰和但丁、荷马的作品，迄今仍是艺术上的光辉范例。迄今为止，在科学技术上的进步已进入了第四代、第五代，而对于伟大人性的尊严的描述，伟大的作品，仍然要从他们当中去寻找。在艺术上，包括艺术理论中，我们不能使用“进步”这个词，艺术的范例是永在的，不会过时。荷马史诗是那个时代人类生存状况，人类幻想的表现，亚里士多德的《诗学》，也是那个时代感知方式和心智状态的结晶，它们在那个时代奠定了基本含义，也只能以它们那时的理与行的统一（两者统一时，就是人类前进时）来看待它们的价值，它们的尺度是那时的，是历史的——即历时态的。而我们作古今诗学原理的比较时，是以此时为准的，是把不同时代的作品都放到今天来看，是共时态的，这是一种变化，而非进步。我们曾判断说，样板戏是一种史无前例的杰作，是进步了一大块的，可是历史证明，我们错了——只有评价尺度的变化，而没有进步；不同时代对传统有不同的变化看法。

我以为，所谓进步，意味着旧有存在的延续；进步也意味着必然性，因为只有当我们确证某一事物确实强于过去的状况，而确定的程度又可说是科学的，科学建立在严密的逻辑必然之上。

然而，当我们比较古今诗学原理时，只是变化，在同一问题上，我们有了更多的定量分析，造成一种更深些（有时也未必比以前深入）的认识，在这种量的分析的积累中，实际是造成了质的变化，造成了另一个。——随着量的增加，瘦削者变成胖子，这看似是旧有的延续，实际是一种突变，一种断裂，量增加了，短篇变成长篇；美感经验的积淀，使形式有了意义，而成为意义；移情深度越大，感情注入对象越多，移情当中也就使石头不再作为石头，而作为坚强品格来认识，这些都说明，我们不要用"过时"这样一个包含着"进步"，这样一种必然，延续观念的词汇，来评价艺术及其理论。

（过时——进步——艺术范例的永在——不存在过时——只有变化——断裂而非延续——非必然——不能用"过时"评价艺术领域的问题）这就是论述的线索。

另外一点，你的问题提得正是我疏忽之处，你的问题是：如果表现的是实在的，——"实在"与"非实在"在克罗齐看来与直觉真相无关——联想就不起作用，那么纯物质与形式化了的物质，区别不是很少了吗？——问题再延伸下去，换言之，纯物质＝存在，形式物＝非存在；同为两者很难区分，所以存在＝非存在，纯物质＝形式物，实有其事＝文字作品。于是，克罗齐的心灵活动等等都不必要了。

这正是佛教故事的一条偈子："菩提本无树，明镜亦非台，本来无一物，何处惹尘埃？"存在之树本来就等于非存在之镜，所以存在之树就不存在；非存在之镜本来就等于存在之树，所以非存在之树也不存在，区别没有了，这两个对立的范畴也就没有了，所以心灵活动的尘埃又何必有呢?

我小小虚无家,你可真要人的命,这问题不好说清楚。我提供几点看法。请你斟酌一下,不知对不对。

我以为,正像恋人们是在爱情这个高度上谈幸福的,所以他们不以为在大冬天等在车站上是不幸福的一样,克罗齐是在心灵活动这个高度上谈直觉(表现、形式、综合联想的),所以他不认为存在可以成为艺术的质料,至少那是"次一等的"(克罗齐语),纯物质是不可能成为艺术的、审美的对象的,他不是讲非存在(形式、直觉等思维产品和思维方式)也可以不要,而是在说,一切都是综合(意象是综合的印象,表现依赖于意象所以也就是综合,而直觉必须有表现才成为审美品,所以也是综合,而综合发生在心灵活动之中),一切都是形式,所以,用不合于存在竭力证明什么是存在、什么是非存在,以图用存在来否定心灵活动,是荒唐的。他为了肯定直觉,所以说存在与非存在的分别与直觉真相无关。

所以你看透克罗齐的逻辑,他在玩弄一个转轮:

形式→综合→意象→表现→直觉→联想→心灵活动→形式

他把各个环节看作是环环相生的,没有一个终极本质。这在理性主义者看来是过时的,界说不严密的。但是,克罗齐美学的意义不在于本质,不在于一步步地界分,而在于注重心理的心灵活动,注重各范畴的连贯融合。在这个环未建立之前,心灵活动的孤立导致了只重心灵呼喊的浪漫派的直嗓门,而只重形式的便产生高蹈派、巴洛克派,只重意象的产生后来的意象派的雏形,表现主义者,下意识写作……都是各立门户,而有了这个环,克罗齐便启发人们去思考各文学流派,各种见地之间的联系,导致了新的文学流派在理论上的合成。形式这不只是与内容对立的一个问题,而就是内容的一部分,心灵活动是形式和内容的合一处……这都是创见的看法。在这个环中,究竟谁是本质是无关紧要的,重要的在明白：艺术是一个综合整体，而不同作品综合的配料不同，意象派重意象，表现主义重心灵活动与表现，意识流重联想、直觉与形式；这里只有情感体验去把握，而整个艺术都是心灵活动，都是不能片面看待的，它是一个有机体。所以美＝审美。

克罗齐的影响是大的。他提供的是一种方法：以心理的、综合的、形式的分析在心灵活动中，在审美中体验美。

*

现在只能写出这么多，Bonny，想到的可不全都能写出来，有的念头一闪，可你很难表述它。下次再谈。

*

夜深了，我该去睡了，明天还要上班，最近我容易累了，早上起床的时候老觉得没睡足，可晚上又睡不着，想着写点东西。我很想早睡，可又舍不得时间，真想睡上一整天，吃几口你做的面条，又去睡，看得见你在太阳充足的窗前心情很好地梳头，听见你光着脚跑过地面时的声响……你别急，我现在很能管住自己，在可能时我和你玩，劲头十足地，平时我给你写写信，看看你的照片，也看看你给我的一捆信。

心地开阔，我们就都会好的。

狂热地亲你。

Your little ox（公牛）　一禾[①]

① 此信与上封信是一起的，故日期应是 1983 年 12 月 1 日。

玦玦：

我以为你应该注意睡眠时间，人瘦和睡眠不足有很大关系。给你 22 块钱，10 块存在咱们的折子上，你留 12 块，我这儿有给小宇过生日的钱。

下周你太忙了，我就不去了，先在家写东西，看书。你看书的速度和质量都比我强了，我得努力，开始攻攻英文。

我今天大体还好，略有些心堵，很快过去。你勿为我焦虑，我要努力对得起你。你会全心爱我的，对吗？

我想买一套《管锥编》，里面有资料性，钱锺书这套书搞的是非常繁琐的考据，但也有比较文学法国学派的味道。再说吧，也许去了内部书店，就省得去买这套古董的钱了。钱锺书的《谈艺录》，你可以看看，还有他的一本小册子《旧文四篇》，属于比较有货的。我没看过《谈艺录》，总觉得有些遗憾。

我这两年突击一下英文，等两年，我们一起能译书也不一定呢。我要的是玦玦，不是厨娘！

叶嘉莹《迦陵论词丛稿》里就有关于中国神悟天分与文以载道派的意见，我以为文以载道和注重学问的创作是一以贯之的，最早可以追遡到《文心雕龙·原道》，过四五天，我可以给你一些粗陋但有较完全说理的意见，新诗作业好做些。

爱你！

你的　一禾

1983.12.4

玦玦：

现在，我来谈谈唐诗作业。

首先，天分学历之分，实际是妙观神悟与文以载道两种批评学派观点之分，叶嘉莹《中国古典诗歌评论集》里的看法，较为精确。《文心雕龙·原道》里，明确主张文以载道，而《文心雕龙·宗经》篇里，就论述了如要文以载道，就必须讲学力宗经。韩愈《答李翊书》就讲了师古宗经，文以载道，而后半篇讲的是由养学力而养"气"。

王维的诗是中国简约、清新、恬淡风格的代表作品，《读书》1983 年第 9 期上有一篇《美国新诗运动中的中国热》，里面即提到这一点，并且用罗兰·巴尔特的"零度诗"的"零度风格"来评价王维。"零度诗"实际上就是王国维《人间词话》里"无我之境"的诗，也就是中国常讲的重神韵、性灵的诗。

所以，王维、孟浩然的诗与韩愈的诗的区别，可以概括为"神"与"气"的区别。王孟诗里有一"神"为主的创作特点，而韩诗则以"气"为主。

因此，必须说明中国诗论中的"神""气"之辨。中国诗论的范畴，其内涵往往是多变不定的，你必须紧紧抓住"气"与"神"相关联、相对应的那一个意义来阐说——这一点必须说明，因为"气"有多种解释，重视文风的人讲它的一个风格，重视结构的、肌理的人讲它是"势"。……所以若不说明你在何等范围内使用这一范畴，官司就打不清了——那么，是《文心雕龙. 神思》篇里，把神与气联系起来考察的，我们借此分析一下，神与气的关系。

《文心雕龙》说：

文之思也,其神远矣。故寂然凝虑,思接千载,悄焉动容,视通万里,吟咏之间,吐纳珠玉之声,眉睫之前,卷舒风云之色。……故思理为妙,神与物游,神居胸臆,而志气统其关键;……赞曰:神用象通,情变所孕。

(《神思》)

神是什么呢?它接千载,通万里,与物游,在形象中得到显现("神用象通",用,即由)。可见如果没有长时间的积淀,如果没有多空间的联想,如果没有与物共游的交相感应,是不会有"神"的,"神用象通",乃是"情变所孕",是在心灵活动,生命的兴发感动中痛苦不露形迹地"孕"成。"神",这是一种可感而不可言说的东西,它不是逻辑可以显明分说的,它也含有某种偶然性(逻辑推导而明者,都含有必然性),这正如"吟咏之间,吐纳珠玉之声,眉睫之前,卷舒风云之色"所说,是一种不具规则的运动的产物。陶渊明有诗"采菊东篱下,悠然见南山",千古以为万万不可用"望"代替"见","望南山"便尽失神韵,如果用"见南山",则是把"神"的那种不随意性,偶然所得似的突发性,那种"孕"成,讲得入木三分。阿尔贝·加缪说:"量的概念尚未为人充分探讨过,因为它能说明人类经验的大部分。"(《西西弗斯的神话》P84)的确,当思(审美感知)接千载,通万里,与物游的联想、感知积淀中,达到一定量时,便会产生神思。"神",我们可以就它自身的运动而定义为:它是审美感知量的积累,它所构成的一种整一的心态。

气又是什么呢?"神居胸臆,而志气统其关键",这是《文心雕龙》的说法。韩愈也说:"气,水也;言,浮物也。水大而物之浮者大小毕浮。"气,是神,是心态的延长,是一种控制,它导引文章词句。郭绍虞编《中国历代文论选》认为它即是思想感情,但细读《文心雕龙.养气》,谈到若养气则需要"从容率情,优柔适会"。气,是情的一种节制导引,“统其关键”,换言之,若神是一种心态,这种心态产生于量的积累,而“气”则是一种尺度,神是感应体验的情感活动的产物,使情感保持在一定程度上的就是意志,一种意念倾向。朱光潜先生认为意志(will)是很难与情感分开的,所以郭选本把两者等同了。

这就是“神”与“气”的分别,所谓的“神”与“气”之辨。

那么,王维诗和孟浩然的诗较之韩愈的诗,更少意念先导,形象组合从点染意境着眼,遵从的是情绪变化的波动,这种波动带来的情采、声响、意象变形,反映的是刹那间领略的情境。(可分析王孟诗的“钟”与韩诗中的“路”)而韩诗则有意念先导(载人生情趣之道),形象组合以环境纪实式的工笔描绘为主,遵从生活逻辑,反映一种普遍的,有概括性的人生情趣。①

---

① 这封信应该是在前后两封信之间写的(信中可见其中的连续性),因为是当面递交的,所以没有具体时间。

玞玞：

我是个坏小子，等到你责备我的时候，才想起我没给你写信。星期三一天我过得非常快活，而星期五又两次接到你的电话，我有些飘飘然了。

你星期三坐上 332 路回学校的时候，我还想骑车跟到白石桥，再拐弯到四道口回家去，可是我忘了，晚上车开得快。到我追不上了，看着那辆闪着售票灯的大车子远了，心里反而生出一些些惆怅来。

宝贝儿，星期天在家写东西写得顺利吗？很想悄悄从窗户外面往里看看，可惜我不能飞上去的。真想看一眼你写东西的用心样子，my dear Bonny。

我所感到的惆怅，就是那像朝霞一样的，初次接触到一个结实的、胸脯柔软、眼光晶莹的女孩子的身体时，那种粉红色的进而发烫的动情期，可能已经到了尾声了。然而我越想念那些黑夜，越感到你的存在，这是绝不虚妄的，从合上眼睛才能看见的那个境界里，我看见你特别普通的那种表情：抿着嘴唇，可没有笑开来，眼睛垂着，看向伸在床上的两条长腿和穿着浅绿色袜子的脚。我仔仔细细地看你，从来没有什么东西、什么人被我这样仔细地看过，所以，你格外真切，熟悉极了，谁也抹不去了。我明白这不会逝去。星期天的晚上，我真想在饭桌下碰你的腿，隔着你的皮大衣，想摸摸你的背。星期六的晚上，回家以后，我困得身上发热，脑两侧突突跳动，可是很想你，睡不着。我不再惆怅了，什么都定得到的！别笑我，好吗？我亲亲你，你给我来信吧！只要几行。

这几天我先翻一遍语法书，然后再看《英语学习》，再以后读些英文书。尽可能缩短上理论的时间。现在还年轻，来得及。不然我就比你落后一大块了。暑假里我得借《判断力批判》看看，总得硬着头皮吧。

*

今天抄了《先锋》《无名的深情》《钟声》《突破风雪》《岁月》寄给《中国当代大学生诗选》编辑方面。这件事其实应该是北大办的，《诗探索》那边有人力物力，五四文学社也比北斗文学社影响大。可是现在北大搞政治、宣传以图好印象，而没有人搞一两本青年人自己的著作收集。也许，本来就没有什么“其实”。

*

《青年诗坛》1983 年第 2 期、第 3 期《大学生作品选》我这里的留底已经选完了，你那里的就保存好吧。我想想这两本小刊物的短命，心眼里就觉得难以想象。小说写得不趁手，主要是一开头就开得格局太小，而抒情诗的素质妨碍我把小说故事展开，玞玞，怎么搞的，我好像不会写小说了。最近有理论兴趣和诗兴，可是小说的兴致却提不上来。也许写下去就写开了？

下次信里再谈新诗研究的题目，这样可以避免你分心，先把古典文学论文弄好。《苏联文学》（有《捕蛇人》的那两期）我托姐姐去借了。

下次信里见，我亲爱的果树林！

你的一禾

1983.12.11

玦玦：

我亲爱的，我很高兴看到你这封信。天天都等你这封信。

这是一封寄来太阳光的信，你的那种健康的、快活的性情，把信塞得满满的，就像信里装着你一样，我高兴得快要疯了，和小深深[1]玩了一个小时的打仗，我用钢笔和玻璃盘子搭了个军舰，用尺子当潜艇，圆规当飞机，打了一场现代化战争，深深玩得上劲了，把袜子都脱掉了和我拼。

我当然会高兴那个梦，我更喜欢的是你能睡好了，能去打球了，大家都心里舒服了，你又稳定了，活泼了，能写出好文章，当个“女学究”了，又很清楚自己怎么样了，自信了……你是个女贵族呀，我的躺在海上的女孩儿，我的小小豪迈家！

昨天晚上足球踢得真不行，以至于第二天上了班，各位编辑都垂头丧气的，总编室主任腿部水肿，行走困难，而我刚刚修删完稿子，晚上睡得不好，头昏脑胀。——你想想你寄来的太阳光有多么好，它真让人爽神哪！

我现在在看毛姆小说集《天作之合》，他的短篇比长篇要好，一个人一个人，一个故事一个故事，都写得很准确，难得的就在于他的准确，透过真而达到美。你读完那些美学著作以后，自己消化消化，把它们融化在评论里，形成一种美文学和洗练实用相混合的文体，你就熟练了。你可得注意文章结构和灵气啊，那是你的拿手好戏。Bonny，我这几天在看英语语法，慢慢上轨道，头脑总是往文学方向走，记忆力和吸收功能还不太习惯。

---

① 骆一禾三姐的儿子。

陈燕妮[①]来信，表示她不会陷在感情之中，她觉得她上次给我的信“真可怕”，那么，我们也许以后还能见到她。不知她会不会有所变化，我回信谈过她生活里有时候很造作，所以她虽然高大漂亮，可还是让人不能感到亲近，所以她总不能幸福。至少，我同她同学多年，讲几句诚恳的话，也许她能听进去。施坚[②]说她“不可救药”，不过施坚的话有时候因为想要动人而显得过分的地方多，不可不信也不可全信。

向东给旺子去信，问我好，说他现在就是忙于给你弄张好看的年片儿寄来，别的正事没干多少。

今天上车我省了五分钱，114 路有个男售票员，他怕挤，而我挤不动了，一车人谁也动不了，于是我站在门口，他说“上去上去，这么小，哪儿站得了他妈的两个人！”——结果我就是不动，就不买票，他也没脑子细想，只顾怕挤了。

星期六我有一张去国子监首都博物馆参观的票，可以早些溜出来，我去你那儿吧。

关于新诗的事，我想你就写一些关于梁小斌《中国，我的钥匙丢了》那首诗的分析吧。我以为参考资料有郑敏那本书关于诗的高层建筑的一篇文章，《现代西方文论选》的燕卜荪的《含混七型》，艾略特的《传统与个人才能》，《朦胧诗选》是梁小斌的诗论，孙绍振《新的美学原则在崛起》，这些资料引用一二句就够多了，主要谈自己的看法，写成一个有作品主要意象的分析，有一般性结论的精炼短文就可以了。

可是真见鬼，我这儿的《北岛诗选》《朦胧诗选》和《中外诗歌选

---

① 骆一禾中学同学，1988 年赴美成为记者，著有《告诉你一个真美国》等。

② 骆一禾中学同学，后也在北大读书。

抄》(5)三个本子都没有了,我明天找了再说吧,怎么会丢了那么多书呢?尤其是那本《西方学者论〈一八四四年经济学—哲学手稿〉》,真见鬼。

亲你,晚上我一定梦见你,我今天晚上光着身子睡,可能更容易梦见你。亲你!

你的　一禾

1983.12.15

玞玞：

我的亲人儿，晚上我看了看《莱里的遭遇》，意思和《情暖童心》差不多，写一个幼年被生父、一个医生诊断为低能儿的私生子莱里，从出生就被扔在残疾人收养所里，长大了也是个近似于低能儿的人，但是他智商达到 100，当女医生南希问他什么是真实的时候，他就握住咖啡杯递给她，而南希问他什么是想象时，他就把杯子藏起来，用手在空中抓住一个无形的、想象中的杯子，递给南希。他走路，脸部肌肉因从小模仿残疾人而退化、萎缩，在南希的教导下一一恢复。他全然不懂社会的规则，上街用五块钱支付一毛五的咖啡账，把找回的钱给了服务员，他在打电话时把仅有的一毛钱交给了没钱打电话的姑娘，那姑娘教给他什么是爱，他朦胧地感觉到这种使他战胜对社会的恐惧心理的感情，爱上了南希，但他自己幼稚而敏感，没有留在病院做看护，而是走进茫茫人海，一去不回，去那个可怕的社会里了……

不知为什么，看了这片子我很觉得心里不舒服。

然后，我抄了一段张隆溪在《读书》1983 年第 12 期上的《结构的消失》，现在给你写信，我心里想赶快给你写就写了。

很显然，谁也没有对我们不好，你爸爸妈妈对我们是非常克制和担心的。而同样真实的是，只有我们两个人是最亲最亲的人了，你为我受了不少的苦，把一切都给了我，而我呢，虽然到最近才不自卑，才懂了你的语言，但我也一直是竭诚爱你的，即使过去我的爱带有一部分盲目性，可也是一个“瞎子”能真心付出的爱。我们也许彼此总会有些不同及不同带来的点点遗憾，但是我们都愿意为对方而牺牲自己，这样我们才格外珍视不牺牲，格外懂得我们必须努力振作,努力生活,打起精神,给自己和对方鼓气,我们才格外渴望幸福。

而我知道,我们会在一起,会幸福的。我就得拿出胆气来,被你支持、指点、相依为命,也要自己支配你,帮助你,独立坚强。扶扶,我知道,如果我不"专制"些,你就会觉得牺牲太多,而我又太不争气了。我要对你好,爱你,减轻你的责任,做"主心骨"。

这一次我感觉到了这一切的重压,是真的,它让我突然在一两个小时里发现了它,心里不免有些压抑、郁闷。但你放心,我不会愁眉苦脸,忧心忡忡,怕你离开的,我要严肃地追求艺术上的事业,平静地体会自己心内的欣悦,给我们的生活添加一些快乐。

我们假期里各自读些书,我们合作关于《南方的岸》与《北方的河》的文章,用你的名字发表。然后我们再陆续合作一些题目,我写写小说和诗。最近写完了一首长诗《河的传说》,再修改一段,估计会成功的。

这次恋爱,里面显得那么顺利,是由于你健康的天性,而在不顺利的时候,我们竭尽全力维护我们的爱情,这里我和你都是很知心的,我的好波妮,my dear Bonny,让我跪下来吻你的手吧,我很爱你,也特别尊重你,对我来说,你是我最需要的,连同你的任性带来的那些误会。

我也恨不得现在已经是新婚了。但是,为了改善我们的生存境遇,为了和命运抗争,我是有毅力和耐心干到二十六七岁再结婚的,你问我们能忍受住吗?我坚信是耐得住的,一定要干出个好前途来,我们写的东西是会有出路的!你也会有个自如的职业。

今天就先写这么多吧,温存着你,在这时睡时醒的一个一个夜里。好好耐心读书。

你的小爸爸　一禾

1983.12.18 夜

玦玦：

我亲爱的。

祝你新年活动得好。

寄给你们215的姑娘一套年历片(每份4张)，给小黎一套。

今天下午去看了《四渡赤水》，片子长达三个小时，可不怎么好。星期三开大会，还得起早，唉……

这是个繁忙的年底。你31号活动完不要一个人赶夜路，要来的话请打电话，我去接你。依我看，你就别来了，我们家到了两点钟也就睡下了，守岁也守不了一夜。钟敲响的时候我就亲亲照片上的你，你也得在同时问我好，它一敲第一响你就问。

今天上班去，昨天晚上还挺累的。一到编辑部就收到王友琴[①]寄来的北大研究生会文学刊《校园》，收到陈燕妮的明信片：一张外国风景素描，收到贵州洪阳的短篇修改稿《船夫》。

这一段保重身体，多吃些水果、蔬菜和瘦肉，你下红的现象，可能是和缺VC与VK有关，医学上有这么一条。要放宽心，好好休息，最后一个月了，就休息休息，准备考试，课外书也该消化了。

我非常爱你！

爱你的　一禾

1983.12.26

---

① 骆一禾同班里年长的师姐，云南知青，当年的文科状元，毕业后读研，后获中国社会科学院文学博士学位。

小 A、小 C、小 D[①]：

你们好。

过新年了，加之不是毛主席的生日，所以年底还不难过，可以看看《四渡赤水》《毛泽东》，这些片子差强人意，胡乱看看还可以度些时光。毛那一代人是中国的雄才伟人，可是关于他们的历史片都带着点儿舞台味，让人看不出他们的伟大。法国和意大利合拍了一部政治影片《国家利益》，里面说过去一个赌徒烧掉神庙可以轰动 30 年，现在的新闻人物都是昙花一现，可真够损的了。

现在圣诞节已过，那种像感冒一样带着洋味的庆贺已经过去，该过过中国式的新年了，北京的大街上，从排队买快餐，购置艺术装饰，买油料喷漆的人群和抄手卖花生的农村女儿家那里，可以看出中国人要过节了。气温降到了零下 12 度，非冰区已经有人滑落水中，可是小男孩的眼球黑得晶亮，像是要飘出雪来……唉，你们不觉得北方的冬天很有劲儿吗？

送你们姐儿仨，一人一套年历片吧，自己分匀。

一禾

1983.12.26

---

① 张玞与同屋的三位女生按从大到小的顺序排为 A、B、C、D，张玞位居第二，她们在骆一禾与张玞的信里也常以此简称代表。最早的信中也有直接写她们名字的。这两封信是一起寄来的。

玞玞：

新年过得很好，我还想骑车带你回家，还想到学校去，在同学外面看见你扎花。还想在影院灯亮起来的时候听见你的叫声，回过头来，意外地看到你的笑容和连指手套。

我们尽力想得到的，都在这些无意的瞬间得到了，而且给予了。

人们可以用各种的方式谈起“事业”和“自由”，而谈到幸福时却同样带着点沉醉和惆怅，你的眼睛会乌黑得像春天解冻的小河。幸福对人是多么吝啬，多么珍贵的东西，以致只有用一种感情才能触到它。而且，它永远带着海水的味，走到哪里，我都想见形容，闻到海的气息，知道你在我的心上。

一周年了，我不由在半睡眠里想到了原始人唱着森林、黑夜和洞熊故事的情景。

“回家吧”，原始人在恐惧沉重而持续的压力中唱道。他们靠着石洞歌唱的时候，心开始融化，滴在火堆上和陶罐盛着的雪水里。他们的女人蜷曲在黑暗里，眼神像母鹿一样温柔，她们觉察出她们的男人心里头热乎乎的一种欲望，她们从火堆里认出了那热流，于是就温存地看着火焰枝形的舞蹈，慢慢进入了一种深深的情思中。

幸福是人性的内容，它瓦解人既有的观念，又重组了人体，使它成熟起来，格外地灵动起来；不懂得幸福是不幸的，而我是真正幸福的，“我怎能舍得你，我怎能忘记你……”

一周年了，我爱你，你使我永不得安宁了，亲爱的果树林。

让我狂热地吻吻你，在你名字上。你是我要的那个女孩子，虽然你也有你的偏执，但是我是要你这个女孩子的。连你在我身上勾起的情欲，也是完全男性的。它是我一人所独有的，只属于一个女孩子的，而她就是你。至于其他的：爱情、幸福、建设感、自信心……也都更无需赘言了，它们是如此巨大，使我永不能忘，如果这次失去，我也就失去了对这些的感受能力，而你是这么爱我，我从不感到丧失了生命力。

一周年了，玦玦。

爱你的　一禾

1984.1.3

我亲爱的小波妮：

晚上了，时间又是我自己的了，只有在这静悄悄的属于自己的时间里，我才肯给你写信，这是我们两个聊天的时候，我要坐在床上，拥着被子，想念着你，和你对话。

这几天在看《存在主义哲学》，看《红与黑》，看《麦田里的守望者》。司汤达描述的笔触是带有早期的拙朴色彩的，但是这种色彩和于连、德·瑞那夫人那种细致的情感变化混合在一块是别有风味的。对塞林格我感到困惑，他曾被作为1983年诺贝尔文学奖的候选人，但是他要比戈尔丁差一些，是不能比较的。而拉美一个评论权威认为戈尔丁是不符合要求的，这个塞林格怎么有这么大名气呢？我们也很少评戈尔丁的东西，所以也说不清怎么回事。

这几天我感觉得有些乏，一直提不起精神去写小说，现在脑子里有一种创作《夸父追日》的情绪和一些必要的段落；还想写一个女孩子的性格悲剧，小说名字就叫《人们都叫我咪咪》。

那本《存在主义哲学》看得我好吃力，现在还没看完海德格尔，但是，这些论文写得虽难，却是让人动脑筋的难。让人有兴趣读，你到时续借一些日子。

现在我明白了幸福的感觉，要牺牲幸福是比牺牲自由更灼人的，虽然没有自由就不会有幸福。

小黎来了一封信，她真友好，而且文学描绘力很好的，如果她以后长大了，一定能写小说的。她寄了一张画片：一只鹰停在彩虹前面。当然，她还文白间杂地要掉掉文言，看上去很好玩。她说："谢谢一禾，暗暗为玞感到幸福。为玞认识你，我认识玞感到幸运。”——而我呢，心里会心花怒放地说：“玞玞真是我的爱人，特别有识人善断的天才，让我不胜荣幸之至。”望你这个小可爱儿有很多好朋友，像那个可爱的金苹果姑娘。

果树林，我昨天只梦见了你一下，穿了条网球裙，光着脚，在果树林里蹦蹦跳跳的，然后跪在树下，一双膝盖圆滚滚的，张着大眼睛，我翻着本书，偶然冲你一笑，你打了球就来看我。

祝你玩得高兴，考试优秀。我想，唐诗那篇文章，如果是写一篇大文章，那样的结构很合适，小文章就略显重了点。而且老师划勾的地方也仅仅是评诗的地方，说明她没能接受赖以判断问题的理论。题目出得模糊，不去管它。专心考好文学史和西方文论，凡结业课都用些心思，只要学到了就肯定考得出来，我考试也是“良”居多，那时不打百分，成绩也常常是勉强得“良”，仅仅是心里喜欢的课考得好。

今天早上 8 点钟醒来以前，我梦见你和我争论一个问题，我刚说一点，你就完整地说出了后面几点。这是什么兆头呢？又抱西瓜又捡芝麻的运动员，小妈妈作家和女学究。

我觉得你非常狡猾，用个专指女孩子的同义词叫“黠慧”——直到现在，我还不知道一丁点 1 月 8 号你要说的普通但我想知道的话是什么，一年了，你还保持着一种千变万化的女性的魅力，而我是多么爱你，每次想起你说话时，被自己逗得咯咯笑的样子，我还都情不自禁地想抚摸你。

《世界电影》1983 年第 6 期上，我看到的两个剧本都很好：《两个人的车站》和《道路》，后边是费里尼的杰作，真是让人透不过气来，太压抑了，可是太动人了。《两个人的车站》里那个很活泼也很肉感的女服务员薇拉很可爱。——玞玞，有一件事情请你谅解我，我剪了一些破本子，或折了它们烧火，结果把夹在里面的一张你的照片绞破了一点。

你的身子给我留下了很深的印象，有时候我一人独自回味，还可以感到抱住你时的那种幸福的滋味。不过玞玞，你一定努力读书，我爱幸福但我更爱你。到我 27 岁的时候，可能住房、经济、声望和各方面的能力都会如意些，我愿意多带给你些什么，因为只有我自己的躯体和智慧能利用。Ezra Pound 说"一切都是虚无，除去爱的质量"，而我要把我最浓厚的质量，通过爱传递给你，让你幸福而充实地度过一生，你会有各种感觉和骚动，不满足，但是绝不是贫乏的。所以时间对我来说也是必要的。

你知道吗？当看见你穿着游泳衣，在沙滩上稚拙地走过烫人的沙子，丰满的大腿和脚底被烫时的步态，我是多么爱你，跟在你身后，我爱慕地打量着你的背影。我的目光是和别人欣赏你的目光不一样的，他们的会消失，当你消失的时候，而我的却不会因你隐进更衣淋浴的室内而消失，我一直看着前面那海平面，用只有爱人才有的生命力、肉感和灵魂的祈颂，怀想着你，我不能不感到你对我是多么的真实，真实的消失绝不会产生玩笑——当我有时候不该那么认真的时候，请你谅解我，我这么想，而不一定都想得合适。但是每一天离开海边的日子越远，关于那海边日子的想念就越明晰起来，也包括那些朋友们。而他们是不会像我这么记忆的。

为你深爱着的才是你真的遗产
你深挚地爱着的谁也剥夺不去。

(Pound)

这时候，我一直爱读的拜伦的诗《雅典的少女》，那种朴实又青春气息的气氛，又在台灯光里幽幽放射清香："你是我的生命/我爱你。"

我很想和谁谈谈你，和我自己一件事一件事地谈论你，真好啊……

祝你高高兴兴，考试顺利，身体健康！

爱你的，吻你的　一禾

1984.1.4 夜

玞玞，我亲爱的果树林：

今天向东寄来一些玩意儿，一些法国、香港及国内的邮票，一些彩色底片，一张据说一打开就会唱歌的生日卡——给你的。还有一封主要是写给你的长信。等到了 8 号，我再带给你看吧。我也没打开那个生日卡，等你拆开。

今天在家写小说，写信。给小黎写了封信，谈了谈人，《两个人的车站》和《道路》。

这几天我很想伴着你考试，让你看不见我可是心里安定。看看我这封信，好好考，一定会考好的。

爱你的　一禾

1984.1.6 晚

玞玞：

我回家以后觉得自己莫名其妙，好像有些话说得对，有些话是在“冒傻气”，有的话是不着边际得像意识流似的就冒出来了。

我倒是劝慰你两个意思，一个是你不必因为自己不受到别人的确认而心里不安。慢慢人自己就能够在刺激与反应之中培养出自己的能力，那时心里存有了一个“场”，一种能够坚持自己心灵的内心心境和力量，会生活得自己有度，而不必不安，他需要别人的确认，但不是时时要求别人确认。第二是我说过一句话，现在我总结为痛苦＝希望/性格，这么个数学似的式子，你是个希望很高、性格很强的女孩子，当然会有比较大的痛苦，这不是别的，正是由你的信念不能完全实现形成的，我不会不理解你的痛苦而嫌弃你的。

我那天讲的没什么条理，可是你知道吗？能和你这么说话而没有顾虑，我心里很畅快，就是有些话我好像是甩给你听的，那是我不能自持，把我的那种郁闷倾吐出来的结果，我就是这个不好，一旦激动了就不能等合适时机再说话，而是不顾一切地自管说。你多做小动作，也可以提醒我这些，以后我会慢慢改过来的。

我说话一层一次地讲的习惯可能改不了，适当调整吧。

今天我上午收到一份读者来信，把我错退给他的两份稿寄了回来，这样我还真得谢谢他，否则作者找起稿来我就干了。

“下个月我决定买一套《管锥编》，里面有一些谈到艺术作品的段落还是不错的，而且他的资料比较好。这是中国早期比较文学法国学派的著作，一套六块多钱，还是咬一回牙吧。”好像我以前给你写过类似的话，可是现在我想借来一看也就够了，今天我一个中午就看了《管锥编增订》121页，全书很杂碎，有这样无稽的一段：

> 相传苏格拉底尝自言得一梦："梦柏拉图化为乌鸦，止吾顶上，啄吾发秃处，回顾而噪。"（Me－thought Plato had turned into a crow and had lighted on my head，where he pecked at my bald spot and croaked as he looked all round.）

这是这个老头子(他天分极好，通五国文字，拉丁文看着就念出声来，看遍了旧北大和燕京的图书)的无稽之处，不过我耳闻他的《谈艺录》不错。这本《管锥编增订》里也有这么一段：

> 相而曰"幻"，验物稽事，见其不实失真而云然也。然其物虽非实有，而此相则人曾确睹。亚里士多德尝言："见有白色者当前，非错觉；见白色者为某物，则或是误会"（While the perception that there is white before us cannot be false，the perception that what is white is this or that may be false）……达·芬奇、歌德等谓"感受不误，误出于推断"，正其旨也。《大智度论》卷三三《释初品中四缘义》："般若波罗蜜于一切法无所舍，无所取……譬如小儿见水中月，心生爱著，欲取而不能得，心怀忧恼。智者曾言：'虽可眼见，不可手捉。'但破可取，不破可见。"分疏了当。

这又是对艺术以情感事物的力态、色彩、音响等第二属性为自己的对象，具有不同于生活真实的艺术真实这一看法较深的、学力广博的说明。

以后有时间，可以通检一下正文四卷，做些摘录，看一遍就够了，在资料和比较意义上还是可以有所得益的。

玞玞，我们相爱一年了，我们能够赤诚相待，这么做当然也使你吃了很多的苦，受了许多的委屈，我这个人无论怎么说，都有上来一股牛劲就不管不顾的坏脾气，这些你都非常贤惠地忍受了，我实心一想，这对你是不够公平的，你对我真是实心实意。

我五叔叔的孩子，我的堂姐，清华大学无线电系的学生，毕业以后找了好多对象，现在已经落到让人介绍的地步，她挑来挑去，结果挑花了眼，自己就二十五岁了，还在找研究生，又要学问大，又要能侍奉她，让她呼来喝去的，长相不能差，出身又要好的，我也知道她是完全不懂得怎么爱，恐怕以后要耽误了，凑合凑合的结了婚。

这些事情别人又帮不得，看着她瞎撞我挺生气。

不过也有好笑的，你挂了电话以后，我问小克克，你怎么不给阿姨打电话，他挺认真又挺害羞地想了半天说："我性格沉静！"

我的天，这么老气的话！他就是娇，不然我还是喜欢克克，你会仍旧喜欢深深——当初他爸叫他"王珅"，是我说改个同音字，王深多好，一叫"深深"就有一种内在的劲儿，他爸填了"珅"，后来悄不溜声地改了，"珅"就太俗了。——但是无论如何，我离你很近。当初我想给我未来的女儿起名叫深深，可是我有点失去信心了，就让给了外甥，想不到你像皇后一样来到我面前，高高的个子，长长的腿，手里拿着一只金苹果。

亲你的手！

一禾

1984.1.10 午夜

Bonny：

你好。

今天上班了，也就给你写了信。早上我们开讲评会，把《十月》今年第一期评论了一下，而在我名下的是“借鉴与探讨”栏，吴组缃的《篆竹山房》写得还可以，有点像聊斋，借一个人鬼变形的故事写社会道德压迫人造成性变态的悲剧，文字很细而且对古文物般的气氛有工笔画的描写。好坏总是过去了。

我准备再写一个一两千字的小说，也是从地铁里感到的。写一个小伙子，严肃地吃苹果，不让女朋友把头靠在肩上，下了车以后，他不知从哪儿弄出个大钢丝床顶在头上，很神奇地走上车站，太阳光照得钢丝亮晶晶的。他们分手了，那姑娘甩着马尾巴，高跟鞋踩着地面嘎嘎响，一转眼，他从路边的托儿所里走出来，穿着白软底鞋，推着一辆婴儿车，车里坐着四个伸着粉红小手的娃娃，一个长黑豆眼的小子在车外走着，吃着手指头，她呢，朝着大街笑了，这条街是她朋友，吃苹果的小伙子走过的。过了几天，他们结婚了。叫它《车子、床和小伙子》怎么样？

今天我看见中华书局经销部橱窗里有《庄子今注今译》，不知里面还有没有了，昨天（星期天）下午我去王府井，买了亨利·詹姆斯的《实用主义》和西田几多郎的《善的研究》，今天再去中华书局经销部，拿你的照片，买那只小皮包。昨天晚上我没去看你你不怪吧？

对了，那双皮鞋我三姐留下了，她穿着大一点，肥瘦还合适，鞋挺漂亮的，我三姐夫说漂亮，想必是真的，他就喜欢我姐穿好看的。不过我说是 13 块钱，开始不要钱，可是被塞着收下了。我想那 4

块多就算了罢。我二姐也想买，我说不敢买了，要买自己去试吧。

现在我手里有 23 块钱，买书买皮包之外，还能剩 10 元左右，先留着，万一用不了咱们就存进银行里去，你缺钱吗？饭票够不够？

25 号咱们一起去取眼镜，看老赵，玩一玩然后回家。

先写这么多，还得编两篇稿子，王蒙的《边城华彩》和一篇《往返》。大概有一天可以请假在家编稿子，就安排在 25 号（星期五）吧。你有时间安排的话，电话联系。

拥抱你，亲你的脸！

一禾

1984.2.20

玞玞：

你看，我这个人的记性有多么坏。上午给你写完了信，我就高高兴兴地在中午打了一小时的扑克。因为我手里留了一张黑桃 2，想用它来敲一张 A，结果把自家人的实力消耗了不少，最后下台了，后来又上台坐了一回庄。

我悠闲地改完了一个稿子，把它扔进传达室，而后我就到花市大街寄出了给你的信，我看了看没有卖《青年文学》1984 年第 1 期和《新体育》的，就免去了六毛钱的消遣读物。坐上 111 路电车，到灯市东口，看见一个庄重的男子被未婚妻气得眼珠子上雾，然后就在灯市口下了车，进了中华书局经销部，一看《庄子今注今译》还剩三本，我把它买到手，看看还不错，有全篇题解和结构介绍，运用了西方哲学术语解释，译文也比较有华彩。一数兜里还有 19 块钱，我就到王府井想给你妈妈买皮包，可是上次我记了一下你说的那种小皮包的位置和款式，今天好像重新摆了一回，我就找不着了。

只好等 25 号了，我挺不甘心的。今天我本想买了书再买到皮包，把庄子往小皮包里一放，提到编辑部去，冲老太太们眯眼一笑说：刚到车站接个女同学……好心眼儿的老太太们又会莫名其妙地高兴一下，可现在，这种由于满足而想善意地骗骗人的企图已然中止。我就看见一个外国小伙子，穿条棕色灯芯绒工装裤，手里拿着导游图，从咖啡色绣金凤的卡丹法式餐厅门前走过；而一个穿蓝布大衣的外省人用手摸着那光洁坚硬的转门，不知道门在哪里，后来就是一声喝问："吃饭吗？开票了没有？没开票到对面开票，不吃就走人！"

那个外国人拿着导游图和一只大钱包，我拿着一本庄子，我不认识的那个外省人在摸着木头门。

今天，副总编张守仁交给我两个短篇编发，一个是王蒙的《边城华彩》，一个是不知名的作者写的《往返》。想起我上大学二年级的时候，在物资礼堂里听王蒙在台上讲《我的小说观》，然后大家挤上去让他签名，他看了我一眼，签了个“王”字，不知道他还能不能料到我这个他当年的崇拜者，现在正用挑剔的目光，手里拿着朱笔、剪刀和糨糊，在对付他的稿子。

文坛上的人物代兴，近年来是非常快的。1978年是刘心武、王亚平……1979年是蒋子龙、高晓声、张弦……1980年以后，王蒙、陈建功、张洁都笼罩一时，今年点出的新人是：邓刚、史铁生、铁凝、李杭育、叶明山、达理……

我觉得现在：张承志、汪曾祺、史铁生、王安忆、邓友梅，可能留下一些比较好的、为一个大时代文学打基础的小说来。这个名单还可以包括谁呢？它可以再延伸一些，但不会太长。

孔捷生的最新中篇《大林莽》已经快要完成了，要发在《十月》上。刘宾雁九月份要写一篇长篇报告文学：报告一下大兴安岭的原始森林怎样大片消失，中国的植被面积怎样迅速缩小。报告文学界认为文学不能回避生活中的矛盾与问题，要走在现实第一线，这是50年代“干预生活”口号的回生。

现在我正在抓《从乌江回来》《小镇》和汤世杰的一个中篇，这三个中篇可能会达到不能登上流、位居中等的水平，能发一个也是好的，另外准备向云南彭荆风、四川魏继新处延伸，能在两三年内建立一个新人组成的写作网，这样的工作如果做成了，那么在三任西南地区编辑里，我就是有成绩的了，然后争取跳出小说组去管诗，把《十月》的诗歌版面缩小、精选一下，包括小宇、向东、辛磊、刘扬、刘军、查海生，四人诗选群，林贤治，米思及、沈群在内的新作家群就可以顶掉老一层的诗歌作者，连舒婷、顾城的诗也不发。前天四川宋渠、宋炜(我不认识的两个作者)寄来了一本诗,也是不错的——只是路途迢迢。主编苏予和副主编张守仁都找我们俩谈过话,我准备在这几年内,一本正经地,像个事业家似的苦干一下,西南作家基础不如西北,我必须跳去管诗,这样才能显出能力来,否则作家实力上于我不利。——党课还得硬着头皮听一个月,还要考试,得老老实实的。我还是得争取出差一趟,否则就不能把设想与现实对起来。

慢慢地,在西南作品中建立一种以真实、以人物、以细节取胜的,近乎艾芜风格的作家流,比较硬派些。

*

好啦,够啦,我的粗线条的想法就到这儿吧。

玞玞,我很想念你,你现在生活得好吗?英语得大强度的加强,书我托人去买了。另外把主要力量放在美学、批评理论上,把过去看过的东西消化一下,看看评价文章,把各部书中所用的范畴、方法总结一下,熟读你认为要紧的部分。——当然包括近年的批评文章,但这些只是读一遍的问题,对50年代的代表作也读一读。期刊整理工作完成以后,我再交给你,用一个假期看完小说就完了。下半年把马列文论、文学史教程熟悉一下。理论强,分析线路清,使用范畴整齐,可以有助于节省背书,提高自己的智力优势。据说近年北大文艺理论跟不上全国。在老师方面的工作,我慢慢吹些风,你不必太费心。

你这个人哪,干什么事就一门心思,全身都集中上去了,其实要睡足,吃好,做适量的锻炼,保持均衡,心理上也充裕些,注意啊!

我没什么的,等我开春一跑步,一骑车,加些力量训练就马上全正常了。

开春的时候,向东就该来了,在不起风的日子,一枝枝桃花红红白白的,胡蜂嗡嗡叫,山坡上绿得微微,我们就约齐了去踏春,在树荫下抱膝而坐，我们感到一种宇宙间沛然的、润泽的律动，一阵阵摇醒心花。向东、小宇、旺子、你、我、雪清、老赵、旺子的女孩……一片摇动的船在浅浅的昆明湖上告诉我们春旱，可是你很润泽，嘴唇因为一种心内的欢悦而显得烫人，让人忍不住想亲，感到一种火热的、舒展的、占用全个春天精英的豪爽。

你会是这样的吗？是的。你从来都是饱满的，笑的，响亮的，湿润的，温暖的，像个大孩子似的，果汁里沉淀的爱情似的小妈妈。

照片我姐姐还没拿，到 21 号晚上就可看到了，因为要修一下版。我直觉到那照片可能有一点点羞怯，可是很可爱，亮亮的。

吻你！我爱你！

一禾

1984.2.20

玞玞：

EPT[①] 买到了就好了，至于什么办事欠周到等的，你就别检讨了嘛。信就由你我分别写给向东、刘扬吧。

读高尔泰的《论美》，我觉得他的死是美学界的一大损失。这是个很有才气和犀利的论战精神的人。高尔泰的理论是建筑在他生命上的：美是美感，美是自由的象征；从他美学中透出一种内美，我佩服人在工作作品中所体现出来的风采。在学术上，他的关于熵流，关于中国人忧患意识，关于人的心理结构中的美学意义的论述，是相当大胆的、浪漫主义的哲学见地。可以参考地看看席勒的《美育书简》，两人显然有共同感触。他论述美感而使美变为属人的，又把美感之美与真善相结合以达到美是自由的论述方法，是一项艰难的哲学思辨。我以前推荐你学学人道主义，实际上，高尔泰也是把人道主义哲学认识论与方法论运用于美学上，他若生于 20 年后，我们很可能合作论文，而 20 年后的我，非常想在“忧患意识”“熵流”学说方面做些功夫，前者与中国古典美学联系起来，可以论述诗歌词曲中，中国的美感，而“忧患意识”还可以与“美是自由的象征”比较，“美是自由”与“忧患意识”是互相矛盾的，但是从中让我想起人的生命与“熵最大”的冲突，想起汤因比的挑战与回应在此处有了一个具体模式，这样，我准备在今后导出一个高尔泰所没有导出的、更有现代意味的论点“美是历史的人之幸福与人之自由的壮丽冲突”。——这个结论展开以后将是意味深长的。我喜欢他把生命看作自由历程，把美看作自由象征，因而美是生命

① 英语考试复习资料。

的最高形式的浪漫主义态度，他的美学还很年轻，年轻得耽于幻想，但是这种生命礼赞式的美学，让人有强的印象。克罗齐、席勒、康德，在高尔泰的脑子里有很深的印象，而他的思维是严格之外的、拜伦式的想象。他企图用个人的智力，冲击国产美学及西方古典美学，以便得出自己的创见，不仅仅是去表演别人的创作。

当然，由于他使用的方法论的局限，古典德国美学的束缚，他得出的具有新视角的看法还不太多。你可以再看一次，从总体感上领会一下他论述问题的方法、次序。这是一本不错的启发性的教科书，他比李泽厚的立论犀利而明确，也集中攻击了一些堂皇的立论中的脆弱处。

《克拉美丽的彩带》是《1983 年短篇小说选》目录里的一篇，我就是找出来让你翻翻，它当然在立意和结构、矛盾方式上都很旧，只是有那么一种生活气息，这种生活气息包括你说的“粗”。另外带给你一本《小说月报》，里面有《我的遥远的清平湾》，在技艺和情节淡化、心理深化，用中国式的白描写心理上，都有一定的代表性，像是近几年张洁、王安忆、汪曾祺所追求的一种趋向。

1978 年短篇小说选和 1979 年短篇小说选的书，我弄到了，再弄弄以后的几年的选本吧。还有那一套北京文学创作丛书，可以借一套飞快地看看。

我觉得，你不必花大量时间去翻旧刊，特别是《文学评论》《文艺报》等，要腾出手来大量地练习英语，看外语，并且看看美学，准备专业课等。零碎时间看旧刊及卡片。这样“自由”些，实在太烦了，就扩大一下读书范围，说不定你什么时候从哪一本书里得到灵感了呢。

关于《河与岸》的那篇文章，你可以怎么感触的怎么去写，不要先想用什么理论去注释自己的看法。然后我转向谢冕推荐，他看过以后，可能代你推荐，给什么《北京大学学报》《大学生》之类的也有可能。《当代作家评论》《当代文艺思潮》也是有希望的，估计文采不错，倾向积极，有点雄辩之处就是中上之作了。写过东西的人，心里要更有次序些。总之，苦闷是总有点的，而且紧张也会有，等复习[①]长了，到后来反倒不紧张了，“皮实了”。至于竞争，总是竞争的，不会离开它的，所以什么自己懒啦，跟不上别人啦，没考试的心劲、气氛啦，别人疯啦，什么别人的水平啦等，都不在话下，自己想怎么着就怎么着，只要不停，经常清理自己的想法、论点的头绪，把住基本观点，你就别急啦，反正自己爱懂的，就说得好，不爱懂的，别人的水平，太多想了反而让自己被人牵着走。真的，我唯一担心的就是你的字，注意拉得横平竖直些，考试卷子上你的字可能让你丢了不少分，真的，我怀疑王顺洪给你的分数，是因为他觉得:“这种字怎么能把点签全。”

最大的事就是这个了呗！照样使劲睡，使劲玩，也使足了几小时学习。

《太阳门》正在看，这本小说差多了，我说不上它是第几流的，总有什么地方让我觉得和名著不一样。

和雪清嘛，其实你别觉得人不说话就不高兴、不自然，不预期效果，也不必带着“她是小宇朋友”的心情去处，处得平淡些倒反而好处了，他们也不会见怪的。我就不会觉得尴尬，假如雪清不说什么或隔着什么说话，因为我不特别急于和她成为朋友，没有一种很期待的心情。打网球什么的是个好主意。

刘晓峰、老潘[②]云云，他们毕竟是另一个场中的人，他们有一种入主的感觉，这是我所不愿的。上次其实硬找刘晓峰也没什么不可，但是那么久的相处之后，他还突然不知从哪里、从什么时候

① 指研究生备考。
② 骆一禾中文系78级的师兄，当时都在北大团委工作。

想起打个官腔，说他找刘扬谈谈，他住招待所不行嘛，好像他比我这个朋友还管用，而他要和我的朋友公事公办一样，这让我看不上。真是让天下人小看了他们。晓峰在展览及离校前，显得很随和，随和了一大趟之后，又突然变得官气起来，未免让我觉得有点好笑。当时他听说我已找到32楼的同学，脸上显出一种猜到了什么的表情，想说什么可不好意思说，我捶了他几拳，告诉他没问题了，回家看女儿去吧，挺好玩的等。谁也不是要难为他，可他总觉得脸上挂不住，这就有点入主托大者的虚荣了。人非圣贤是不假的。譬如我也忽然不想去见刘扬。

交朋友是很麻烦的，它是个互有取予的过程，而且予多于取是应当的，朋友多了是麻烦的，可是最后会懂得，朋友是最宝贵的东西，全凭个人的主人翁的自信与诚恳的给予，加上一些恰如其分的心照不宣。也许我本不是一个走到哪里都能激起人们激情的人，但是和朋友在一起的时候，我总是发现有一种滚滚奔涌的东西，很平地、用力地把浪头伸到很远的地方，我相信这是一种很好的东西，它甚至不期待别人同等的回答，这是无以名之的，只要别人能给我这么一个轻轻的暗示，表示他知道有这么个东西在，我就很满足了，不被人知道的东西是不能期望有什么好效果的，不会既可以取得别人、也取得了自己的最好效果，它总是一种个人的感触。

这东西很深，深得让人难受。向东来了，刘扬来了，小宇来了，老熊来了，旺子来了，老赵来了，等等，都会让我动这种感情，特别是你来了。当人们想用别的东西代替它，或者当它涌起时，人们转向另一个方向去，都会让我很快地茫然自失。现在，老赵引起我一种莫名的愤怒和想要冲他喊一通我管不着的关于他的话，这就是心里那种很平地、很深地、平稳地推进又无以名之的东西，在觉察出一种疏落时的反应。

也许我这个人太单薄了，可是这东西每逢其来，就像有一双特别有力的手从内部要把我摇散一样，当我突然变得粗暴、生气的时候，你不要生我的气，因为这东西正在退去时，摇晃着我呢！而当它涌起时，摇晃着我，我就感到自己上了天堂。但是，这不是什么贵族习气，即使我是个薄片，也是不能用这种阶级分析说明的。不知为什么，我特别喜欢《非法越境者》，一出没有戏的戏，我觉得这里面好就好在生活胜于表演这个道理，终于有个剧羞答答地承认了。以后我的一个中篇里，将会写到大学时代的生活。那一定是个很沉闷、很没意思的故事，但是当它掉下来的时候，会把地砸出个洞来，像个雷一样，带着声音，没有光没有火，很磅礴地把诸如陆星儿、黄蓓佳那种类型的贵族气文学和所谓平民们的自画像统统砸得很不成样子。孤芳自赏，自我感觉良好，矫揉之类，是该挨上一下了。

别那么像个孩子似的忧心忡忡，自己和自己摔跤玩，去打网球，去和朋友玩玩吧。

爱你之极的　一禾

1984.3.1

玞玞：

你好。

我回来看了你的信，总而言之，我有一种非要给你写信不可的感觉。

我觉得现在你有些地方比以前好，有些地方不如以前好了，你现在比以前爱折磨自己，难道这是为了争取表明自己比别人都不容易吗？——不是的，你不是这么个人，所以你只有“不知惆怅在哪里”，你是被未得知的东西所困扰着。

所以就反而不能自已地折磨自己，要想追求什么，寻找什么，得到什么，那我们就一起去干，你当然不会去追求一个甩下我、你独自去冒险的目标，因为我是非常愿意同你一道冒险的，即使我将因此不幸。这个社会，这个环境里，还是要有毅力，有韧性才能站住脚的，非有苦功不能实现梦想，否则就终生被自己的梦所迷惑，为它叹息。

我去打听一下当代文学有无名额，如果没有，我想也不必勉强去考自己所不爱的专业，我也不主张你考了。甚至当代文学也是，因为当代是个太浅的水洼子。我们两个人可以有感受，有感情，有学力，有创作才能，还怕什么呢？把书买充足，自己攒了钱出去游历，去同各种人打打交道体验生活，现在温小珏、汪浙成夫妇，陆星儿夫妇，达理夫妇，金雨时夫妇等，多得很，我们是海星夫妇，比他们会强得多。主要是，要同心同力，努力求得生命和美，这是我们自己分内之力所得，不是靠梦，靠对未得物品的向往（那样的美也是很造作苍白的），不是靠烦乱和一种不祥的崩溃感。

我也觉得，你是非常爱我的。你有时候是很犟的，有时候好胜到了虚荣的地步——但这些我都爱，既然它是和你的个性，和你身上最优美的品质：清明、自然、不矫饰共生的，我就不把它看作什么——所以我愿意和你共命运，只求你能自信。一个人能否得到别人的友谊，是与他自身的生气蓬勃的程度成正比的，正如能否得到别人的信任与推重是与他自身的沉毅程度成正比一样。两者都要自重自信。

我们两个家庭，在道义上是无可挑剔的，但是在求生存、求得人的境界上，对我们却也有不利。平心而论，我和你的母亲都有一些地方褊狭、琐细。当青春已过，再没有内心的烈火和很旺盛的开通、信心，就会让你我在生活中变得很浊。作为晚辈，只要耐心地去做，自己求发展，少为束缚局限，少些烦躁，只要不被局限住，落进上一代人的生活习惯网里去，就是很好的。这倒不是老赵的什么家庭影响论云云，我是从情感的扩展上，而不是阶级划分上讲。对于朋友，切不要太求同，保持宽容，要善于倾听，切不要解释，也不要屈就或刻意伪造平等，反正两个人都是真的，处好了就处好了，处不好就不是朋友，那有什么可以负罪的呢？

我很爱你！还让我说什么呢？不要干不想干的事，我替你兜着就是了，你呀，又要我担事又怕我担事。

热爱你，恋你的　一禾

1984.3.2 晚

玞玞：

今天在给作者回信的时候，谈起一个文学深化与题材选择的问题，费了洋洋 3 000 字，说的是自伤痕文学、反思文学之后，将出现一股史感文学的动向。写完了我笑笑，就把它塞进信封里去了。理论也许是荒谬的，但如果能够准确的东西，也往往失去了大胆的臆想，而不能推动别人去另选题材。他写的那个小说集归侨爱国、残废志坚和第三者于一身，早就是已经抛弃掉的东西了，他还在捡住了不放。

刘扬寄来《滇池》第二期，我看了以后，觉得我还得加紧去写诗，否则我就不能代表自己的质量了，我自得的在于，虽然我不算青年诗人，但无疑我的几首诗是中国一流的水平，《钟声》《突破风雪》《岁月》《先锋》《先驱》和最近写的《黄昏》《乌柏树》。但是我还是得勤奋地写，发出几首，去年一年发了六首，今年争取也来上七八首。随着数量的增加，质量也就被重视了。质量是自己和自己比，数量是自己和别人比。《滇云诗卷》里的诗都写到了山，我决定写平原上的一切，树、黄昏、麦子、乌鸦、太阳、城市、河流。希望这些本来属于大自然的东西，能经过我的手变成属于我们人的。

我在这边，写平原，山是了不起的，平原是了不起的，最了不起的是诗，"咱们在诗里见个高低吧！"我心里这么想。

而且我还会写小说。从今天起，我构思一篇小说叫《长水了》。写一个男孩子，在田里干活，把马车勒紧装满，结果刹绳上好以后，他用力拧绞棍时脱了手，棍子擦着他的头皮甩了出去，在空中"嗡"的一声，那条青桐木棍在黄昏里有点弯曲似的飞着，落到草垛上。男孩子就走过去，突然觉得很沮丧，他看见在夕阳里一片墨绿的防风林，有几只拖着很长的白尾巴、孩子管它叫“袜子”的鸟儿飞进麦田里，又雪白地飞起来。他就用沙土恨恨地扬了一把，结果把眼睛迷了。到了晚上，他躺在场院的干草上，有个来游玩的女孩子，很奇怪地看着他，甩着蝴蝶结走过去，往水井里投了个石子儿。男孩子很无聊，睡着了，眼睛很痛，第二天一大早，他发现自己正从一片朝霞里醒来，浑身湿了，麦草被露水淋得滑极了，透出点发霉的、可是很新鲜的味，这儿的什么都是在露天里进行，都不难闻。他惊讶地发现，自己的眼睛里也含着两颗露水。他看见树叶子很绿很厚，嗞嗞地冒着蜡质的树汁；看见一个姑娘站在河边，手里端着盆子，衣服还没洗，呆呆地看河里有个小伙子在洗澡——是她的男人；看见“袜子”鸟在田里迈步行走——因为翅膀湿了；土黑油油的、被犁头松过的地方，有油亮的切面，发出褐色颗粒样的光。这时候，扬场机又响了，他看看土灰，突然热泪盈眶，觉得很呛，很难受，他想上学去，他才 13 岁，就拉着架子上到小龙山上采石头去了，16 岁的今天，也常想着抱个女孩子，可今天想上学。他叨叨着：“还是水好。”热泪冲净了露水，他的眼睛又疼起来。以后，在河边，在有露水的地方，就有他，他成了北方的一棵树。一到春天，他就抽浆，就长水了。

小说的中心思想就是写，在刚懂事的男孩子心里头，对一种自由自在的情绪（水）对智慧的向往。用点变形的技巧。像是个田园牧歌，但里面有一种很重的，对智慧向往的情绪，由于这孩子是少年，所以他只有情绪，还很朦胧，而没有智慧的生活苦了他，他却只能在情绪里有这么个波动，这愿望这情绪在无形中消失了，像是棵默默的树。

我看完《存在主义哲学》就写《海滨》和《长水了》，说来你可能觉得好笑，我看了《存在主义哲学》这本书，好像无形中支持了我的某些想法，才想起这个故事。再下去就写那个上次给你讲的故事。

以后我会成一个不算很有名、但有点个色的小说家的。迄今在我脑子里晃动的那个关于大学时代的中篇，就是我所能想到的最远的目标，比你就差多了。我想，时间要抓紧，要抓紧了。也许有一天我还要写一个狐仙女的故事呢，她喜欢在果树林里散步，头发上闪着褐色的光泽，大眼睛，厚嘴唇，笑得很好看。

忙完了3月份，我要亲亲你，一个缺了女孩的小伙子会变糟糕的。

你要保护身体，劳动完了不是还献血吗？你血小板少，又有点贫血，最好还是不献，献了的话，我就得给下禁令，好好地补你，别因为你的太善良了，跟我客气，反耽误了身体，最后一年挺吃力的呢！

吻你！

一禾

1984.3.7

玞玞：

星期一了，我下午没事，要去参观新华印刷厂的已经走了，我因为去过了就不再奔波十里地，于是回到家来。

木樨地的车站，为什么 114 路和 320 路[①]靠得那么近呢？以至于我每次去到车站时，都想着怎么办？要不要往左手走两步就搭上 320 了呢？而我又很高兴两个站这么近，我星期五刚一冒上地面时，就会奔向 320 车站，这样的话，还没等身上的热气散掉，就进了车里了，地铁是暖和的，你的宿舍也很暖和。

在 3 月 19 日的时候，我手里拿着《查泰莱夫人的情人》，一面看一面来回踱步等车，那一次车来得可真慢，以至于很快就翻到了康妮和情人一起的段落，只好掩上书，等车来了再说了。那时候，我看见的是那些很高又很漂亮的楼，以后我们的家会在哪儿呢？

昨天我洗完澡回来，父亲同我谈起和你结婚的事，他说要你一毕业就结婚，要么就不必这么早谈，我直截了当地回答说，我要等到她上完研究生，工作稳定了再说。真的，玞儿，我最讨厌别人谈起你，就像在谈论一种生孩子的工具一样，老是催我，而我是非常爱你的，在咱们俩的事情上，只有咱们两个人能做主，不容许别人谈论的。玞儿，我这时又一次发现，你完全是一种神圣可爱的生命，是我判断事物价值的灵感，我不能容许别人谈论你，就像听到妈妈那么议论小宇、关佩一样不能无谓。

这么两个礼拜过去了，我们的生活变化很大，我们更相爱了，我们合欢了，我们像夫妻一样生活在一起，夜晚，你呢喃的语声靠

① 114 路经过骆一禾与张玞的家，320 路经过北大南门。

在我的耳边。

你在星期六的晚上，安详和深情地对我说：“一禾，我想要是生了孩子，人就不会死了，是吗？”我心里热辣辣的，我感到很惭愧，我不像你那么泰然，我当时说不出话来，我在骂自己。玞玞，你这一次骂我吧，狠狠地笑话我！——是的，我们什么都不会出事的，因为我们的心很诚，而我也尽可能地注意了我的动作，我们彼此信赖，这样，我们不会有不幸，也经得住一切。我可爱的女孩子，我的上帝，你是了不起的，只有你才能这样说话。

在我的生活里，出现了一对新的字，叫做命运，它沉重，怅惘，使人甜蜜而战栗。总之，我的手指触到你伟大的心地，触到那生命起源的大门，我发现，幸福是很深的，它使我惭愧没有多写作，没有能对得起你。

以后还要紧紧地抱你，用力地爱你，为你做事情，对得起大家，让你体体面面地生活，高高兴兴地享受，认认真真地发挥你的能力，你是一只幸福的鸟儿。

我怎么能忘记你呢？血和血流在一起，血液鼓胀着，好像每个血球里都充实着一个你。

祝你身体健康，那不是合欢后的反应，是累了，反应要到例假日子过后才有呢，所以绝不是的，我们以后也不必担心了，只是祝你平安来红，这样一切都告一完满结束了。

为快乐、幸福，你！紧紧地拥抱你。

永远爱你的　一禾

1984.3.26

玞玞：

你好。

我已经把日记补齐了，反正写完了一个本子，该买个新的了，我就叫它《三月》（日记五）。总的说来，我的心情也像你一样复杂，但是写完了从上星期一以来的事情，包括和向东的关系，和我们这个小群体的关系，我们两个人的关系以后，我感觉到一种让我不为他人所摇动的稳定感，三月，是一个不可代替的真实，惆怅和不安有之，但并不迷蒙。我想，不论怎么样，我爱她，我一定会想尽一切办法，让她在这变化的三月里，过去的三月后，有一段她所需要的安全感和宁静。

玞玞，你不要总是被自信的不足所烦恼，把朋友们的态度看得明朗一些，没有那么多层次就行了。这世界上真率的人不多了，而你是其中之一，这世界上任性的人也不多了，而你是其中之一。所以人们更不会记住你的过失。我其实也未能免俗，在这么多年来，我变得有些警觉和多疑了，这有利于生存竞争而不利于结交朋友，但你教我变得开通了。你就这么真率，任性，在小手指头上蘸着点子女孩子的“虚荣”好好生活吧。像你这种性格的女孩子，由虚荣而造作的很少，过分好强而争气的多，而这不是什么坏事，这样你才“人”气呢。你应该任性，率真又多情温柔地活下去，不论有什么事情，我一定为你奔波，一定想尽办法，让你平安，愉快，不会让你失去依靠——是相互依靠的依靠，不是依赖。你的态度对我的心灵作用很大。

你一定要对我聊聊杜老二，这个爱对表妹动手动脚的小伙子，我不知该怎么说，但是心里还想何时见见，如果以后有机会的话。

这种人也许会让人生气，但不会让人讨厌的。

玞玞，我爱你，看到你这封信上的心理，我很明白。你一定不安着，可绝不会全部告诉我，即使你有心告诉我，可你说不出，你在安慰着我，你想得一定很多，而连你自己也只相信“我想得很少”。——我爱你，让我们偎依在一起，悄悄地低语，静静地想吧，你不必有意隐藏你的不安，也不必努力地把一切说出来，因为说不出来的，可能更多。你随心所欲地想吧，这时候，我忽然明白了，什么是女孩子的秘密？那是在清凉蔚蓝的水下，一条温的、完全为自己的、但碧绿的水光，正是这东西，让一个女孩子很可爱地活着，一直到死去，它是人心里最自私也最纯净的，一种连自己也只能意会的心跳，很多东西是由它决定的，而它带给人们的是一种和谐，一种知命的淡定，一种永远不让心死的、让人喜怒哀乐但性情豁朗的波动，女孩子的秘密、直觉、深情和力量，是连在一起的。

旺子说：“祝你永远地笑，张玞！”

朋友的祝愿也是我的祝愿。

普希金有一首太朴素而又太好的诗：

假如生活欺骗了你
不要悲伤，不要心急
忧郁的日子里需要镇静
相信吧，快乐的日子将会来临

我爱你。我很爱你，好像这一天我们的心离得很近很近，听见你的心通过你玲珑的耳鼓咚咚地响到我心里。

吻你。

我知道到了8号，一定会来的，你又见红又献血，还是多留些钱补血吧，我再想想办法。

《存在主义哲学》这几天内看完，小说也马上就写。

我爱你。亲你，很用力地亲你。

永远爱你的　一禾

1984.3.27

玦玦：

这两天过得还好吧？我上午去换了一张月票，这比一个月花 9 块钱买车票节省得多了。现在我才发现，人有很多可以挥霍的地方应该挥霍，也有很多可以节省的地方应该节省。

到 5 月份，我就可以穿上你买给我的牛仔裤，穿上那件夹克，骑着车奔走于西城区与崇文区之间了，骑车走过的路，都是北京最漂亮的马路，月坛北街、长安街、前三门。路上有太阳、松树和少女。

但我最大的希望就是希望你能有比较多的时间和我离得很近，我是说那种心理上的接近，我们在一起的时间是少了，那种安详如上帝与我们同在的感觉太少了，这是我的过错，也许男性的语言总是有缺陷的。

把你的手没有怨艾地合于我的手上，闭上眼睛，那交叉的手指套告诉我们什么呢？

深山里头，黄曲柳可能已给坡地一点绿色了，红色的履带式拖拉机在斜坡上翻着草皮，像穿工装裤的小伙子一样卖力地干活。

而后，一个夏天，雨水过了以后，地面湿了一层，你穿着短袖运动衣白网球裤，在核桃树下和向红打羽毛球。

享受这一切吧。

确实，这一段的日子，我们像是在苦熬，我病了，你病了，要献血，而且还得缓过手头的钱来，这一切是会在春天开始发热以后改变的。然后，你该舒心享受，聪明地读书，使生活不成为书斋而精力也不是挥霍。

这是我所想的。

吻你，拥抱你！

永远爱你的　一禾

1984.4.3

玞玞：

你好。

明天我就要去你那儿了，我这个月得了38块钱，没扣我的奖金，但可能季度考勤奖上就没我的份了，管它呢！今天，我开始给宋渠、宋炜两人写诗评了，关于他们两人的诗作是论文《河——关于近年新诗创作中的史感》的一节，把他们的锐气也杀一杀，不要以为天下无人。前一段，刘扬给他们回了信，信中可能对他们的"史诗"主张不以为然，向东也不以为然，他们两人的基本艺术主张是一样的，但我想还是肯定他们，并且，在一点上攻击他们的弱点，他们认为主张史诗的诗人是这个时代先进的诗，这种一元化和进化论的看法是会把诗拉回到单调的大喊大叫中和排赋铺陈的直露手法上去。因为史诗式的较概括性的诗毕竟是现在的缺项，它当然离中国美学的无我之境的最高成就很远，但是却可以包罗万象，打下一个稳固的疆界。刘扬在信里引用了我的诗"我不希望我的河流上/飘满墓碑/我的心是朴素的/我的心不想占用土地"(《生为弱者》)来说明我们的美学追求，渠、炜猜了半天，根据刘扬说是一个北京朋友的诗的介绍，猜是顾城的。他们真是的，顾城哪里写得出这么好的、朴素而坦白的句子。

我今天上班去的时候，原来管西南的老金(那个末代王子)问我，《高山的太阳》是谁写的，我说是汤世杰，他"噢"了一声，有些生气地说："他怎么没给我写过?"以前米思及(《滇池》诗编辑)、刘扬、汤世杰可能是云南的另一派，挺冷落他的，而他也就认定了张长一流名人，这样，汤世杰当然不会给他写了。而我也知道，这一次我已经比前任干得好了。四川、云南、贵州、西藏有宗教，神话传说，地方的风情，生活的变迁引起的生活层次的繁复，良好的文学传统（很多现代大师和作家生长于斯），是一块沃土。

但是，玞玞，我还是不大喜欢那种角逐式的成人生活，我喜欢青年时代的友谊，理想，无阴谋的气氛。这也许就是我的"小"吧。

今天，我们总编苏予老太太说："嚯，小骆你还会吹口哨哪！"我笑了笑，然后她说："我也会吹。"并且介绍说，当时的歌，罗马尼亚的《乔治参军去》和《教我如何不想她》都用口哨吹才好听，然后她红着脸吹起《乔治参军去》来："春风吹动橡树叶儿沙沙响，我们的玛丽奥拉去送乔治上战场……"声音很小，因为她肺叶已经切除了五分之二，供气不足，因为怕让人看见她吹哨时噘起的嘴唇，还低着头。这老太太抽屉里还有面小镜子，人家趁她不在的时候拿出来，挤着眼睛笑道："看，老太太的照妖镜。"

苏老太太有时候也唠叨，可是她家里过去是大知识分子，个人修养也好，外文不错，讲东西还生动，文学口味比较外国化，有时候给我讲半天巴金、密特朗、陆星儿什么的，不烦人，架子不大，人也还正派。

上午拿了工资，加上我姐姐给我买月票剩下的，一共 40 块，你拿 30，我买 5 块钱菜票，给妹妹买 3 块钱的东西，留 2 块就完全够用了。而且，实际上不管你怎么花钱，钱放在你那儿还是比我留着省。

我这几天在看《西方的没落》，但是看得很慢，祝愿你一切都好。

现在看小说看得油滑了，给人回信时候也少了，偶尔回一封，也是用一种形象的比喻说明问题，可这样好像别人看得懂。在文学出版编辑一行里，除去形象地、巧妙地做比喻，就作品作文就事论事但精到的评点之外，人们不欣赏把问题展开和深入，这毛病好像也在侵害我。有时候觉得看那种消遣的小刊物什么的，挺省心，挺轻松，脑子显然会懒。

星期二我坐电车103路，车到灯市口，上来两个人，男的穿花呢格子夹大衣，女的很胖，像是有气喘病，面色红润。女的问男的："《聊斋志异》是讲什么的？"

"讲鬼故事，那一段一段的，一个道士，看见一个书生气色不好，狐狸变成美女，没什么大意思，别买了。"

然后，他告诉她，要换9路到沙滩下车，美术馆下车就要过马路，到沙滩好。中年妇女说："啊，对了，对了……你……可真会算计。"语气很佩服也很亲近。临下车，女的拿出一份小字号的外文字母复印资料，很费踌躇、不好意思地说："帮我译一下好吗？"

那男的很小心地收了，不像刚才那么以男主人公的口气命令做主了："急吗？"

"急用的。"

"明天给你吧。"

女的下车了，男的关心地看着她说："保重啊。"

这两个人是什么身份可以明白了，是知识分子，搞科技的，不懂文学，可是并不乏味，他们的无知是因为封锁文化和长久动乱造成的，也是长久从事科技、无暇旁顾的结果，中国这种知识分子很多，我见过很多。可是两人的互相的亲近和女的对男的那种佩服，除去合作长久、世交之外，还有些什么似的。无意中听听人说话也很有意思。

听了你电话以后，我挺恨你们班主任那种不通人情又假作正经的书呆子的，两耳闭塞，吓唬学生，妇人之仁，胆小如鼠，活着都不怕丢人。

这时候我的嘴巴就刻毒了，不说了吧。结果一定是不了了之，而已而已。

你们该献血了，别喝酒，献血后喝酒容易头晕，血压不稳，伤心脏功能。会难受几天的。

永远爱你的　一禾[1]

---

① 此信没有署日期，是与下一封信(邮戳日期是"1984.5.8")一起寄来的，根据日记推算当是1984年5月3日(周四)。

玞玞：

我亲爱的 Bonny，收到了你的信，我很爱你。这爱是沉甸甸的，像我所见过的最美丽的黄昏。那时候树梢上有你一样的，雅致的淡紫色。真的，我很爱你，在刚写的《火石村》(《长水了》)里面，我写了那个可爱的、扎紫绸带的女孩子，写的时候，我的心扑通扑通跳了起来，好像我会爱上她一样，而那是我写得最好的一个女孩子，你的样子我没改。有一天你穿着短短的三角裤，坐被里头起来，身上热乎乎的，露出好看的腿，我就知道，以后我写女孩子，只会写你喜欢的那一类了，因为你就是最可爱的，不知为什么，听你讲过的赵菁、阿玉[①]、小黎、小 D、小 C，都一个个活生生的。完啦，我想我再也不会写出一个坏女孩儿了，因为我完全佩服玞玞和她的女友啦。

快把你那篇《少女》改好抄好，不要接我加的去写，但是如果写成活泼泼的与死寂的力量之间的不同，让这个少女活生生的，那么关于水泥里的眼睛的一段可以不要的，毕竟那太阴森了。真的《少女》如果发了就会是个别致的精品。

今天我看完了蒲宁的《新路》，这一本是戴骢译的，比咱们买过的《故园》那一个译本好。我看完了觉得和以前我读蒲宁、读屠格涅夫作品时的感觉一样，我觉得我是可以和蒲宁、和屠格涅夫写得一样好的，而且我完全可以写出蒲宁气质的东西来。我很平静地读着《伊凡·蒲宁和他的创作》里的最末一段：

---

① 张玞寝室对面汉语专业的同级同学。

> 蒲宁流寓国外达三十三年之久，然而在此三十三年间，他的创作却影响着苏联国内一代又一代作家，即以近年来获得苏联国家奖的第四代作家而言，其中如拉斯普京和别洛夫这样颇负盛名的小说家，也不讳言他们喜爱蒲宁的作品……

这次《世界文学》上的阿斯塔菲耶夫，和这里的蒲宁、屠格涅夫，我自己觉得我很熟悉他们，可以平等地对话，从容不迫地谈论和交换作品；我对肖洛霍夫和托尔斯泰是敬仰的；我有些怕陀思妥耶夫斯基，我们会吵架，会仇视的；对契诃夫我感到一种宁谧而严肃的沉默，意识到一个人的全部价值；而蒲宁是我熟悉的，夏夜看见天空上微微发蓝的放电光泽，那种敏感的颤抖和对人们易碰破的好意，那种细致的良善，都为我所熟悉，看见蒲宁，想起闪电，想起我见过的人们……

我觉得有两篇作品一下子就把我从灵性上感动了。一篇是《扎哈尔·沃罗比约夫》，写一个醉酒的、迷人的庄稼汉被无谓庸俗的生活习俗夺去了生命，蒲宁在这里没有控诉恶，而是控诉了生活中那种司空见惯的平庸，怎样损坏了所有美好的人。把这篇和契诃夫的《跳来跳去的女人》联起来看，就会懂得没有恶意的平庸对人的摧残。还有一篇就是《轻盈的气息》，那是一颗没有进入成人社会的、流浪女孩子的稚嫩的心，穿过所有人世间已经规定好了的，好的和不好的陈规，把自由的、轻松的、从来没有伤害过谁、以后也永远不会伤害谁的情感，悄悄地、似乎无足轻重地、不对谁有益地，像大自然中的空气一样，散布于有人生活的地方。蒲宁是很杰出的一个作家，他把一个看似无益的女孩子的全部最高价值展示在我们面前，这个小少女奥利娅似乎像空气一样不能从空中分出来，一旦把她分出来，描绘下来，她就成为一件永远不该失去的纪念,她那轻盈的气息,就成为任何一种未来社会里不应缺少的基本元素,这样一种无害于人的美好感情,像初雪一样圣洁的感情,竟然被践踏了,被毁灭了。我读完了以后,几乎要马上找到你、看到你才行一样,否则我会受不了了。

《轻盈的气息》里,小少女奥利娅一面背着那关于美丽女人的成人的见解,一面无邪地自我表演着,这使一切中国的电影演员都成为虚伪的,可鄙的,让人受不了的,自我表现得令人作呕的……

——而最主要的,你知道是什么吗?要有轻盈的气息!我恰恰有这样的气息,你听,我是怎么呼吸的,——对吗,是这样的吗?

真的,我不由得又要一次重复蒲宁的结尾:“如今这轻盈的气息重又在世界上,在白云朵朵的天空中,在料峭的春风中飘荡着。”

他的《苏霍多尔》《米佳的爱情》《伊格纳特》和《鲁霞》是一种灵魂的洞察,而《松树》《新路》则具有散文小说的特色,有时候我就很想写一篇这种看似小说、又似散文的美妙东西。

等写完《白太阳》之后,我要把我们去海的旅行写出来,像《新路》,像契诃夫的《草原》。

我有点明白,你为什么要让我看这本《新路》了,你有一个愿望,可是你不说,你只是脉脉地暗示我,是的,我还是个半成品,我是得努力。当然,我认为你所说的“一种更上流的生活”是要我们两人一起做的,在我心里,这生活应该是对人们心灵有益的,真实的,美的,对我们自己,它包括精神上的充实,人格上的尊严,身体的健旺美丽,朋友的和睦,大家纯洁友好的舞会,不会让人起鸡皮疙瘩的,写人们生存的好电影,有浴室的住房等。这些可是得努力干才行。我们只能说我们想用自己的劳动得到这个生活，其他的不在我们能左右的范围之内，只能叹口气不管那不由我们左右的事情了。

今年我拿出《白太阳》吧！

另外我想写《太阳的高原》《史感与锐感》《未长成的山》三个万字论文，分别评论老汤《高原的太阳》、近年新诗中的史学感、大学生题材作品讨论，争取都能发表。这样，也见出我的笔法。《十月》的老兄老姐儿们常常互相评价说某某的文字漂亮，写东西美丽云云，还不知道最美的还没写东西哪！

对了，因为我太懒，所以我不愿意写成专业作家，那样会累死我的。我亲爱的，这样能算可能成为成品的料吗？

展览馆旅游产品展销会的票弄到了，9 日的票，只有一张，据说没有两个展销，是只有那一个，在展览馆。我把票送给你去。

唉，我亲爱的，真想听你在信上多写几句绵绵情语，可是第二张是空的，我想：一定要做成品，争取结了婚以后你还给我写情书……

老汤介绍了一个叫黄尧的作者，是 1982 年全国报告文学得奖者，他现在想搞小说了，我觉得这样就好一些了。大约到今年年中，云南作者就会联系得比较好了。得感谢刘扬。

近几日还可弄出几首诗来给向东。

祝你啃书本很有干劲，像个穿工装裤的小蚂蚁一样勤奋，买点热量高的食品，别亏了身体。我要骑车，跑步啦！这一段还正常，烟已经戒掉了，偶尔抽了几支，不过五支是在一天，即 5 月 4 日抽的。

旺子 5 月 11 日过生日。给他一大哄……他可能又和小陈好了，我这么猜。小宇 5 月 7 日晚上回来了，打了个电话来，在青岛住宾馆，吹海风，在高级套间里和刘心武、梁晓声聊天，过得挺悠闲,也累了一阵。

祝我加油干,亲亲我!

吻你长长的手,大大的眼睛,高高的小胸脯。

你的小公牛　一禾[①]

---

① 此信没有署日期,邮戳日期是"1984.5.8",因1984年5月6日骆一禾的日记中也记载着读完蒲宁《新路》,故此信应该为同一日所写。

玞玞：

我亲爱的，我最亲爱的果树林。

今天，社里团员去盘山游玩，星期五晚上看汤姆斯杯决赛，一直到晚上6点钟，早上就头痛了，终于没有去。我很想去看你，不知为什么，笨重地在屋里走来走去，听你留给我的舞会音乐，想着我自己笨拙的舞步。

我真爱你，想做好我为你为我自己做的每件事，也快快做一个成品，练好健美，跳好舞。那天晚上，我看你打着水，用漂亮的、自信的手，很有样子地试着水温，吩咐我用热水擦擦身子，我觉得有一种急躁，想把我撕碎的感觉升上头顶，我真是太笨了，我恨我自己不是十全十美的，你给我擦着后背的时候，我快要揍自己了，我为什么不是什么都行的呢？我爱你，那种自我舍弃、献身的愿望，和自私自利纠缠在一起的爱，常常使我自己既知道我只是不完美的，又嫉妒我为什么不完美而产生一种愤怒。——在抄着《少女》的时候，她对圆眼睛产生的那种嫉妒似的愤怒，也是我能体会到的。这样，我常常感到迫切地需要你的光照，你是个多么好的女孩子啊。

你还记得我送过你一本《奥尼尔剧作选》吗？当时你梳着小辫子，头发留着刘海，看上去被风刮得糙硬硬的，可是你会露出好看的牙，非常爽朗地笑，我很想当时摸摸你的头发，直到现在我也想。那一天我没有想出怎么送你书的办法，也就不想了，躺在那张床上，等着大家伙儿到100号来，吹着口哨，后来你就来了，把蓝大衣大大方方地放在我的大衣上——我一直弄不清你是有心呢还是不？反正你刚开始是不肯放的，我的心里头热辣辣的，因为我确实爱上了你，在你没来的时候，我就双手枕在脑后，看着玻璃门，等着三四点钟，那玻璃门被推动的声音，然后你就像到迪士尼乐园里找米老鼠一样，骄傲地、心虚地，进到100号，往屋子当中一站，用眼睛打量我一下，然后嘻里哈啦地回答着小宇和老赵的问话和贫嘴——我等着这些，就像等着我的仪式。——那天我就那么把书给你了，没有说什么，而我很想说什么，可是当时如果说什么，就像在表演了，你就站在那儿，屋里没别人，我是多想和你单独站一会呀！

现在想，你那时候真小，真可爱，我是常常很高兴地，兴冲冲地在北风里走来走去，风吹透了大衣，去给你给小霖买糖块和鱼皮豆。

星期四那天，我想让你买鱼皮花生，就是想起了这些，可惜，那是空心的。

玞玞，我想以后这么着，咱们不再争论钱的事了，都按你说的办，可是你要是想买什么，一定要买。我想把咱们俩的钱合在一起，放在你抽屉里，要用钱咱们自己取，该存的存，该买书的买，买东西剩余的，就放在你那儿，咱们自由支配它。的确，我给你钱是不太好，咱们会在一块儿用吧。要是《少女》和《火石村》能发（还是叫《长水了》好），稿费咱们用了它，吃顿饭，买一副哑铃，我要买条皮带，不宽的，宽的穿不过裤袢儿。

我对咱们小说的质量是有信心的，但它太特别了点，“为艺术而艺术”了点。

《白太阳》下周一定写了，我总爱误期。有一次害得你在四道口等我20分钟，用毛乎乎的小手套蒙着眼睛哭了。我们那会儿都爱把手伸进女孩子的手套里，把它撑大，可是都怕女孩子哭。现在我也怕，它太温柔动人了……因为你不爱哭，一哭就很动情，我真怕你伤心。

《挤奶女的罗曼史》这本书里有一篇《卡尔与安娜》，写得让人很感动也很难过，和《生活在继续》有某些共通处。

故事写一个叫安娜的女人，她的丈夫里夏德和卡尔一起做战俘，里夏德刚和安娜住进新公寓就被征入伍了，他总是对卡尔回忆纯朴、温柔、周到而热情羞怯的安娜，甚至连安娜身上有几颗痣，长在什么地方，她的胸脯白皙而四肢和屁股却是黝黑的，她合欢过后是怎么躺法都告诉了卡尔。卡尔逃走了，他冒名里夏德去和安娜生活，因为他知道安娜和里夏德的一切生活细节，安娜的形象充满了他的内心。她在他心里已经成了生命的归宿，他爱上她了。而且，卡尔问过里夏德："要是她，你的老婆，现在在这儿，你会把她让给我一回吗？"而里夏德说："因为你在这儿也同样在受罪，也许……一回还可以，不过嘛，如果你干第二回的话，我就要把尖锄砸进你的脑壳。"又说"安娜是根本不会答应的，她不会屈从别人的……"卡尔就想冒充里夏德，他自以为他和里夏德个子一样高，头发和眼睛一个颜色，都有五金工人的黑脸庞，安娜会认不出他。结果安娜认出他不是，一眼就看出了，但卡尔得到了她，而后里夏德又活着回来了……小说写得挺折磨人的。你可以看看。还有一篇维任诺夫的《白色蜥蜴》，写一个父亲用核放射线处理了自己的精子，然后和妻子合欢，试图生一个天才，结果生的是一个感情全无的、绝对聪明的男孩。他母亲觉得他像一只大白蜥蜴，他 13 岁的时候要求看他妈妈的裸体，结果妈妈自杀了，他自己也惨遭不幸。也写得颇有惊人之处。

天暗下来了，真想念你，我不写了，这会儿的时间最难熬。你还要注意身体锻炼和饮食，你的 3T 也不能低估。我紧紧地拥抱你，亲你的高高的胸脯。

爱你的　一禾

1984.5.19

玞玞：

My dear Bonny.

今天借在家看校样的机会，写中篇《白太阳》，我写得很困难，总体已经有了，只是细节还要慢慢串组成小说才行，写中篇得有故事，这么一个完整的事件，我一时还觉得费踌躇，怎么才能找到一个不同寻常又不离奇的故事呢？

我深感踌躇的是，我好像不善于写“别人”，即一个行为方式和逻辑都不和我一样的人。要想把这种人写得活灵活现，我还觉得没有把握。这样，篇幅一长，就必然要有较多的人物，而我对“别人”对太熟悉的真人真事都不能写，前一种人是我没有体验的，而后一种人则是我觉得太熟了，以至于把他们都化作一种分散的不成故事的真实了。

怎么写人物，这我是有一套的，但是好像一时还找不到该写的人。现在有三个人物：我、工程师和一个小小的街坊可以写好。故事可能有些超现实主义的笔法。

向东来信了，他说他这一段不给我写信了，因为我在写《白太阳》，他向你那封信表示折服，说他确实是个烂冬瓜，而我也确实是他最谈得来的朋友，我们有相同的友谊和夸张的笔法之类的。

信到时候给你看，还有一个关佩和你才知道的秘密，关佩谢谢你，我是完全蒙的。

争取每天写小说一千字，这样到 6 月底拿出一稿来，而且会离起初的构思差得很远。可能就已经不是大学生题材的作品了。还有，阿玉唱的那支“哥哥你不要路边去采野花”的歌词是怎么回事来着?

亲你,抱你,爱你!

你的　一禾

1984.5.23

玞玞：

我亲爱的果树林，我的上帝！

那天我真不是想了很久才对你说那句话的。我只好抓到什么笔就使什么笔，写到什么话就是什么话。你不要见怪。

你无论如何不能知道我是多么绝望。真的，当我气冲冲地走了以后，终于我回头看你，可是你并没有在那里站着，那里空荡荡的了，我是多么想你还站在那里呀！我一面走，一面巴望着能听见你跟在后面叫我一声，只要一声，我会马上奔向你。

我是多么自私，我骂了你，还希望你能等我。也许就因为这种自私，我也会一时听不懂你的心音，会觉得想让你也尝尝受冷落的滋味。我常常是自私的，为了我自己矫饰的虚荣心得到满足，仅仅为了这种自己尊大的虚荣，就会把你的好动，热心，爱好广，注意力广泛，看成是对我的一种冷落，我是指那天划船回来！

那天我不是给你讲起我对《今夜有暴风雪》的看法吗？到后来你就听懂了，所以你的心里也就觉得你明白，也就把注意力转移到其他问题上了吧，这本是很正常的，我讲的也不是什么很新颖的看法。可是当时我就很觉得索然无味。①

---

① 此信与下一封信同时送出，日期应前后紧挨。

玞玞：

我亲爱的果树林，我的上帝。

那天我真不是把那句话蓄谋已久之后才说的。

我找到的笔只有红色，就用了，你别见怪啊！

当我气冲冲地走了很远以后，我是真气冲冲的，谁要是在刚迈步的时候惹了我，我一定捏住他的脖子，掐死他。可是走了那么远，我又真想听到你跟过来，叫我一声，终于我忍不住回头看你。可是你并没有在那里站着，那里空荡荡的了，我是多么想一回头看见你还站在那里呀！

我就是这么自私，我骂了你，还希望你能等我。就是因为这种自大的虚荣，为了我作为一个男人的强烈的虚荣心得到满足，我就会有时候听不懂你温柔的心跳声，会像星期六晚上那样，把你的好动，热心，爱玩，注意力广泛，看成是对我的一种冷落。

那天我在和你聊起《今夜有暴风雪》，你喜欢它，我有地方喜欢有地方不喜欢，所以我想跟你聊聊。因为我讲的并不是什么新看法，而你又很快就懂了，所以我还在讲的时候，你就有点把注意力转向别的地方了，这本来就是我表述不利索的错，可我觉得我自己也索而无味了。后来我就没再讲，你见我不讲了，就去看向东捎来的东西了。可我当时觉得很难堪，你很高兴地找出了给你的东西，像个孩子似的得意，可我却很不高兴。

在去看电影的路上，你一提起小 C 可能有朋友了，你问她……这要在平时，我是也会问长问短的，而且会问得你都答不上来为止，我不太能想象小 C 的朋友和她怀春的样子怎么样，而且好像因为她是你的同宿舍的好朋友，我本来也很觉得好像和我有什么不着边的关系……可当时我那种被冷落了的感觉一股劲儿地往上蹿，就不咸不淡地说了那两句话。

现在我想，我应该认这个错，你直觉到了，我矢口否认，而你因为相信我就否定了你自己的直觉，可我觉得这个事上我很恶劣。你好好骂骂我吧。当时我也觉得我错了，可是我不肯嘴上服输。

当晚上你说“活着真累”的时候，我是明白的，而且我心里有愧，我心里不是一片明镜，就总觉得心里没了良心，我平时心里很明净时，也会很书生气，很理想主义地起一种忏悔，何况我那天晚上不是心里无尘呢？

星期天下午，我一直坐着考虑我准备写成的一本书《诗论》，想跟陶宁讨论其中的两个关节。……玞玞，你能在你和陶宁友好睦邻的空余里，让我偶尔和她聊聊诗，而且不烦，不顽皮吗？……我觉得在我们三个老朋友里，思想的交流和感情的交流越来越少了，这种交流仿佛被工作了的我们看作是“中学生的表白”，而男子式地以沉默和玩笑、酒、香烟代替了，以至于我很想念起100号来，想起332来，想起137来，想起可爱的娄阿鼠“老朱”来（你这个大耳朵兔子，起的外号多么刁钻！）……可是我觉得坐立不安，我想见你，就收拾了你的眼镜和杂志，去找你了，想好好地向你认个错，告诉你我的虚荣念头，也希望你不要有那种灰蒙蒙的情绪……可是“活着真累”这句话里那种轻生和颓唐的语气，活生生像是我说的，是我教你的，我不是曾经给你讲过一些我的处世时的冷漠看法吗？我真浑！那又让我不能不想到我是把你影响得坏了（在某些方面）。我想都向你说的，而你又讲起了一句话：“我好像根本就不适合在这世界上活着……我真没用。”当时，我那个气呀，我的揪心的绝望，眼看着你在我身边变得会说这种话了，我又气你不争气的这种话，又绝望于正是我教给你这种话，而我确实给了你爱，也给了你许多劳累（你想想，其实我们生活得有意义，挺快乐的日子也有不少，我们度过了很多日子）……我真想先狠狠地打你一个耳光，然后噼里啪啦地把我打个半死，这样我们都会清醒些。

至今我仍以为，你不该说那么泄气的话。你如果需要倾吐了，你就应该痛痛快快地说，哭一哭，骂骂我，揭穿我的虚荣，也和我一起说说苦衷和艰辛，让我们自己热起来，共鸣起来，可你总是憋住了自己又说出一句让人发毛的话来。

玞玞，我后来再也顾不上什么了，我非常非常地想追你，就追了，而我跑得没有原来快了，没有追上你，在那么多人的大马路上却看不到我的心上人，我心里的建筑要垮了，反正这天晚上一定得见你一次，否则我就要垮光了，自暴自弃会很快把你我都送上绝路。我一定要见到你。

现在，我想起了一句叶塞尼娅的话，“黄昏总是使我哀伤，这时候有某种东西在死亡……”

而最哀伤的不是死亡，而是创出了的心的沟通又堵塞，而且是我堵上的。

可是最动人的还是诞生。

总的说来，我发现我活着，是自私的——对于你；可是也再没有谁，能像我这样渴望热爱你，渴望理解和深入地浸润在你水汪汪的心里，没有谁能像我这样，渴望你这个颀长的孩子，被我摇撼着，我们成为一体，渴望完全地为你而活着，都不被独自地抛在一边。真的，要是为了你的欢乐，我愿意你永远高于我，在我前面轻盈地飞翔，但是要做孩子就一起做孩子，要荒唐就一起荒唐吧。

我爱你！不爱人的人是完整的，但却永远不能活着。

永远爱你的　一禾

1984.5.28 夜

两封信[①]都有我的真心话，错处和失误、真情。

我没力气把它们合起来，你看吧，要爱我——我的天使。

① 这封信没有邮寄，是第二天骆一禾亲自送到张玞学校的，信封上写着“给我的心上人”。

玦玦：

夜深了，我醒来，醒来就难以入睡，我觉得晚风吹动窗环的吱吱声很萧索。爱着和不爱着在这时候是一下子就能分开的，爱着的人觉得非要看见他们心上人不可，而不爱的人觉得世界都是他的。

我只有给不在身边的你写信。

我听到你不满足，总是向往更新的，只在理想中才能有的东西，你没有固定下来，你不感到完全的幸福，你是活生生的，形态在变化不拘的，我愿意承受这个事实，让我们一起承担它，并且向它微笑。你的心还活泼泼的，这样才有不枯竭的心力。我想，我应当必须欢迎它，因为这正是我所理想的：使你活着，你的心不死去，永远是热烈的，纵使我也许要丧失几分因满足而带来的幸福感。我愿意付出我的一切，来卫护这样的心。

今天晚上，我能领略了裴多菲的诗："我愿意是急流……只要我的爱人是一条小鱼，在我的浪花中，快乐地游来游去。"这句话的全部深度我懂了，这是无论谌容，陆文婷，傅家杰或达式常与潘虹都不能懂的。

幸福对人来说，当然包含着对自己心上人的一种信任和满足，人和人能够互相敬爱和愿意舍身的机会太少了，但是从爱着的恋人的眼睛里，你会看到宁可舍弃自己，不讲义理而屈从于情感召唤的最炽烈的火光，我们就这样凝视过，不管你怎么说，我觉得在我向你表白前，我们这样看过，完全不是你所说的当时你没往心里去，你觉得我有些可怜，你是想帮我的。幸福里如果长期缺少一种信任和眷恋，缺少一次满足于心上人心灵的眼神，它就是不幸的。这也就使人们有可能过于忘记了不满足和对新的升华的需要，这也就使人们会说幸福是比较庸俗的，因为它需要满足……不过，我想，这种愿望也是非常朴素的，我反正是一个人，我只有一些朴素的愿望，我需要幸福的眼神，无语中的信任和眷恋，没有它我就拒绝任何自由和其他动听而崇高的字眼，在这一点上，我和老赵是压根格格不入的。

因为我眷恋，信任你，你是我的幸福，今生今世我愿意尽我所爱来帮助你，爱你，卫护你的向往，你的不满足也就不被局限少女的心灵，你的向往更多的理想，你的活力。“哀莫大于心死”，你的心活泼泼的，就是对我的信任和眷恋了。这不是升华，但这是把根深下去了。我是需要幸福的眼神，有一种吾尽吾力的满足感的，我不想虚伪而崇高，好像我这棵树是从天上长下来的，可以挂在半空中，因为我的心善感而活着，爱人爱你。

我知道，你正是这么想的。你的不满足就是这样，我很高兴。

至于说求新鲜，那只是一种爱的初期形态，《青春之歌》里，林道静喜欢余永泽，又喜欢学生领袖卢嘉川，再喜欢工人领导江华，就是这种初小的新奇感所致，这种新奇感在不自知的初恋中是活的，如果像林道静那样直到后来还图个新鲜，就有点搔首弄姿了。

对幸福的需要和超出幸福而求新的更高幸福的活力，是远超出新鲜感（尤其是自知之后）的。

我当然努力使你幸福，做努力理解你、懂你的第一人，正如我最爱你一样。但是你若不满于既有的（你说既有的只是用来在危难时回忆，以自励你我的情感，是的！），我是绝无怨言的，我知道你的心如此活泼，我会欣喜于你的健康。我需要你的眷恋和幸福的眼神，但我不会要假的，而你一直既不矜持自贵也不欺骗。拜伦有一句诗写得很好：“你是一个女人，却不是要我哭泣/你人情练达，却从不欺骗。”

小宇的事情我总要对他说的，我们是最好的朋友，一起读的拜伦，一起写过诗，而且一直很好。一句话，如果我问了他，要么我们的心灵重新打开，要么我们一损俱损，失去一切。到这种关键时候，我不怕被人笑作是愚蠢多事，自寻烦恼，我也不怯于中学生式的表白。但我得认真想好了，我总想等个机会，不使他难堪。他如果说"一切很好"，那么我们能信服吗？这是一难，二难是如果他会像你的梦里那样说："张玞为什么不跟我呢？"我该怎么办？——不是有什么嫉妒护短之心，我现在一面对我的爱人，一面对我的朋友，我没有时间去怀恶意，也没有低劣之想，更不存芥蒂和疑虑，我是爱你的，所以我想磊落地做人。

请你相信我，爱我，我绝不是个心地险恶、心胸狭窄的人。因为善良，我活得太拘束了。想想是很难受的。孤独，也许如老朱所说，是不能分担的，但我还是要请你相信我也是人，我有感情。我的朋友不多，我也不争气，但是我想为小宇做点什么，问得真切，做得真诚，求个真实，沟通我们的真心。

也许你只因曾经劝我对刘扬说真话，刘扬很感激你，所以他会说出"你要爱她，而且要娶她"的话，我想，我已经娶到你了，不是在形式上，是在一种我们付诸苦辛和泪水，特别坎坷后的相识中。

所以，我要认真地，帮助你关心的朋友，也许是你活泼而同情别人的心，才能使我找到重新打开旧友心门的办法。等我们又像三个大学生一样携起手来的时候，我想请办展览的兔子们吃草，为了别人不知道的理由。

永远爱你的　一禾

1984.5.31 夜半

玦玦：

你好。

天天晚上吃好点，大学里也该发考试助餐费了吧？也许期中考试不发？

我还没走，在家里装备了行装，洗了鞋，带上日记本和工作记录本，还有《资料(3)》。估计去的人不会让我太值得大忙，先认识，然后聊，然后决定组稿与否。

我想念你。除了你，我不会盯着别的女孩子看的，关于谁的腿好看的话，我也就是那么说说，因为夏天街上到处都是裙子，不用看也知道是怎么回事。

你始终紧紧抓着我的心。在感情上，没有一个像你这么熟悉，熟到了闭目就想见的程度，熟到了不在身边就觉得少了一半……而你的手，嘴唇，也很吸引我啊！

至于电影上脱得光光的女人，也不会让人会忘记任何一个活人，何况是你呢。我只爱你。

那个梦我都告诉你了，也许我是个太成熟的大孩子了，那只是一个男孩子的对异性的诱惑的不能脱俗的梦。我是不会再做的。

因为没有谁比你对我更真诚。我决不会离开你，让你有麻烦！

不多说了。好好考试，把书多读几遍，看看鲁迅原著，对政经原理要基本会背。

你会考好的，祝你得 90 分以上！

到那里有时间会给你写信的。

10 日左右林贤治来北京，我要去接一下站，但星期五一定会去找你的！

吻你。

永远爱你的　一禾

1984.6.3

玞玞：

我想跟你说几个事。

一个是李东那个“控制”的问题，无非是说我不够男子气，是个文弱书生，不能配得上你罢了，和方毅那会说你没抉择好是一个意思。这个问题是污辱性质的，我是这么看的，一个人在感情上玩世不恭，也总想把别人的感情看成是一种不值大钱的泄欲而已。李东的诗说：

隔夜的微笑
在闷热的小屋里发酵
别走近我
吻已经变成苦涩的思考
瘫软在揉皱的床单上

（《无题 C》）

一个女人的感情如果冒出汗酸气，馊味，酒精吐出来的味，那是让人感到格格不入的。当初外院一个叫黄英子的女诗人就写过一首诗，“没有带纸/天空的太阳像铅弹/我听见隔壁哗哗的小便声”——而李东的这首诗要高级些，但是也让人不能接受。好像正像老朱说的：“没有爱憎，没有性别。”

再有一个就是你去跳舞我很高兴，你讲舞会上的事情，我也爱听，不是爱听事，是爱看你两眼闪闪发亮。所以你不要像下午说的那样：“一禾，跟你说件事，你能原谅我吗？”——你晚上又对陶宁说：“我跟他没有任何共同爱好！”

我想，我爱一个女孩子，是为了幸福，所以不能计较。不过也不是为了听自己心爱的人说“没有共同爱好的”！我不会因为“没有共同爱好”而幸福。你跳舞，你两眼闪亮地讲舞会，我都会很高兴的，可是你在同一天晚上又提起“没有共同爱好！”我觉得这对我的感情和耐心都太过分了，似乎我是你爱好的敌人，是因为你跳舞而控制你的人，其实你总是把我看成对立面，这让我很难过，而你跳舞，讲舞会我不反对，而且你活泼泼的最好！但你一讲“没有共同爱好”，就让我很沮丧，让人家觉得是我不让你跳舞。其实“古板”“诗人”“书生气”“贵族”这些称号都是别人加给我的，有时候我莫名其妙地感到我很倒霉，我也得在交往中自认这些，以免显得自我表白，斤斤计较，不随和。可是我凭什么就被人这么看呢？所以我也就不与别人多加来往。我至少希望你不要这么看我，你要去跳舞而不必事后请我“原谅”，你可以爱好许多而不必认为我不许你爱好而“我们爱好不同”——这要求不过分吧?!

真的，你对我够好的了，但是我真不愿意使你勉强，难道我就那么安心做你的对立面吗？你不高兴的时候，我就很痛苦。因为那也是我不使你高兴的结果。我有时候觉察得出，我渐渐没有了吸引力。因为我的什么呢？

你不要以为是我怪你，而是我总觉得我心里难于解开，我不是你爱好的对立面，请你千万别以为我是你的爱好上的敌人，我说这么严重的话就是要你好好玩，明白这一点。

我也希望我的爱人能体贴我，不要让我觉得我是压制了你，这不过分吧！我只有这个要求，剩下的我就不能求人了。

永远爱你的　一禾[①]

---

① 此信没有署日期，根据骆一禾日记推测应该是1984年6月8日，邮戳日期是“1984.6.9”。

玞玞：

真的。

我迫切地需要你把我看成是与你一致的，绝不是你的对立面。我能养活你，你要像我的小妹妹一样，尽情地玩，我要做好你的大朋友。你也不要总对我说“原谅我”这样的话，我很爱你，你可别总是觉得什么都得我原谅你，我求你原谅我的时候也有呢！我们一定得贴心贴肉的朋友一样地互相信任。你不这么看，老见外，我就很气。

永远爱你的　一禾

1984.6.8[①]

---

① 此信是与上封信同一天但稍后邮寄出的。

我亲爱的 Bonny：

我只爱她，我感觉到在我的心里
她那洁白胸脯的天蓝色光芒。

这是那本《法国现代诗选》里一个叫雅姆的人写的。不管怎么样吧，所有那些最美好的女子形象，都让我想起你，也许我太爱幻想了，可是有了你，我怎么能不幻想呢？甚至，我会觉得你成了所有最好的书里的最动人的女主人公，引起我的各种各样的感情。

总而言之，你对我来说，是非常甜蜜的，又带着很重的、不应该在这个世界上看见的情绪。我相信你是个了不起的女孩子，我相信你的梦，你的直觉和你说的话。就好像河面上升起了大雾一样，更让我相信河是美丽的。

不知为什么，自从有了你以后，我的欢乐更欢乐了，我的痛苦也更痛苦了，总有一个时刻让我感觉到有一根尖刺在扎我，在旋转，成了我的中心，就像洁白胸脯上的蓝光：纯净、娇嫩，而且有那么一点总像是快要失去的感伤。你啊，好像我是从别人那里把你偷来的一样。

谁知道呢？也许我已经把我自己的语汇掏空了，我不能向你表述出我爱情的万分之一，甚至陶宁都比我幸运，她还可以写出诗来，让她最好的女朋友——让你——读懂，她还可以听到我的爱人不会对我说的话。我也“嫉妒”她了。

但是我尽管没她幸运，却比她幸福。

我常常要在信上抱怨你，可是不知为什么，写到后来我总是很骄傲的，终于就变成了不再抱怨的调子。也许是我心里很为你骄傲，可是又不能向人家说，只好借抱怨而夸耀了吧。

真的，有时候我很想写封信给一个根本不存在的地方，一个从来乌有的人，谈谈我的小爱人，她怎么苛刻我，怎么改造我——我心里很复杂，因为饱尝着她的爱，有些虽然是她自以为是的做法，可是她像个信心十足的小女孩摆弄积木——那就是她的世界——又怎么能让人不爱她呢？我只是希望她不要见外，不要说“没有共同爱好”“请原谅”之类的话，把我看成是她的，因为我想，我做得不好，但总不希望我是个让她感到客人式的外人吧。

女人会借骂丈夫，对别人夸耀他；可是男人也会怕自己是个外人而强迫命令他的她：“别把我当外人，不然我就不喜欢你了。”——多么古怪！

别人会笑话我的，你答应我，不对外人讲这回事好吗？你最懂得我了。我有时候想写信给关佩，告诉她一声，我跟你像孩子一样光着身子睡在一起过，有时候想对旺子露一句：玞玞的腰可细了——可是我是绝不会说的，这种幸福和秘密燃烧在心里，满溢得我像喝醉了一样，这东西可真让我受不了啦，我想当着大家的面，盯着你看。我觉得心里头有一股火焰，想从眼里射出来，热切地烧红你的脸，让你蒙起脸来，羞羞地笑。

近来我给你的信少了，可是爱情却像初恋时一样。我也很心烦，也许总在初恋式的激情里就永远也变不成大哥哥，就总想像个小弟弟似的伏在你胸前。我简直苦恼了，什么时候才能真像个大哥哥，让你早点当上个撒娇、任性、弄得人人欢笑的、爱玩不操心的小妹妹呢？

吻你，拥抱你。

永远爱你的　一禾

1984.6.10

玦玦：

我亲爱的，你带齐东西，自用纸、口杯、牙具、手巾、换洗衣服（带几套漂亮的旅游衣服），坐车的时候，别穿白衣裙，特别汗脏。你尽量避免蚊虫咬。水乡夜路注意不走草窝，毒虫会多的。爬山要注意安全。外出坐车很累，把脚搁在座位上，这样血液流通好，不会腿肿。①

到杭州可以多休息几天，那儿山明水秀，空气潮润，又有亲戚，适于休养一下。无锡苏州南京都很燠热，要多喝水，小心中暑头晕。能托人买车船票就托人买，反正出外都是你爸爸的同事嘛，在上海你待几天，安排好买票去苏州的时间，问好去苏州、无锡该怎么走。然后回上海，去南京，在南京西（北？）站上车回家，有座位。去嵊泗的时间你自己看看。好好玩吧！其实要注意的也拢共就这么一小撮，剩下的就是旅游了。只需要心里有数。

万一要下水田，干一段就看看腿上，以免不知道蚂蟥吸了。如果蚂蟥吸住了不要怕，它伤人不是很凶，就是让人不习惯，有点恶心，我腿上吸过四只。只要用力拍打，一开始就用力（爆发力，哈！）打，它就会掉下来，如果揪它，它会肌肉收缩，吸盘吸得更死，会揪断的。小王后，你别光顾了惊叫和害怕啦！吸过的伤口会渗一点血，你挤一挤，用吸水纸贴上伤口，让它干一干，收收血。

带上你的游泳衣，在杭州可以在钱塘江泳区游泳，江水很清，看去发蓝。

---

① 张玦大三暑期随全班到扬州实习采风，顺便在江南玩了一圈。之后的几封信都是她与骆一禾旅行之中的交流。

我在北京想念你，可你千万不要撑着眼皮给我写信。钱我会按地址汇到你指定的地方。你是生活中的好女子，生活是属于你的，这一点谁也比不了，你有天资享受自己得来的生活，会生活是一个最高的本领，比什么研究生都重要。

玦玦，我下面对你谈谈我近来通过感情体验到的一个“观点”。我真的想到了。

你从来都没有用过“我不配你”“找更合适的”“你不懂我”“不爱我”等话来讲我，你不非议我，只是用你的努力和善意的苦恼来提示我。由于我冲动的感情，以及有了你以后的安宁感，还有我的笨，没有领会到你的意思。

反正有那么一点是会对的，虽然不全是你想的。

实际上，你是最爱我的，比别人都爱我，所以你也没有向我要过“自由”，你也根本不需要“自由”和去要（要求）“自由”。

你是愿意和我一起生活的，而共同的生活不是我一个人的，是我们两个人的。就像以爱对待爱，像以人心对待人心一样，你的生活内容和我的生活内容本来就应该是互相为依附、互相对待、互相包含在一起的，这才是本来的、共同的生活，而不是一个人的生活因为爱就该省略的。而我（不是有意的、蓄意的）没有很好地领会它，而是限制了你的一部分生活。

你本来就是一个独立的，完整的，不能由我或任何人代替的，有自己生活内容的人，正如你是一个好女子，一个好爱人！你曾经觉得你做了情人以后，情人的生活和姑娘的生活就不一样了，除去情感的倾慕，爱情的忠贞之外，不需要有更多的省略、依附了，其他的顺从不等于对自己和爱人的温柔，所以那种“情人”的生活里，有很好的、值得怀念的地方，也有太多的牺牲、崇高，但爱人之间的深情使我不希望看到爱人为自己做出很多的牺牲、为自己劳损。作为一种“姑娘”的、自主的、只需自己承担自己的抉择和过失的自然的生活，它有一种相对而言的完整，就像人的少年一样。最好的共同生活的内容应该求得姑娘和情人的和谐。

爱情具有魔鬼般力量的地方，或被人看作撒旦，因为他不仅把人变成对象，而且把对象变成活生生的人，你是一个好女子，有你自己献给我们共同生活的最好内容，我应当尊重和爱慕共同的、你和我的生活，那完整的生活。

有时，从我的想法看去，就会忽略了这种完整的、不是片面从属的生活，我更多的是从情人的角度去说话，从一个对象的角度去说话——就像你看到我称你是“人中仙子”时，你苦笑了说：这是情人说的……还有，你请求我把你看得“平常”些，也就是说要把你看成一个人情味的，会犯女孩子一切毛病，又有女孩子一切优点的姑娘，要人情地看你，而不只是情人地看你（圣化地看）——所以当你同我谈起你的需要和愿望时，说起你的苦恼时，我没有很好地领会你是在要求爱情本身，而我能理解你，同情你，却又总是隔了一层，以为“你是自由”的就能回答你，我知道我出了错，有和你不吻合的地方，很急，可没抓准地方。

其实你只是在要求爱情生活本身，你是要为我们争到我们分内的、我们的、完整的，即是姑娘又是情人，即是情人又是男子的生活。我曾把它的那部分忘记了，我们的爱应是完全的、不满足的、越来越相知相爱的，不应是残缺的。你要把我未能领会的那种我们共同的、由你自己生活中最好的奉献和我的奉献组成的，使我们两人都如鱼得水的生活得到，收进来。你只是取得我们本来应有的生活，而不是另外去争什么，你才是真正要求“爱情”的，由于我的误会，才觉得既有的爱情生活有不足，所以又应给你额外的“自由”，似乎它是一个补充。其实正常的，你要求的只是爱情，是不该分自由和爱情的，本来的、舒适的、共同的生活。

你不是争取额外，只是要我们本有的。

我想，一个男子，应该对自己和你建立的共同生活有珍视，有卫护、有容量，而不只是像一般人说的，去征服女孩子，把她变成自己，把共同生活看成是顺自己意思，使自己没有发展，不和爱人共进（包括争吵后的共进，当然不要乱吵）的安适生活（幸福）。他不应对女孩子有主子的恩威，而只是对共同生活最珍爱、努力想办法建设它，不许别人破坏，不抱怨爱人，激励爱人，在这上，他应是主动的，勇敢的，善于同情又能自己发现自己的弱点。希望你能相信我这个男人。

长久以来我是很专注于我们的爱的，但同时也有一种对既得幸福的安然，因而不能时时注意你的敏感。当我从幸福中重又走出时，就感到是又要给爱一个补充了，就不曾把它看作是爱情本身，我以为你不安了，你要走了，你会被我管死了，你苦恼了，我就允许你说：你怎么样都行，你是自由的。其实，可能爱不完满才会追加，而我却反过来把追加看成是你要求的了，而在你那里始终是在爱，当我一说我给你自由，给你重新选择，只要你愿意等，你反而不敢也不愿接受了，因为你是在要求爱，可我却好像看成额外的，你是不要求什么额外的。

你爱我。我也请你体谅我，我是真的想不使你独自苦恼，想让你幸福，想使你为了自己的感情少受到世人的折辱和误解，可我说的和想的都和你隔了一些，我向你道歉，希望你懂得，我不是为凌辱你而是为了亲近你而有所迷误才犯错的。

简单地说：你要爱情生活，但绝不是片面了的生活。爱我能如你的，再也没有了，我是在你女性的身子上起伏波动过的，我是在你小母亲一样的母性爱上琢磨成人的，我比以前更真诚，这是真的。所以，你不会磨坏我，而我希望你不要怀疑你自己以及你爱的能力。

从亲你以前，我开始像个小伙子一样追求你的时候起，我是不能同你分开的了。我爱你，就是要你得到一个诚恳的、永远敬重你的，心里珍爱你的朋友。话又说回来，你用你自己争得了爱的权利和自由，你自己那么深地爱，怀疑、苦恼、虚幻，我也都经过，所以如果说得到“自由”，也是你用你的真心争得的，不是我“给”的，我情愿这样，我把我托付给了你，你已经承担了它，有此一次，你就获得了爱人的敬重和永远为你好好生活做一切的感情。

别怀疑你对我怎样，我爱你到如今，早就爱透你了，什么我还会犹豫，会害怕、会抱怨，会不信任你呢？让自己轻松一点吧，当我听到你怀疑自己时，我恨不能掏出心来给你，不要用折磨自己来折磨我吧，那样我会伤透了心。

我希望你从此对自己有信心起来，我们相依为命，我们只能靠你自己和我自己了，如果你只是一个对象，一片薄纸，我会拉着你走，抱着你走，背着你走，就像你病了，我会背你四下求医一样。而你是一个活生生的女子啊！我只有爱你，体贴你，理解你，你累了就躺在我身上，靠着我的肩头，伏在我背上，你可以飞的时候，就高高地飞，我看得见你。我尊爱你作为一个好女子的感情、人品、权利、弱点，你自己能走的时候，我不妨碍你，和你一起走，你走不动了，就让天地河水和你都倾泻在我身上吧。

谁和我比比？我是如此爱你，我的永远的爱人！

为了你，我自己，我们共同的生活，我有什么呢？有什么不敢做呢？

亲你的手和脚！

永远爱你的　一禾

1984.6.29 夜

玞玞：

我的小 Bonny，我亲爱的果树林。

我 5 号就等信了，6 号没来，7 号才到了一封。我想，要是 10 号不来，我就请假去扬州看你啦。明信片及两封信都看了，吻你。

开始想你的时候可难受啦，那可不是又甜又细的豆沙包和又凉又辣的凉粉儿的滋味，我就像一锅稀饭那样啦，不过每天都只好勤勉地读写着，到玉渊潭去游了两次泳。骑车和人撞了一回，不过谁都没摔，是他老想很无聊地赛车，而我因为急着回家看日本电视剧《血疑》，山口百惠、三浦友和演的，所以骑得很快。而他超前以后就假装无意地用后轮别过来，我一拨把，后轮刮他后轮，就都跳下车了，那小子阴沉着脸，可没说什么，到西单路口拐了弯。其余的就都很正常了。胖妹①考试各门都不错，就是数学题难度大了，她在作文上占了便宜，因为她们学校做过类似的一道题。除数学她没底外，物理错了一道题，我估计 590 分她一定有了，她自认为 570 分，大概会在 600 分以上一点的。

咳，我的傻妹妹，你吃扑尔敏会发困吗？它有催眠作用，你可以用大忙、大玩和冷饮、热水淋浴治它。我和灰色小兔子都担心女主人没有地方洗澡，而你是多么喜欢洗澡啊。

看你写了那么多，我都后悔没去实习了，有五代古器魏晋画像的地方一定很有趣，而且江都是中国最好色的隋炀帝断头的地方。有一天他起身了，对侍寝的肖后说："唉，不知什么样的刀来杀我的好头颅呢！"他后来像惊弓之鸟一样，每夜要妃子躺在身下，不住地

---

① 张玞妹妹的小名。

抖他、摇动他方能不致神经失常。江都也是他大游乐时的最后一站，为了让他行船，纤夫终日拉船，腰以下泡得生蛆。现在也许没有人想得起这个历史上的昏君了。采风采到讽刺他的故事了吗？那里民歌、民乐可能有些走样，可还是会有的。各种的都收集一下，放手去干，刘权忠[①]能怎么样干就怎么样吧。

为了让我能听到你回来的讲述，你就放心玩吧，扩大一下见闻和游历，老和尚的《心经》注解，你可以抄，只是不要打扰太晚，耽误人家的经学研究。等你一月半后回来，就可以好好地讲给我听啦。在外不要多讲自己的情况，但是碰到好吃的东西，是可以吃的，我就在广州一个夫妻摊上和旺子吃鱿鱼卷、拉面和各种的汤糊糊，吃点葱蒜倒也必要，确实不必太贵族气了。不过你得计划用钱，因为到杭州冷饮更好，茶、藕粉又好又便宜，小馄饨什么的做起来飞快，你有的吃呢，吃胖点。听说那些像老考据学家似的蚊子老研究你，我可乐啦，就是别让它们傻咬，你得防着点疟疾，一会发冷一会发热，可伤身子，可以四十天不停地冷热，河南人叫“打摆子”。

啊，对啦，你讲起淮河，讲起江都，都让我想起了河南干校附近的小城信阳市、黑山县。只是那绿树、白矮墙、银灰色屋顶和雨水，江都可能都多一些吧。以后结婚了，到广州去的路上，可以在信阳下车转转，而去扬州，我就只好请你做小导游啦。

有一天我又翻看你买的《法国现代诗选》，里面有一首诗有这么几句：“她有一双漂亮的脚/她常常跳舞常常大笑/而现在她将怎么办呢/她转过头去/要求人们让她安息”——玞玞，我不要你这样，你应该大笑欢叫，你跳舞，有一双漂亮的脚，不论你怎么样，我都忠实地爱你，因为我活着是为了保护你的活。希望你会以一种愉快的、俏皮的眼光看着我，当我们重逢时。一个男子不能让心爱

---

① 张玞同班，一个小组的同学。

的女人为难，她的一切就是他的一切，不能分开了。

我寄出了小说《露子》，站在甘家口那儿喝了杯加草莓的酸奶，那会儿你给我买的那种。现在我每天用冷水把身子洗一遍，有时去游游泳。前几天，是 7 月 4 日，老赵、小宇、我三个人重聚，自己买啤酒，炒鸡蛋，做肉丝炒青椒，然后就谈论思想、文学、政治，但谈到后来，还是谈起各自的女孩子，小宇大大咧咧地说他要带雪清去北戴河玩一周，托人给他们找了一间房子等，我终于得以问他，他说雪清一走，只好考研究生回来，别的没什么办法，他留她住到 8 月初。老赵就叫，他想结婚都不可能，这怎么办，又笑了，啥，难哪！我呢，就试图谈起你，刚讲了我读高尔基的《人间》，里面有个很让人爱的玛尔歌皇后，长头发越过椅背垂在地上，在家里裸着结实的黝黑的乳房，他们俩都羞赧地承认，他们也都喜欢那个人物，我这才发现开始谈起女孩子的身体了，小宇就说起他怎么知道孩子生出来是怎么回事的，有个男孩子愉快地告诉他："嘿，你知道怎么生孩子吗？就是一男一女在床上对着喘气……"于是大家都笑了，发现自己有些酒酣耳热。

哈哈，男孩子就是坏。

米兰开花了，紫罗兰也开了，扶桑牡丹也开了，我们都该谋些生活了。《白太阳》很顺利，又构出了一个小孩儿，很有意思，是个好人物。我想起你说的一句话"我不报忧了，总的说来，我感到很幸福"，是的，我能爱你，被你爱，能等你，给你弄些钱去玩，这都是多么好的事啊！我只是不明白你为什么特别强调"幸福"，不定有什么别的暗示吧，你来了吗？你没提起。放心，你只管玩你的，只是告诉我一下，会来的，你只管放心地游览采风，别多想同学间的小不和与某些分歧。祝你在黄山能看到四大奇观，在杭州治好水土不服。我就等你来来信，定心写东西。对啦，我的那个小小说《觉醒》或《初春》(向东改的名字)，文学双月刊《江南》要发表了，不过是当散文发的，看来我走散文与小说结合的路子，还是可以的，我想起了那本《新路》，想起你当时聪颖地看着我，觉察到我的苦恼，就借来了这本书。向东给我抄的，寄到《江南》，有个叫岑琦的来信说留用了，并继续索稿，我想《求生》也可以寄去让那儿看看。

听见了吗？这会天上的鸽哨在响，我觉得，嗨，多好啊，你能想念一个人，爱一个人，多好啊！什么怀疑呵，忧郁呵，那都算不了什么！我想在月台上拥抱你。回来一定给我打电报，我去接你。

是啊，小市镇，那里没有修外国机子的地方，那里的人会新奇地看着你们这些骄傲的王子和公主，会新鲜地看你及你的穿着，我好像又对那里感兴趣了，当我去苏州的时候，不爱那儿的园林，也许和我的心情有关吧，而黄山的怪石、云海、奇松、日出，也是我无由得见的，你到时对我好好地讲讲。我们躺在床上可以讲很多很多，真的，玞玞，我已经对大家说了，我 28 岁结婚，29 岁更好，让玞玞好好玩玩。小宇说等雪清 26 了结婚。不过，我对什么都不忐忑了，结婚是不着急的，而我感到很幸福。

有一天，胖妹问，“她给你来信了吗？”我笑笑说：“她来了个明信片。”然后她骑车找同学去，我们同行一段，在四道口分了手，我说“重温一下我跟你姐姐一起走这路的情景”。她表示很理解地笑了笑，看来她是长大了，考完试以后，回想这三天就是六年堆成的，人人都有一种长大的感觉。

我应许说，等姐姐回来，我们三个去吃饭！

钱我在 17 号寄去杭州你家，如有提前较大的日程变动，你可拍电报“寄”即可。长途就不打了，省几个钱，你自己多玩玩时用吧，我原想买一副拉力器 8.60 元，后一想，下月买也来得及的。

我天天骑车，希望不至于太白。

拥抱你！亲你！把你举个高高！梦见你四次了。

亲亲我吧。然后不提“回北京”，先气昂昂地向天堂苏杭去！

永远爱你的　一禾

1984.7.9 夜

（100 元我近日寄去杭州）

玦玦：

你好。

钱 70 元我先给你寄去，因为半年奖 30 元没发，我本想向小宇借 25 元书费，这样 100 元就齐了，但是他现在也有等钱用的地方，8 月初他和雪清去北戴河。等 7 月 24 日发了钱，我再寄去上海，你到时就能拿到了。

玦玦，别紧张，放心地在江南玩，我想，它是会来的，程潇玉不是也晚过半多月吗？水土不服，紧张，过度劳累都会引起不来的，而且真是也没什么，我很快会把关系找好的，不能让你担心事，我们都很健康，这也是正常的，多多放宽心。

你要是想我了，心情不好了，就来封信，给我个电报，打到《十月》，我马上去杭州看你，这时候别有心理压力，想了你就说一声，就像来了也告诉我一声一样自然。

你只要注意，从 5 日往后推 28 天，28 天后如果出现恶心、呕吐的现象，你就尽早回来，不要让家人担心，我们什么都会平安渡过的。我已安排好，如你二十一二日不来，我就去杭州陪你玩，接你，北京也能办妥的。

所以你别担心，过于紧张会引起停来和假孕。在外面要好好休息，注意调养几天，就会顺利的。

我爱你，亲你！

永远爱你的　一禾

1984.7.12

你如水土不服太厉害，就回京调养吧，适当早返，比如沙洲可以不去。视你身体而定。

沈阿姨：

您好。

玞玞要在20日左右去杭州，打扰您了。

她临行留下70元钱，以防带在身上不便，现按期寄至您那里，请您代为领取一下，存在那里，玞玞来杭后，您交给她这笔路费。

我是她的朋友，详情她会对您介绍的，我就不多嘴多舌了。

祝您及您的全家好！

晚辈　骆一禾上

1984.7.12

玞玞：

你好，我的亲爱的朋友，亲爱的女孩子小 Bonny 果树林。

听到你 Come to Red① 的消息，我也非常为你高兴。我们很深情，但也太荒唐了点儿，“你是一个颀长的孩子/这个世界对你来说，是荒唐的”。我的温柔又独立的女孩子，我也舍不得让你经历那些痛苦。相信我们自己，我更相信你。我都有些不相信了，这是个几乎使我从直觉上折服了的事情，你好像有预感的。我很紧张了一下，因为你是不能怀上的，那样会让你心理负担太重。我也担心了几天，有一次到旺子那里玩，我们一起唱起一支小调：

穿过了小路，穿过了小桥，有个姑娘真漂亮，黑黑的头发，红红的脸蛋儿，眼睛让人心发慌。

亲爱的姑娘，你莫要惊慌，哥哥我呀爱上你，……交个朋友怎么样？

交个朋友，我也不吝惜，我的心啊属于你，就是有了个小宝贝呵，咱俩一起进分局。

进了分局，我也不吝惜，谁让我呀爱上你，等到了那天，出了那分局，幸福相爱不分离。

我们想想这歌词，想到两个荒唐鬼，冒冒失失地见了面，又冒冒失失以身相许，又被抓进公安局，蹲了三年，出来抱着小孩，过着小小的、冒失又幸福的日子，就忍不住笑了。但我是不轻松的。

---

① 张玞用这个“来红的”直译写在信封上，表示怀孕的担忧解除了。

旺子和小陈儿很要好，就是旺子又瘦了点，穿件猎装短袖，脖子黑黑的，忙个没完，赶明儿个，你劝劝他，让他把脖子洗净，那样一定吃得多，该胖点了嘛。

我们在12日给老赵过生日，原班人马，单缺老熊，老熊的电话老是通着没人接，他找了个不错的、漂亮女孩子，可也找上了烦恼。老朱来了，一见到我就握手，我们俩伸手要握，又觉得太正式了，就换成拍肩，就这个换去换去，最后就笑了，老朱问张玞来了吗？我说她实习去了，他故意不屑地说：“这小姑娘！实什么习哟！我星期二去找她，门锁着。”然后他捏细了声音学女孩子声音，“张玞实习去了吧！”不知是否是大毛公她们告诉他的？

接下去喝酒，老朱被小宇、雪清、老赵交相灌之，不一会他就拿出那条嗓子一个劲儿地唱歌，并且头一次不以多情郎的身份而以讲道理的老兔子的身份说：“别喝了，喝醉了多没意思，过生日嘛。”然后雪清又唱《紫竹调》，《回娘家》，和小宇合唱《山鹰》“哦，卡罗”，但是没有一支歌是全记得词的，老朱老鼻子老眼地说：“小宇呀，你这个雪清给我的印象是不完整。”于是大家哄堂大笑，小宇就让老赵唱歌，老赵唱歌你是知道的，唱着唱着就升一个八度，又突然降八度，于是大家认为老赵音域宽广。老朱又把《洛蕾莱》《梅菊》《有一朵蓝色花》等好歌唱了一遍，唱得大家都忧伤起来，没什么人鼓掌，旺子就抬出小陈儿来，说小陈儿比你们都大，除了老朱之外……于是大家又灌了他一顿。我拍拍老朱说：“老兔子，咱们唱唱小兔子的歌儿吧。”老朱就说：“哦哟，一禾，你又提张玞，我倒是很想她的，小姑娘写的信多好。”于是就把他如何没发现你的信，小霖和程潇玉又如何发现了交给他，他怎么也认不出里头的两个字，又拿两个字来考我——总之，老朱成个好心的碎嘴老婆婆了。然后就唱“快快杀鹅宰鸭”……所有人都加入了合唱，拍着巴掌，小宇摇头晃脑地打着拍子，声音都很和谐，没有乱叫，声音好听极了，随后大家一齐鼓掌又齐唱“你要感到幸福你就拍拍手”，小宇，老赵个个领唱,都打了卡巴,我也没领齐,老朱胆怯地说:“这个歌,谁都不行,只有张玞领得了。”——大家为张玞干杯,并且把这两支歌说成张玞之歌。你以后就担待着点儿吧。

后来大伙走了,雪清还有点泪汪汪地托我向你问好,可以觉得出,她这次是动感情了,小宇 8 月初领她去北戴河玩,然后她就要回去了。我答应雪清以后有时间咱们去合肥看她,并祝她早点考回来。剩下我、老朱、老赵一起睡在老赵那儿。

晚上老朱给我们讲了好多事,中西文化比较,他的文章,存在主义和男人和女人,还讲了一下性。他说性给他的感觉是一团纷纭的粉红,其中心是黑色的,又说他想和他夫人去隐居了,得让小蓬上学去了等。

我跟他讲到你,说你病了,他安慰我说,人行在外,谁不生病?张玞这小姑娘身体好,病几天就会好的,然后他说:“哎哟,一禾你不要太柔情了嘛!”随后他又叹息了,说:“今天我是真想张玞啦,她可真会写信。”——这些话他说了五遍,成了个碎嘴子,他很宠你,当我对他说什么时候张玞想和你像在学校时那样,想起什么聊什么,聊上几个钟头,他笑了,又谦虚地说:“我也说不出什么了,总有领会不到的地方。”

直到第二天早上,我们还是恋恋不舍。

等你从杭州上海回来,我们去看看他。当然,得把你的拐子腿保密起来,我老是想,古小说里的拐子马,大概就是患了水土不服的吧?祝你伤痕累累,平安归来。

1984.7.16

今天看了个美国电影《薇拉》,很好,写一个活泼的美国姑娘Willa,因为她野得像个男孩子,老想开美国长途货运卡车,丈夫跟她离了婚。虽然家里有两个孩子,一个酒鬼母亲,怀胎三月,薇拉还是扛包装车,以便让司机教她开车,直到她大肚子了,还去考驾驶证,刚通过考试就生产了。她还咬着牙笑眯眯地对她的师傅,一个粗野又善良的黑人介绍:“我们妇女临产了是会阵痛的!”

她一倒车就撞着东西,还带着女儿“小妹妹”,另外公司的男招聘员老想跟她睡觉,她就总也找不到工作,直到和另一个女司机(老处女,特别喜欢孩子)结伴,开车从美国西部直到东部。这中间她喜欢上了心灵手巧,会画图纸,会做风筝,会开车但乐意做一个自由职业者的瘸子琼恩。他们同居了,薇拉懒得起床,在床上撒娇,琼恩说他饿了,要吃东西,薇拉让他自己去拿,琼恩说他腿不好使,薇拉光着身子,想了一会儿笑了:“你的那条腿挺好使的。”

琼恩想跟她结婚,她不愿意,说你们不在,我是能独立生活的,可是一有了男人,我就总是被养活,我的能力发挥不出来,我心里憋得慌。琼恩表示他爱她,她想开长途车他不反对。薇拉就哭了说:“让我去闯闯吧!”他们拥抱在一起。

后来,薇拉开车了,孩子交给邻居,母亲离家出走了,琼恩也开车,一面运货,一面也是为了能见见她,生活在继续。

电影不错,小陶宁给我来了一封信,我觉得我有些懂你们这些好女孩子的忧伤了,我其实也不够坚强,要求助于你,就把你美化(因为你是自然,所以美化你是歪曲了你),而这给了你负担,其实应该把你的这种负担接过来的,我不该让你为我而保持一种姿势,这么说有点儿对吗?

沙洲你还是去吧,有好的衣袜就买,不碍事,只不过一般说来到上海再买衣袜。我想到了上海,我还可能给你寄去30元,留下些钱请妹妹吃饭。《江南》和《中国妇女》的稿费还没来,而向东那儿的那首诗一时还发不上去,他又给雪清写了首小诗,运用了你说的复沓法。你也可以知道,陶宁很想你,六七月都没有写诗了,现在去了泰山,她认为我写给你的那首诗也很朴素可爱,说我是个理想主义者。

我现在很注意清洁，每天晚上用冷水把全身洗一遍，一周洗两次澡，北京天气很热，气温常在 34 度上下，每天骑车一身汗，在家里只穿一条三角裤，被炎热弄得心绪不宁，写作很慢。晚上还是练健美，只是拉力器没钱买了，所以练的收效不显著，慢慢会好的。

等你回来，我们要好好请妹妹吃顿西餐。至于我们的相逢，还有你对小老二的检视，他是不是骄傲地翘尾巴，我们先不急，等你休息了一周以后再说。至于现在的情况，在旺盛的黑草地上，夜莺儿叫得可欢了，天天晚上独自从晚上叫到天明，但没有流过。

玞玞，你别对班里的事生气了，那是免不了的，反正我是赞同你的，不管 C 怎么想，我能理解你，我爱你，以后我也会对罗新像对自己的朋友一样。只有 C 这样的人才会把人的感情看轻了的。

以后我们结婚了，去平山堂拜访一下老和尚宏亮师傅，那一定是很有意思的。

我特别爱你，爱得像瓶扑尔敏，治好你的拐子腿，不管怎么样，你的大腿都是挺漂亮的，加上点紫药水，风油精，清凉油，那就是色香味俱佳了！——哟，我该死，又瞎说了。

黄山有瀑布和水潭，可以游泳，就是小心水里的漩涡，另外，换泳衣的时候要当心有坏男孩子啦。对了，说正经的，清凉台观日出和黄山温泉是不错的，只是不知温泉让不让一般人去洗。反正你花钱吧，不够了我再给你找，反正这次请你务必玩好了。

我写了一组给你的诗，总题叫《果树林》。写一首给你吧，等你回来看。我思念你，祝你及早止血，回来一定要好好补足身体。

吻你，拥抱你，举你的高高。

永远爱你的　一禾

1984.7.18 夜

给我的姑娘

在我的梦里
我的梦里　我的梦里
我永远年轻的姑娘

你的瞳人
黑得让人生痛
你的声音低下去了

你弯曲着　流畅如西天的虹霞
黝黑的身子
沙沙作响
瀑布样的衣衫飘落崖底
你爱欢叫
你爱跳舞
今天
却让十趾深陷在皎洁的河源
那深红的乳晕
宣告着
起风了
瀑布滑到你的脚面上
一切都垂下了

你的身子是多么沉重啊
海潮从它的底层完整地向上翻动
我成了多雪的冬天
我成了山顶上升起的春天

你的电火
终于伸展开了
所有的空气都飘出发缕的红光
乌云
美丽地荫护了
无辜的土地

一片静默像雷声一样打在我的山丘上
水银泻地
光洁
沉
重
完美
一个果树林中走来的女孩子　女孩子　女孩子

你说我们要有个孩子就不会死了
我们有个孩子就不会死了是吗？

是谁让我们久久地絮语着絮语着
是谁告诉我们世界是从两个赤裸的年轻恋人开始的开始的
是谁让我们细心在火焰里撞击着痛惜着飞翔着
流着年轻的汗
当我们光着身子躺在合欢花上的时候
我知道那是你
这个手很柔软的女孩子
这个海里来的黝黑赤裸的女孩子

她是一定会诞生海洋的
你在我的心中
旋转着 清香馥郁的果树林

一禾
1984.6.27

你为什么又来着红去河里游泳？你真不注意，是我养成的坏习惯。好啦，祝你安全完愈。

我收到新疆的《绿风》，他们约我写诗，是杨牧的主编，据说杨牧为人还热情、豪爽，我也推荐几首刘军、陶宁的诗去。

刘扬又要来了，得招待他，林贤治托我给一个杭大的图书员，一个残废的自学青年问北大图书馆招考研究生的事，我这一周还替小宇值班，让他去玩好，总之，忙了点，写作还会坚持的。有位领导让小宇去给他写片子，要搭班，我没干，主要是编辑部不放，小宇出去休假，再加上创作假，会写好的，他特别不想留在《十月》了，我们谈了谈，我赞成他先走，如果可能的话，我过三年也走，虽然他一时还走不了，但我们谈得很认真，像两个男子汉。前些日汤世杰、黄尧、刘扬他们也劝我不要走，信上谈得挺恳切。这次，我想以后为小宇发上几个作品以后再走。

北京出版社和《十月》都不是用人的地方，它把我们抛荒了。总是这样我也不想卖命太久了，帮朋友们成了名，我就不干了。前几天，原来北大的张猛考上了生物系研究生，我、小宇、马真(一个北大的女孩)在新侨陪他吃了饭。我得给自己打算一下后半生。这是真的，以后生活方式会大变化，像老朱所说的，得写些有价值的东西。当然是在《白太阳》里就开始探索。

哦，不谈这个了。太书生气了。

回来我给你讲《血疑》，讲其他的事情。平安！珍重！

永远爱你的 一禾 又及

1984.7.18 夜[①]

① 这长达 12 页的信是骆一禾两三天内断续写的，因为要等到收到张玞的信后才能有寄出的地址。

我亲爱的小玞玞：

我的小冒失鬼，你写的长信因为超重，欠资4角8分，我收到通知去邮局取信已是28日了。但付清欠资以后，拿到两个信封，我心里是多么高兴啊！真的，为了得到你的消息，哪怕我再买五件游泳衣呢？

你大概已经上黄山了，我以为你已经变成了一只黄山特产的音乐鸟，得很久以后再来信了。

北京依然很炎热，天天下班以后就扒光了在冷水喷头下冲洗一番。顶了小宇的班以后，又忙着接待刘扬，连着三个星期没有休假了，人很累，但还坚持锻炼，东西写得很慢。读了你的信以后，我很懊丧，什么时候手段才不扰乱目的呢？而我没有梁寒[①]那样的坚硕和潇洒，我容易被扰乱，一看别人的眼睛我就不能不让自己被感动。就像雪清那么一看我，我就忘记了《老鹰》的歌词一样。老朱还是很喜欢小宇和雪清的，晚上在小宇、雪清走后，老朱说：雪清要分回合肥，这件事小宇太大意了，等老赵说小宇已经尽力挖到一个安徽名额时，老朱又骂分配制度。当然，雪清的性格不会让老朱像喜欢你那样对待她。你可以在我们大家身上找到一个哥哥的形象，也许我们大伙捆起来也比不上他一个人，忘记我们的缺点，把优点都集中起来，那是你的哥哥。所以，小玞玞，宽心一些吧，无论是什么样的不愉快，也别打扰了你的快乐。

如果我在无锡，我会用肩膀抵住围上来的人，像搂男孩子一样搂住你，一直走出去，到个卖小吃的地方坐下来，吃点什么商量着；

---

① 梁寒与王新建均是张玞同班同学，他们实习完了一起去南方旅行。

无锡的糖醋排骨是一道大众化的名菜。如果我是和你在苏州，我会和你坐在街头，让你的头枕在我腿上，露宿到天明；对王新建敲开浴室门我很赞许，但对其他人的抱怨我又深感人的耐心和耐力已然太差了。

我这几天去过你家两次，第一次去是你妈妈在，胖妹和西安小伟伟[①]在，我们黑着灯，吃着西瓜聊到 9 点半，谈了两个半小时，什么改革，昆明打仗，红楼梦，烟，西瓜，避暑山庄，旅行注意事项等。题目之多，都忘了。胖妹挺愿意听的，小伟伟也装得很像挣工资混世界的大人，你妈妈这次谈兴也好，等我出来以后，觉得出了一身汗。去之前给妹妹买了雪糕，冰淇淋蛋卷什么的，你妈这才告诫了一句："一禾，不要把妹妹宠娇气了！"气氛还挺好的，我想你听了会高兴的。第二次去是你爸回来了，你妈妈却出了差，你爸爸买机票晚了，26 号下午才回到家，你妈妈等了两天，26 号上午只好出差了，你爸爸正因为没能赶回家团聚而生闷气，抽着烟，见我来了，就吃西瓜和荔枝，聊高级宾馆和深圳，让我看他买的新电扇，样式很新，北京见不到的，电机的声音也轻极了，嗡嗡的，很均匀，可以变向变速，颜色也柔和，是绿的。他听说胖妹当天晚上会知道分数了，就绝口不提，心里很紧张的，于是爷儿俩就广州物价、电扇"交换了看法"，等我出来，你老爹情绪好些了，可我却非常地想起你来了。这就像一个阿拉伯故事，一个教徒和一个无神论者辩论了一夜，天亮时，教徒变成了无神论者，无神论者却变成了最热烈的教徒。

那天晚上我是走回家去的，人最怕的是孤寂，思念是人负荷孤寂时感到的重量，它使孤寂变形，但它的威力是瞬间的，在两个瞬间之间总有空白，那里只存在一声呻吟，有如不可跨越的深渊，需

---

① 张玦的表弟。

要有可爱的头发触在我肩上，有柔软的身体偎在我怀中。而能给我这些的人儿却远在他乡，我只有在渴念的气息中被笼罩着。

看到你在车上对梁寒谈起家里、哥哥[1]和你自己时，我他妈的像个娘们一样流起泪来。你别笑话我的软弱，我为你哭过，为电影上苦命的女孩子哭过，也为电影上冰峰抢险的老头子哭过，可不大为别人哭的。这一个月来，分离使我更了解你了，你想要改变我变得容易了，可在这同时，有些东西你再也别想改变了：我不为任何人所左右，却愿意为你哭上几次，尽管别人会问"他也哭吗?"你可告诉他"他哭得像我一样，不过比你的问话要伟大一点儿"。

啊，大雨后的安静，空气潮湿，小橡树举着不相称的大叶子。这时候，让我们慢慢回忆吧。小少女……我也很喜欢文化馆长的那句评语："有事业心而孩子气。"[2]庞德的《一个女孩》那首诗是为你写的。你不在的时候，我在《果树林》的题名下，一连给你写了九首诗。记得以前在学校，我给你写了一首很长的情诗，你曾经劝我说不要给你写诗了，是的，那样的诗我不会写了，可是现在的诗我却写了九首，你不是一首冷冷的诗使我感到美，而是一团火焰使我心脏激跳，使我焦灼……直到你有一天晚上说你为了说明爱情，忍不住让陶宁看了那首诗，我心里一下子不动了，一方面是只愿你一人看见，一方面是心慌，一方面又有些自心灵发出的感激。也许这次写给你的这首，是太不均衡了，像是长短失调了。不过，你回来，回来我要让你看见一个等在月台上的丈夫，让你看见你情人已经烧成了一团火。我的宽宽的河，我的果树林。你就会懂它为什么长了。照片上你真瘦了，脚上和大腿上的伤好了吗? 在杭州住

---

① 张玞还在娘胎里时，5 岁的哥哥因父母工作忙寄养在常熟乡下，不幸溺死，此次旅行听父亲的朋友和乡下的姑母都谈起过这段伤心的往事，因此在来信中诉说。

② 实习结束时馆长给张玞的评语。

到8月四五号是合适的，钱够用吗？缺钱的话给我来信，别找家里要了。那么你是不是到8月十五六号回来呢？我不催你，你要好好玩，除了当心安全，什么也别多牵挂。承蒙你上次来信特意问起小老二，这次又亲切地吻小老二同志，虽然现在天热，鸟儿叫得特别欢，喧闹得像魔鬼一样，不过你的关心也够度过几天，使我情绪平定些了。

你妹妹的成绩大约也得在8月初才知道，现在我们很谈得来，她大概不久要和爸爸去北戴河了。小宇从北戴河回来，走路都特别沉重，一副有家室牵挂的样子，雪清的爸爸妈妈从巢湖到北京来了，一场亲家相会，小宇眼睛被太阳和盐弄得红肿了，我在时就给他点眼药水，他说自己像只海龟似的，海龟一上岸就分泌眼泪冲去盐分。老赵现在晚上陪刘扬玩，因为刘扬就被我安插在那儿住了。老赵想离开高检院，但是还是只有走老李的路子，而这又似乎不大可能了。他因为接待我们给他过生日，所以又招致领导的不满，到机关告他的状，他只有在立交桥边往小汽车上吐口水，只吐到了一辆公交车上。旺子整日忙于节目①和小陈之间，我没空去看他。老熊神秘地失踪了，他屋里的灯光常熄，电话又不通，八一厂"兵"②的生活对他太不合适。总之天下乌鸦一般黑，就是要把我们这些老男孩儿变成大人。现在我还是8点半到，5点钟走，一礼拜托词溜出去半天，有电影就必看无疑。在这一周，到中山公园音乐堂去看了场美国电影《十字小溪》，是写一个女作家的，只要剪去其中的床上戏，完全是一部公演片，写田园生活的，挺恬和的，好像10月份上演。另外林金荣③送了一张票，演的是1962年的苏联片《红帆》，童话，女主角很甜，是那种一睡着了就没人忍心把她叫

① 柳家旺被分配到北京电视台新闻部工作。
② 熊国胜被分配到八一电影制片厂文学部工作。
③ 骆一禾同班女生，被分配到作家出版社做编辑。

醒的女孩儿，温存、爱幻想、喜欢花，总是微笑着，你回来后正赶上它公演。片子结尾处说：如果有奇迹的话，奇迹是自己创造的，如果有人终身等待幸福，那就用你的手让她的幻想满足吧，这就是你的幸福。

是这样的。

你可以在外面多吃些吃食，买东西还会有机会的。江南的菜肴和小吃都令人眷恋，而那边的精米稀饭，拌藕片，小萝卜干，莼菜汤，冷饮和小馄饨都很不得了，不像北京的小吃让人发腻，而是新鲜亮脆，可口极了的。你钱不够的话来信，我会把信和钱寄到上海去的。看到你讲起南方小吃时，我的嗓子就是一阵紧忙，嗨，以后结婚了一定要下江南；不过别紧张，我们也可以下江南而晚结婚是吧！

这时候觉得世界真大，写信要走那么多天。

吻你，搂抱你，亲你走了那远路的小脚丫儿。祝你往下走得更好！平安康健！

永远爱你的　一禾

1984.7.28 下午

玞玞：

你从黄山上还舍得下来吗？我想你大概早已变成了一只音乐鸟，嘀咕嘀咕，在群山和云海中迷醉了。你心情好些了吗？不是有什么事没告诉我吧？

我在北京努力找各种消遣，把刘扬和老汤捎来的烟分送给老赵和小宇了，小宇的那帮北航兄弟不知道他去北戴河、拐着雪清的事，整天把他当个单身汉或即将成为单身汉的对待，所以烟的耗量特别大，还打赌买西瓜什么的。老朱那儿我还没去，他老说他藏有白酒，准备以此为饵，让我们破费，而我只有几毛零花钱了，有一张 10 元的钱，我准备着，万一有客人，有同学什么的还得用。

你在黄山上，可能没看成洛杉矶奥运会开幕式吧！挺棒的。有一段是放美国历史名曲，好多美国大中学生扮成西部移民，在草地上一阵乱舞，各人跳各人的，高兴怎么跳就怎么跳，把腿踢跶得高高的。还有 84 架钢琴由美国钢琴家弹奏格什温的《蓝色狂想曲》。袒胸露臂，白纱透出三角内裤的女孩子跳现代舞蹈，这都是美国人民的做法。

点奥运会火炬的是黑人，在萨马兰奇向尤伯罗思致谢，感谢他带领美国奥委会的工作时，这个 39 岁的王八蛋露出了美国佬那种坏笑，而所有举英文标牌带队入场的美国女孩儿也都迈着有点夸张的美国步子，脚抬得特别高，神气活现的。白衣白帽的美国大学合唱队唱起奥运会歌的时候，那大合唱特别感染人，还有个女歌星，拿着话筒唱歌的那种流行歌星在会上唱世界大联合携起手的歌子。

那形式还是很有号召力的，大场面，很排场。

我说，你还记得《血疑》吗？幸子也是AB型血，她自己介绍自己血型时说：这种人脑子聪明，活泼，敏感，也容易性格分裂，走极端。玞玞，这样我看幸子的时候，就有几分亲切了，她爸爸大岛是AB型，妈妈敏江是O型，这又很像我们俩的血型，不过我是O型，你是AB型，挺好玩的。总之，我在想办法让自己找点消遣，以免老想你，让你牵挂着家里玩不好。你玩好了啊！只要平安康健，任性点没关系的。

啊，天真热啊，我光着身子趴在床上给你写信，这么一会就全身上下蒙了一层细汗珠，刚用冷水冲过身子的。虽然几周来坚持洗冷水，有点闹肚子，不过还是适应了，就像在137时，一盆水浇到底，非常地让人清醒。

我看了一篇文章，从英、俄、德文指出，恩格斯从未在《致玛·哈克奈斯的信》中给"现实主义"下过定义。现在所有的文艺理论奉之为定义，纯属当年误译原文，不忠实地采用了定义语气所致。这是一个值得注意的消息。我读《歌德谈话录》时，也从我的角度发现了这方面的问题。

玞玞，这次我特别感谢你上封信里，给我提了一个真正是朋友、妻子、妹妹、小妈妈式的意见，它很中肯，就像你希望我手上长茧而不是坐到垂老一样。玞玞，我要勤奋写出各方面的书来，就像一个能干的小伙子，也过好现实生活，给自己找到独立的生活方式和乐趣，这样，你就可以飞得轻盈了，我的红舞星！当然，最大的乐趣还是我们两个共享的。我想，我会永远记住你这次劝告的，你放心，我不会让手段把我淹没。当然，一个人不应当错过生活转机的年头，一个人能抓住多少时机，往往不是他一个人能决定的，但是我将左右我的命运，在我未能抓住它时，我也需要你的谅解。不管你怎么说，你是懂得我需要你诚实的眼睛，你温暖的手的。但这不是负担，不是每时每刻的任务。我们诚心共生死，就不必拘束了。

你想干什么就干吧，亲亲你感谢的朋友，去你想去的泰山，还有以后的生活……

分别使我懂得了该怎么在一起生活，我很相信你。认识你这个任性、激情、对世界有些荒唐的女孩子，成为精神和生活上的朋友，我是终生难忘的。原来我不会写真正的爱情，只是描写了一些幻象，整个说来，我通过你理解了爱，感受了你，就像整个人浸泅在空气里一样。

在这信上，我整个地拥抱你！爱你！

永远爱你的，你诚挚的伙伴　一禾

1984.7.29 夜

玦玦：

我的果树林，我的小皇后。

由于来了校样，我的信只好不写太长了。先拣重要的说吧。

好消息，妹妹的考分是586分，与我580—600分的估计差不多。除数学考分为78分外，其余的都在93分以上，这样，她的成绩是不错的，她们学校数学最高分为84分，全北京数学及格率为8%，可以设想她一定上得了大学了，清华大学可能也会跨进去，只等分数线下来就清楚了。让我们祝她上清华吧！

你寄来的所有信，明信片，两个包都收到了，猪肉脯已经送去了，可能只差一两天。衣服我晒过了，包起来放在我这儿了。不知你是否要我送去你家，我想等你回来带回家较好。

去泰山是好主意，因为在泰山是唯一可以看见海、有高山的地方，这在中国其他地方是看不到的。你要注意安排下时间，别太匆忙。可买京沪线车票，在泰安中途下车，在火车站签一下票，停留两天，等游山以后，可以再乘两天后的本次列车，只是座位没有了，你挤个座位吧。别的我就不说了，多保重。回来时来电，我去车站接你。

为旅行方便，寄上30元，你不要给我买衣服了，买件夏天短袖就行了，不要西装短袖，要个运动衫，毛巾衫式的。因为130元要去那么多地方还是紧张的。

我的诗已经选进《中国当代大学生诗选》里，现在已送出版社终审付印。那个集子是徐敬亚的后代们搞的，可能排外性很强，所以也不指望它会选我几首。

玦玦，我相信你的情感倾向，我不愿意做“诗人”，而是要做个真正的小伙子。你提到光夫，我想我是能行的。我以后也不哭了，为了让你永远这么小，这么让人爱，我得长大了。

以后等你回来，我们要去请妹妹在莫斯科餐厅吃饭，你得先休息一周，然后我们再欢会一下，我们要谈谈《红帆》，也许文化部主办的英国电影回顾展也开始了，我们《十月》有票，你可以去看，回来给我讲。你会胖起来的，你瘦得太厉害了不行，你的魅力需要你胖一点，哈哈，我这么威胁你，你在外也尽量吃些东西吧，别让自己太受苦了。

陶宁和雪汉青来了信，陶宁很可怜地为自己写不出诗来而苦恼，她想："我是不是因为本不会写诗，就返璞归真了？"——我看她的诗从此要技艺大进了，因为我也有过这种感觉。她特别想念你，像一只等人喂她的小鸟儿。等你回来我请你看她们的信。等会儿我要校对，对完了给她们写信，她们对你表示嫉妒，说我一收到你的信就不给她们写信了。——玞玞，我此刻是多么地爱你啊，是你给了我活人的气息。

我很喜欢你在谈到山顶上见到大自然的旷观时，所表述的那种自然美，那种节奏。你完全对了。

在这个被工具理性简化得过分清楚的世界上，人们凭借习惯而不是凭着本能去认识世界。所以他们不懂得混浊的生命所具有的人性是多么动人。人们习惯于山石形象的简单比喻而不能领会造化的神秀，人们执着于定律而不懂得命运，他们推崇道德、责任而忘记了爱情和需求。真的，当你体味初恋、青春、冲动、梦、节奏、自由、幸福、想象等事项时，你会发现它们揭示的生活中的生命活力及内涵远远比纲常、婚姻法、定理、军规、道路、逻辑、教科书所揭示的要多。对于后者的不正常的注意（形式化）歪曲了世界感受。人们习惯于相信白天的行为是正常的、连续的，所以就把梦看作是随意的、片断的，但是难道不可以设想梦也可以是连续的、有根本的内在感受的吗？——想象力创造了多少全人类生存的依托啊：希腊雕塑，中国青铜器，古诗，甚至相对论原理。而人们又怎样依靠想象而生活啊，比如，牢中的囚徒和等待红帆的姑娘。

节奏恰恰是隐没在山光水色后面的世界感受，当永恒的大自然以无限延长的自由休止映照出人类历史匆忙的脚步时，这时，我们开始从这恒久中发现了生命的兴衰更替，体认了自身生命的律动，节奏产生于人对自身的体认。当叶塞尼娅面对黄昏时，她说"这黄昏使人忧伤，总有什么东西在死亡"，她实际上表述了一种节奏。

当你体察了节奏时，你就逼近了世界的心脏，这时具体代替了形象，直觉代替了直观，表现代替了模仿。在这时，你进入了更深的层次，那里也许比直观模仿的形象更虚无或浑然一体，但是，你不是按别人的规定去费力地辨认外界和习俗造成的既定事实，不是为了和别人一样而说服自己；你正在一阵阵地战栗、发热和叹息，在一阵阵静默的火流中体会到从体内生出的发现，你是在经历自身产生出感情，滋长自己的智慧和能力，把自己渗透在那世界中的人格发展过程。就像性使人触到了爱欲一样，这种发现和体认使人确认了自己的实在性。这是人在心里的初恋，就像一个少年突然觉察到自己具有了爱情和生殖力时一样，我们证实了自己是活力，是生命，是产生需要也被人需要的，是可以把自己生长起来的，于是，我存在了。

真的，玦玦，我此时已经历着你在黄山上所感到的那种节奏。我对你的情义也是出于我刚才说的那些，当然它与千丝细节密不可分，也最后生长出一个金苹果，一个总的感受。我在有你之前只不过是用一种技术手段（写诗、打球、读书、割麦子、乘电车、游泳……）把自己固定起来而已，但我却没有我自身的实在性，你想念我了，需要我了，这时我发现我需要你，发现了我的爱情，我的能力。我通过你知道了我的深度有多少,我活了,是一条生命,我存在了,我有欲望,有进取心,有一定的引力,有能力给她以同等感触了……这大概是我哭的根本原因,一种感受的得到,是不容易的,不知多久才能碰上一次,它是命运的赐予,是生命的结晶。我不会为平庸而流泪,一种景观,一种节奏,一种青春游荡使我怆然了,一个对世界说来太激情、太荒唐的女孩子,在展示自己的历程,使一个爱她的人感到生活的美好和重负。我以后不会哭了,但你谅解我吧,不是我为平庸而下泪。天才的激情者和反叛者拜伦说:

> 我爱你
> 你是一团光,是燃烧的情愫,是一团不能忘却的痛惜。

这最后一句诗,我和老朱聊起来时,都同样地激赏。现在,我抄给你这句拜伦的诗,感激你对我心的领会。

这些天北京热多了,穿短裤的姑娘们多了,不过当她们迈动着长长的双腿走过大街时,还是引人注目的,所有目光都像钉子一样,扎在她们的洁白肌肤上。真要命!可是她们会越来越多的。

8 月 2 日陪小伟伟去了长城,玩得很好。我由于坚持每天骑车,洗冷水浴和练健美,这次上长城很轻松,不大气喘的,腿部也不大酸痛。我身体还好,你放心,在外面安心玩。我和小老二都谈好了,在女主人回来之前,我会把他管得紧紧的。

虽然咱们的鸟儿还时常一夜欢叫,可是我还是很安心的。你在外要注意来红期间的卫生,大约你在黄山见红是正常周期内的事。但是用白药把血憋回去的做法是不好的,会引起失调的。总之你对这件事总是马马虎虎,非常的不女道主义,这种不需要的要强是我不喜欢的。

总之,我们都会过好最后 17 天的,我爱你,离别让我学会了怎样在一起生活。我等待着你回来,非常想非常想!

紧紧地拥抱你,吻你一百下。

永远爱你的　一禾

1984.8.4

亲爱的Bonny：

你好。读书读得好吗？要考试的。

今天我去领了工资，领到钱以后留了我需用的钱，还有“何叔叔”的工资也代之收藏。

那天看的电影《雇佣工》很好，是写一个近于《查泰莱夫人的情人》的故事，只不过一切都以悲剧结束，光身子的戏也不多罢了。威莱夫人是个精神受打击的少妇，因为她丈夫死了，医生让她出院，在正常人当中生活，增加社交和信心。但威莱夫人总是特别迟钝，怕见人，往咖啡里加糖也要想半天，她的模样有点像简爱，只是脸圆圆的，眼睛更大些，像个孩子，头发留得很低，盖住额角，分向两边，露出一片很光洁的前额。她总是请一个司机驾着车，带她四处出游，司机是个退伍的军士长，在香港得过拳击冠军，臂上刻着龙。有一次下着雨，他带她到雨湿的青草如茵的乡间去，后来他们到一片威莱太太新婚时来过的田野上，在青草中有一幅好几十米长的大岩画，画的是一匹白马，他们玩得很高兴，以至于威莱夫人总对人提起司机，要他帮着搬家，管家，并且高兴地要求让她给他参办的拳击学校献个奖杯。司机很愿意陪她玩，因为夫人爱听，他就胡诌自己的女朋友、孩子、花朵等。活力渐渐回到威莱夫人身上，有一天晚上她脱光了身子洗澡，洗着洗着吹起了口哨，在镜子前照着身体。后来司机请她去参加奖杯捐献仪式，她穿了一身棕色的、司机喜欢的裙子去。这时，因为和情妇睡觉而晚到了的昆特伯爵到了会场，他是个瘦高的，前额很宽，眼睛很圆，努力漂亮地睁着，而上嘴唇很短的男人，生得唇红齿白，但是很短的上唇给他一种猥琐的样子，全身光彩照人，但透着一股子浮华和维持下去的潇洒。他很快同威莱夫人谈上了话，而且很随便地把手放在她肩上，用各种言谈和美酒吸引她。司机悄悄离开了，他一直暗暗爱着威莱夫人，他发现昆特一面赶走情妇又一面忍不住和情妇睡觉，他很难过，于是到威莱夫人家去，说他要走了，要卖掉车行，因为维持不下去了，他不知为什么又撒谎谈起了孩子、女朋友……夫人没懂他，当初她处在抑郁中时，那种女人的直觉现在没有了，她非常想帮朋友，就给了他 400 英镑，司机很难过地出去了。到晚上，司机喝得大醉，开车来了。楼上，威莱夫人和昆特伯爵决定明天结婚，夫人的脸因为酒和探戈舞而酡红了，只穿了件很薄的，露着后背和前胸的睡衣和昆特跳舞，司机就上去骂了昆特一顿，打了他一拳。威莱夫人马上拦住他说他们就要结婚了，请他走开。司机立刻酒醒了，咕哝了一句："原来是这样！"就下楼去了。昆特卑琐地坐在沙发一端，不再卖弄他的男性魅力了，威莱夫人坐在沙发另一端，喝着威士忌冰块，炉火金黄，她好像明白了什么，但又无力走回那美好的当初去了，她想啊想啊……司机对她说："你不只是一个夫人，我也不只是个军士长，我的手会干活，我也是个男人，你也是个女人，对吗？"这时，司机开着车，拼命地一次又一次地闯着一座楼的山墙，车起火了，他醉着唱道：这个城市有很多很多条路，我的路却又软又荒凉又漫长，人们都醒了，从窗上看着他顽强而绝望地把车反复撞着墙。

片子获得 1973 年戛纳电影节大奖，因为它提示了这样一个悲惨的人的面目：在人和人之间隔了很多东西，当人复苏之时，首先复活的是爱、人性，但生长起来的却又是那些隔开了人的东西：等级的生命力竟然如此深入人的意识，以至于它可以扼杀了爱。威莱夫人已疯了一回，因为她失去了爱，而当她新生之时，却又生活在等级之中了，又失去了爱。

《将军们的夜晚》就比较可怕些了，有个德国将军冈斯因为杀人太多，得了杀人狂病，每过一段就要亲手去杀掉一个妓女，把她切碎。他有个司机兼勤务兵，小伙子因为不愿打仗，所以逃跑了，却阴差阳错地被说成一人杀了40个俄国兵而得到奖章，他留在了司令部，和另一个将军的女儿好了，他很瘦，个子不高，是个音乐学院的钢琴学生，可是女孩子一沾他的身体就喜欢上他了。他逢场作戏，这次和将军的女儿一起上了床，两个在床上压着，翻着，女孩子喘着气叫"你真好"，从此产生了爱情，思想也一致。后来这个女孩子去看他，他刚要脱衣服骑上去，电话就响了，那个冈斯将军就是虐待他，非让他去将军屋里睡，后来杀了妓女，并把赃栽到他身上。这对青年直到战后才结了婚，都老了，12年后作证，抓住了冈斯将军。描写那种杀人狂兼虐待狂的气势很让人难以忍受，看了以后很不舒服。

玞玞，我亲爱的。我是非常爱你的，生活越继续下去，我就越感到你的身心笑貌悄悄地深入了我的全部，一切都和初恋时那么清新，但一切又比那时更亲切。老朱说我不懂也要装懂，那是他白活了，我想起他自鸣得意的样子就想笑，唉，这个聪明的笨蛋。我们中秋节去，约好大家去玩好吗？

这一段你一定辛苦了，鼓起劲儿吧。我们很可能遇不到公道，但我们的运气和努力总是比较值得我们骄傲的，这是我们得以引为荣耀的。"你看那野地里的百合花，也不种也不收，却比所罗门的紫袍更珍贵。"我们靠的是我们自己。

啊，你好吗？我亲爱的，让我抱起你，把你轻轻地放在松软的大床上，让软和的枕头托着你美丽的大眼睛、黑头发和水灵灵的皮肤。看沈从文的《阿黑小史》也是怪有趣的，不禁想起你的身子和散发着新鲜气息的心房，你像海，亲爱的。尽管海已经被写过很多次了，但你的海却永远清新。

吻你，抱你！

永远爱你的　一禾

1984.9.4 夜

玞玞：

你好。我知道你挺好的，不过还是高兴收到我的信的吧？机关里发了一只鸡和两包牛肉，害得我老有骑车带人的感觉，终于在新华街撞了一个身板儿结实的工人阶级。

昨天5点半我骑车到了门口，很想再骑上一段就到你家了，我觉得有一种感应，不知不觉夕阳西下，天色无谓地黑了又白，电车缆线抖着电火花，像公主的发辫一样夺目。

读完了《GEB——一条永恒的金带》，还读了一篇希腊小说《海鸥》，一对光着身子的青年游上看守灯塔老人的岛，因为他们的朋友射死了老人养的海鸥，老人给他们起了两个儿子的名字，三个人一起生活了一天，青年人又游走了，好像白昼离开了黑夜，老人看着他们的身影。怪圈似乎是存在于一切终极点上的，这里的老人，他的生活不也是周而复始的吗？这个怪圈是有趣的，但倘若它落在了人的身上，却又是多么机械啊。

现在，在编辑部里，好像也充满了怪圈似的。可能是生活太悠闲了，他们总有太多的精力纠缠人事、聊天。我们总编苏予请我27日去她家里吃晚饭，我总觉得很踌躇，误把我当成接班人处理可怎么好？主要是中年一帮人的习气让人受用不起，否则也不是不想久留的。我咕噜咕噜地读读外文吧。

这一年我们的调资问题已经提出来了，管它呢，等吧，反正调为正式56元也就是这几个月的事了。想想这么混也没有味道的。这些年我想还是努力考研究生，发表东西的好，总的来说，这是个需要发奋和赶上的时刻，至少在学历形式上。这就是所谓丈夫当自立的意识吧。闹了几百年，苏老泉27岁发愤读书的奇传也就不过如此尔尔。只不过年代久远了，大家都看得很稀奇吧。我倒是更喜欢陆游缅怀唐婉时那种“红酥手，黄縢酒，满城春色宫墙柳”的思绪，“曾是惊鸿照影来”的意趣，怕是人生不再的。

现在我把时间分成读理论，读英语，读小说和杂书的几段。没看的书太多了，太让人着急，可是现在想想，得压住读译著的心情，不管有多么好的译著，也得先拿下英文阅读和写作这一关才行。考研究生，换换环境也是相当不容易的，该动动地方了。

你来了电话，然后我去找你，夜晚的空气在我心中总比早晨的要清新；我想，在电话里，你的语气让我很想去找你，我太想了，于是就去了，而且我觉得你也会高兴短短地见到一面的。这是多么好啊，发现感情也可以浓缩在一段时间里。据说压缩饼干很难吃，不到饿得将死，人们是不屑去吃它的。不过感情不会这样的，因为我们的时间是那么少，任务又那么多，短暂的会面是好的。事情发展下去，我愿意冬夜坐在饭桌边，请你吃上一顿饭，我们柔柔地说说话，然后送你去读书。真的，有这样一面也就行了。勺园的布丁爽口而洁净，日光灯照着你，这不也就是最大的乐趣了吗？努力吧，玞玞，一定能考上的。

你到我家来，我到你宿舍去了。我们好像不止一次这么互相寻找了吧……我记得有一次约会在四道口，我迟到了，你四处骑车找我，而我也在找你，当你见我时，用戴手套的软和的手一蒙眼就哭了。

漫漫长夜，我感谢我们的相逢。

1984.9.25

天亮了，你脸色憔悴，在我的面前，把你从睡梦中叫起，那一定是不舒服的吧？该给你自己买些水果、糕点吃了，你身体近来不大好。我对你说，布料这回不买了，皮鞋也不买了，以后有机会的，这次你一定得听我的，不然我会很愤怒的，玞玞。

我爱你，巴望你身体好起来，吃东西要好一些！这几天别太累着了，正是接近身体恢复、调节的日子，这会儿得好好调养，穿暖和盖暖。

听说你读书顺利，我很高兴。

热烈地想你！

永远爱你的　一禾

1984.9.26

玞玞：

你好。天啊！罗素的《心的分析》真是一本晦暗不明的书，读起来让人觉得很难记住。它不接受我的感觉，把我从书的深处推出来，我只有让我自己上信纸了，飘荡到你的目光里。

下雨了，淅淅沥沥，我听着它沙沙地响，这时候在街上骑车让人很舒服，没有人，路面润滑，灯光闪烁，都市呈现着一种哀怜的美，有些华贵，有些楚楚可人。我打着伞，在街上走了走，那些骑车的人匆匆地驶过，雨帽和身影都水淋淋的，看去好像威尔斯写的《隐形人》：一到雨天，空气中就由水汽勾出一个银灰色的人体轮廓。

白天，阿姨到我屋里来擦玻璃板，她看着山口百惠的照片说：她现在在中国好好的吧？我告诉她百惠是日本人，她说日本人现在怎么都那么好了？我笑了，对这个在枪子前面逃过难的老人讲：大概是因为日本解放了吧……她问我，百惠好看得很是不是？我说：她没有张玞好看……

今天读了契诃夫的一个短篇：《美女》，是他 1888 年写的。看过以后，令人难忘，尤其是对其中一个女孩子的描写："她的美丽的全部奥妙和魅力，正是包含在这些不间断的微小动作之中——微笑，面部表情，对我们迅速投射过来的目光；全在于这些动作与她的年轻、活泼结合在一起，与她表现在说笑之中的心地纯洁和娇嫩结合在一起。这种经常表现在儿童、小鸟、小鹿和幼树之中的纤细、娇嫩，我们是非常喜爱的。"

记得我在一个黄昏，一个无人的星期天，在看你裸着身子洗澡，那时我看到你低下头去，用洗澡巾搭上后背，你玲珑的脊骨，小小地凸现出几节，浮动在你的后背上，突然我也被你打中了，而且打伤了。

契诃夫说："她的美丽愈是频繁地闪现在我的面前，我的忧伤便愈加强烈，我既可怜自己，也可怜她和那个乌克兰人。每当她穿过麦壳堆朝大车跑去时，那乌克兰人都用忧伤的目光看着她，这是不是我对她美丽的嫉妒呢？也许是我的一种遗憾……也许是我模模糊糊地感到：她罕有的美丽是偶然的，无用的，像世界上任何一种东西一样，是不能持久的。也许我的这种忧伤，是在看到真正美的时候，人们心上往往容易产生的一种特殊感情。只有上帝知道！"

我为什么常常要叮嘱你穿暖些，吃好些呢？我也很怕听你的电话，因为电话只能带给我你的声音，而这声音是很快就要离去的。我简直不知道该说些什么，当时你从扬州来电话，我真想请你不要在三分钟里把话说完，我真想听。

一个女孩子，亲爱的，你为什么是个女孩子呢？为什么要有女孩子呢？

这个问题好像越来越深地打动着我，我很爱你。

也许会出什么事吧？雨下个不停。你又来了电话，那么短，因为边上有个有急事的人，因为你不断地吃着水果，一切都变得短暂、飘忽，恍若天上人间。莫名其妙的，我有些恨起雨来，恨起不知道哪个人……我等这个电话等了很久了，我满心喜悦地想听听你的声音，但是它没有了。

很远的地方有滚得很慢的咕噜声，不知是不是雷，它咬着这个世界，这有些楚楚的城市。雨啊，你为什么下个不停？

上帝保佑你，你感到幸福吗？

我发现我是很蠢的，这将是一个以价值判断的年月了，而我却还是在烧着感情，烧着袒露的实在性，譬若一段点于长昼之中的烛炬,耗的是纯粹的自己。明天我就要去看你,我知道明天我是一定要去的,我不想束缚我的意愿了,要看到你,看到你吃着饭和菜。电话是让人不安的,好像麦田上空黢黑的春阴,漫漫而来,我明天一定要去的。在电话里听到你变得不爱说话了,我感到我很想见到你,分享你的一切,对我说说吧,你怎么了?

天空高大而空旷。

我爱你,你多么美啊,而这一段你让我心痛,你劳顿、不安,该睡了,明天醒来,我会去找你的。现在我也是多么地渴望呵,不知道你怎么了,你第一次不说:"是一禾吗?"用那种高兴的声调,你好像克制得很,我是一定要见你的。

只要等到明天,雨……

原谅我,我的心情在后半截信里很沉重,一下子变了,不知怎么就提不住那种"不去想念"的思绪了。

要见到你,实实在在的,不管怎么样,要实实在在地看到你,这就比什么都好了。

永远爱你的　一禾

1984.9.27 夜

玦玦：

你好，先谈谈种种关于温庭筠的看法吧。韦庄的词我看过，但是并不很熟，对温庭筠的词我有过些想法。这篇文字的想法是当初读叶嘉莹的《迦陵论词丛稿》中起来的。

叶嘉莹提出的基本观点是，温庭筠的词（以《小重山》《鹧鸪天》几首纯写慵懒美人梳妆的词为例子）是纯粹观相的，韦庄的词是观照的，李煜的词是观情的。

这里需要对观相、观照与观情作一个简单的分析。温庭筠的词，在叶先生（女士）看来，好像一面“画屏金鹧鸪”的屏风，从句子上分析，画屏上画着“金鹧鸪”是注意力的中心，这里是一幅静态的画面，是金鹧鸪这个形象。温庭筠又写“小山重叠金明灭”，注意力的中心是头发梳成小山式的高髻，金钗在闪闪发光，注意的中心仍然是样式、色彩等静止的画面。“观相”这个概念意味着，客观的物态，呈示出静止的画面，于是人周围的环境（即外在世界的）直观形象，世界最肤浅的表皮，拥挤在温庭筠的词里，这个世界是物质的、冷的、硬硬的，没有更多的暗示、象征、引喻的，是一个精美的平面，是一个屏风，它的前面没有东西，后面也没有东西。而韦庄的观照，则是站在这个世界的外面，注视着这个世界，描写这个世界在他心中引起的刺激，这里有一种心物的交往，但是领路的是外在世界，心是被动的，它是一种透视，可以看见屏风后面的窗子及窗外的景色，并且被它所感动，词人有许多微微的颤抖，但他不想动，不想改变什么，不想推倒或挪动屏风。在李煜那里，“问君能有几多愁，恰似一江春水向东流。”主观上的感情已经冲入江流，一切江水无非是愁绪而已，所以叶嘉莹称他是最纯情的词人。

叶嘉莹对温庭筠的评价是不高的。但是从温、韦、李三家的艺术观上看，无非是说：温庭筠是拼贴画，是静物写生；韦庄是水墨画；而李煜是江流，是节奏，是诗里的音乐。我认为，说这是三种艺术表现手法，三种艺术观，没有高低的比较，是一句不当的空话。从你我黄山通信里，你产生了一个精到的艺术观：诗得天籁，诗为一团纯情，这是最高的艺术境界，我们以后展开这个观点，这足以说明李煜在三人之中是最高的艺术体现者。但叶嘉莹对于温、韦的评价却有一种严格说来的艺术偏见，叶女士主张诗有兴发感动，所以对于客观摹拟的、观相的词人温庭筠未免有所偏废。

试从对待世界的观念看，温庭筠是对外在世界、生身环境采取了同化态度的，他接受了晚唐的社会风气，是它的体现者，最集中地沉浸于那样的时代氛围里，晚唐时代的气氛和艺术流变、封建士子的心理特点以温庭筠为最集中的体现者。韦庄则是规避外在世界，成为自己对面世界的奴隶。被它所刺激所拖曳的士人韦庄，存在着沉于封建正统观念中、掩饰自己面目和兴发感动的不清不楚之处。

对温庭筠的评价，需要我们仔细地做一些研究，国内文学史教科书，往往从温庭筠几首美人词的征引中，导出温庭筠是一个脂粉香迷的词人的观点，认为他所写的美人辞章，典型地反映了封建士大夫的玩弄女性的心理。于是，封建士大夫的声色犬马，五代词风的矫揉靡丽，时代末期的颓废无行，都集中于这个失意才子的身上了。

是的，温庭筠绝不是一个伟大的词人，也不是一个有太多效法价值的词人，在战乱频仍、生灵涂炭的年代，他是一个漂流者，任那个风尚把他带到随便什么地方，他没有李白的高傲，远远没有杜甫的坚贞博大，也没有王维的清淡，他的词中有一种对富丽的艳羡和无可奈何的奢华。他不敢对世界高喊“安能摧眉折腰事权贵”“吾将上下而求索”，体会不到“玉垒浮云变古今”和“国破山河在，城春草木深”。有一则关于温庭筠的传说讲：当朝宰相要写一首咏花的短诗，但是才力不足，深苦于不能讨好皇帝，于是请了温庭筠写作代笔，诗成之后，拿来一看，觉得此人的才力和见识都高于自己，于是把诗献上，回过手来杀掉了温庭筠，埋在后花园里，那里长出一丛花来。——野史闲闻每在史迹上不能真实，但却往往反映了主角的性格和命运。温庭筠生在一个上层有脂粉气、血腥气但没有泥土气和活人气息的环境里，这也是一个下层有尸骨存血海而没有幸福的环境。身处大衰退之中，经历着压抑的现实，但他没有匡世之才和创造能力，所有的只是小人物的求生欲望和对于氛围的敏感，时代以他为牺牲和不光彩的见证。于是他写了，而且沉浸在既成事实之中，他是一只寒号鸟，即使在美丽之时，也低语着“得过且过”……

温庭筠的感受就是晚唐士人的感受，他所剩的辞章里，听不到“我爱天下人”“大庇天下寒士皆欢颜”“使寰区大定，海县清一”的声音了，他于是写了一批又一批的美人，每一篇都眷恋地写下了这些美艳的个体，他最好的词章里，社稷没有了，盛世没有了，大好河山没有了，尸骨没有了，轰轰烈烈的人物没有了，只有蜗居和一些慵倦、美丽、于人无伤的个人，一些有弹性而没有热量的女子。人被剥成了软体动物，也就无所欺骗了。温庭筠的哀婉流动在画栏间、绣帘间、个人间，这哀婉不能更大了，但也不能再小了，说它有更大的意义那是后人的偏爱，说它更小却也是后人的偏废。这本是一个毫无轰烈可言的末世，像韦庄的《秦妇吟》那样述说苦难又咒骂挣扎走险的流民为寇盗、掩盖着王朝的腐败，寄望于统治者的中兴，实质上已经是欺骗、是谎言了。温庭筠有种种的不可取，他把人拉到了最低的一点：活着，无为的苦闷，慵懒的美人。可是他不再说什么在这里有更高的一点，因为那是没有的，这里是零度的蜗居。他不以早期李煜的“颠鸾倒凤”“被翻红浪”“笑向檀郎唾”“巫山云雨”等来迷惑于人，升平的假象，刺激感官的假象，苦难得以上达和缓解中兴的假象，在温庭筠观相的客观画面中，没有被着力的渲染。从文学的角度看，历来社会的中层，是这个社会的敏感区域，中层的败落、颓唐、无味，几乎可以判定该社会的解体，温庭筠正是触及了这个中层，在他的辞章里，只有软体的个人，生存无意义的最低点，作为晚唐的展示者，温庭筠是典型的，温庭筠的认识价值要高于韦庄，这是不能以客观相之说加以贬抑的。这里谈不到脂粉香迷和士大夫的玩弄心理，他这簇后园里无意义的花朵，清醒而认命地随波逐流，被人生杀予夺，可是“画屏金鹧鸪”的时代，已经前面没有什么，后面也没有什么了，这倒不失为一种真相。温庭筠对于仅剩下的个人，美人再也不说什么了，他哀婉，说她们“过尽千帆皆不是，斜晖脉脉水悠悠”，对这些无为而无害的待屠宰的生命，他也不加挞伐，并不抽刀向更弱者，见狼便呈羊相，见羊便显兽相，又谈何玩弄心理的代表呢？

另外，可以参为佐证的是中国文人以诗为正宗的传统。在唐末五代仍然是一个很重诗歌的时期，直至宋词大兴的时刻，女词人李清照也还认为“词别是一家”，她这个幽怨的女词人，在诗中却写下了“生当作人杰，死亦为鬼雄，至今思项羽，不肯过江东”的言志之作。这种诗的志向与她的辞章大相径庭，判若两人，可见上述观念对她创作的拘牵引导作用之大！纵观南北两宋，诗歌成就远远低于唐诗，也不足与宋词成就相比，原因在于宋诗作家们坚持不懈地写了大量质木无文的诗章，何以满目如此，几无幸免？诗为正宗的言志作用，当是一个重要的根源。诗、词分为二致，诗为正宗的现象，在温庭筠的身上是一目了然的。他写了大量诗作，其中很多写到汉宫秋、昭陵柏、武侯祠、苏武墓的诗章，感情是颇为苍凉，不乏浑厚的。他还歌颂了“宝剑黯如水，微红湿余血。白马夜频惊，三更霸陵雪。”的侠客。在特定的情绪中,侠客是打抱不平,使小人物得到公道的理想英雄,温庭筠歌颂侠客,心中的块垒郁愤便可见端倪了。对于唐末五代的词人温庭筠的评价,不顾及他的诗作,在批评的方法和角度上,不能不说是一个失着。诗词二致,而诗为正宗的观念(观念对中国文人的影响之强大,可以从大量的“祖述先圣”的训诂集释注疏评点之中看出),是唐末五代乃至后来一个值得深究的文学现象,忽视于此而写下的文学史的评价,往往是不真实的。

德国哲学家康德在《判断力批判》中谈到美,认为美有不介入功利,不以快感为主要成分,不起价值判断(真伪善恶等),不与人的实践活动发生直截了当的因果关系的性质。这种观点把这种美称之为理想的美或纯粹的美。观点得到克罗齐直觉美学和文艺心理学者的继承,叶嘉莹的三诗人比较里,就包含着这种观点的某些看法。克罗齐的美学里有三个范畴是我们探讨过的,即直觉、表现、心灵活动,他把三个范畴看作是一个整体在三个层次上的不同叫法,在文艺心理学上用了三个对应的范围来讲,即观照、内摹仿、移情(大略言之),直觉或观照是指把审美对象的形态、样式、色彩当作孤立的相来看,不起联系地作为孤立的(不意识到联系)意象来看待、欣赏,由这种形相的观照而起一种力的体察和身体肌肉的内幕仿,最后移情,把主观世界的激动和力的样式注入对象中去。叶女士把温庭筠的创作比作“画屏金鹧鸪”,认为是客观事象的外相的摹写组合,是突出了观照或直观的特点;在韦庄的词里,则突出了内摹仿的、被观照对象引起自身的力的样态的捕捉、又不改变自己的客体从属状态的特点;李煜的“纯情”则是艺术移情说的阐发,“诗人的兴发感动”说,在艺术上则是移情变形的延伸。

这里,叶女士强调了诗的感情(兴发感动)的根本,是正确的看法,但是在运用中,由于突出强调,也简化了三个范畴,把它们分而治之，实际上，直觉美学的核心内涵是：直觉即表现即联想即心灵活动，是整合的，直觉并不是一种孤立的观照，而是心灵的活动。哲学地说，不要直觉地看待心灵活动，而要心灵活动地看待直觉。换句话说，应该把心灵活动看成是“无所不包”（海德格尔）看成是“大全”（雅斯贝尔斯）。任何一种艺术品一旦被条分缕析，就失去了魅力，因为艺术品本质上是浑然的，常言说“文学死于评论家之手”，就是这个道理。叶女士自己认为应当注意中国妙观神悟的感应式批评和西方科学理性的逻辑分析的融合，但她自己在论及温庭筠时，在方法上把直觉、观照式的摹写和心灵活动分开了。

诗人罗伯特·布莱在谈到他对东方诗歌的感受时描绘道：“在古代中国，各个层次的知觉能够静悄悄地混合起来。它们不是像冬天湖水那样分成一层又一层，而是不知怎的都流在一起了。我以为古代中国诗仍然是人类曾经写过的最伟大的诗。”（《谈了一早晨》P129）佛经上的诗句描绘了古代中国诗的某种境界，“呵/雨滴打着雨滴/叶片打着叶片”。康德在谈到纯粹的美与理想的美之后，也认为那种浑浊的美要高于纯粹的美，这一令人费解的看法，包含着对于融于感情、心灵活动中的美的肯定，是不能忽视的见解。

对温庭筠的词，具体的分析仍然是未完成的，探讨批评方法上的问题，乃因为方法的误用有可能导致批评的误示。温庭筠的词在文学史的评价上有不适当的推论，而温词也确实有着致命的弱点，叶嘉莹认为它失于观相，这种看法是独到的，可以从割裂直觉与心灵活动的联系上考察，这不是直觉本身的差讹，要从心灵活动的高度来考察直觉观相；孤立观照的审美缺陷（因它远远低于浑合境界的中国诗），是把它们割裂，得出一种直观外相不如纯情移注的诗词的看法。当问题被视为心灵活动的不足时，词人温庭筠艺术人格，艺术气质和艺术内形式的匮乏也就进入了视野，作为一个观相的词人，他无力地构筑一个零度的蜗居的弱点也得以昭示，其得与失的文学史评价也较为公允。温庭筠是一个东方词人,他的艺术过失不在于他的观相,而在于这种观相本身不是一种与心灵活动浑一的观相,这是远远低于东方诗词伟大作品的所在。

*

珙珙,关于温庭筠谈得比较多,比较温韦词作,由于对韦庄的词不熟,就不能做成了。你的文章当然是又一个样子,我想对温的文学史评价,叶嘉莹观点上方法论的失误(结合克罗齐与康德的基本论点来谈的),中国诗的浑合境界及温的差距,以及对温词"观相的、零度的蜗居"的看法,可能对你的思路有点参考作用,就这么写下了。你像写《新绿》那样谈感受,洗练,较少术语的写法,袁行霈会喜欢的,只要略加些理论的适当征引(不要破坏你行文的流畅优美的风格),就很好了。

因为会议安排很繁杂,具体的出行过程,我下封信写给你。我在这儿碰到一些让人起不愉快的文人,也就发生了一些争论,更让我厌倦,实业界还好一些。

我的生活和想念,下次去信细说,好好地说,外面的感受也有很好的。

我们 12 日离马鞍山,通信不方便了,你就不要写信来,免得收不到,这儿没有航空,去信回信大约得要五六天才行,我会多多给你写信的。

洗了澡,很想抱抱你。

吻你

永远爱你的　一禾[①]

---

① 这封信应该是骆一禾到马鞍山开文学会议期间写的,根据日记推测应该是 1984 年 10 月 9 日。

玦玦：

车子簸了七个小时，加上昨天的八个小时，蜷缩在车里，把后腰的肌肉给扭肿了，终于到了黄山。这山对于我来说是亲切的，当我提着皮包，在路上找住处的时候，也想到你当时不知道挤在哪个窗里。黄山宾馆前后是非常热烈的，女服务员一入夜就在买各种小玩意儿，有的在套购外汇券，她们很热心于串街，买些低价的玩意儿，但买卖双方都很快乐。我看了几个商店，就是没有好看的项链，都是大了些，十字架很大，鸡心石也很大，不如北京的好看。

一路风光还好，柿子树、清溪和白亮的沙砾滩。

看到黄山主峰的时候，我倒吸了一口气，不过我很高兴，和年轻的心情相比较，高的山更让人振奋，一种登山的快感让我兴冲冲地在黄山市街上走来走去。这时候，黄山的灯光给人以一种度假的气氛，我总是想从哪个旅舍的窗口认出你的痕迹，一个小女孩子的痕迹。

在宁园水泥厂宿的夜里，我可能梦里笑了出来，还说了两句话，可能是极为欣喜的。离黄山越近，越想到你到过它，所以会梦见，会笑出来。

住在红旗楼 202，三人一间客房，有两张沙发，简单的淋浴。比起当时你们去黄山要好得多啦，起码一人一张床。

就要走进大自然了，人事的纷争可以暂时滚开了。几天来一直在别人的争议中过日子，但是那些争议大多让人无以适从，只觉得一种厌烦。

参加会议的有个老头子，67 岁了，这位老先生本人是不错的，他的结发妻子死了，最近又娶了个 46 岁的年轻妻子，这位妻子又长得年轻，徐娘半老，风韵犹存，而且血气充足，这样，自然就引起了一些无聊文人的议论。而这个中年女人又常常在众人面前，拒绝老头的介绍，把老头甩得远远的，自己吃饭，然后才发现老头没有来，在等她。常常一甩手，一推老头，结果把茶杯打碎在地等，于是这对本已引人是非的老夫少妻更处于尴尬之中。

我在雨山湖会议上辩论最烈的论敌是一个矮个子、穿西服、自以为精干倜傥而肚子已经胖得不可开交的人，我觉得他理论逻辑能力不差，但同时又长了一双骨碌碌有浮光的小眼睛，人称他“风流才子”，他也常常挑逗地对女同胞说“我这人色大胆小……”——这是个自命不凡、令人作呕的伪激进派。他一面假意接触一个较为活泼（或故作活泼）的女编辑，一面又故作玄秘地若无其事、风流倜傥地和那女的跳舞，滔滔不绝地扯淡，可又冷漠地、很有距离地对待女的，当女的一上劲儿时，他就玄秘地、冷冷地不动声色了，这样反倒好像是女的在疯癫癫地追他。他玩弄着别人，自以为高明。

……

凡此种种。

我想进黄山了，进山就好了，一切都随着黄山的到来，随着你住宿过的小窗的到来而远遁了。那些很污糟的无行文人的秽行，也可以说，是不配进黄山的，他们将从后山上山去，这样轻松些，我和会上新认识的几个比较好的人，自己从前山爬上去，这样才是上黄山呢。

唉！黄山的气氛真使人留恋，有山就好了。

还有些事情、见闻，回去对你细谈。通信不便，我写给你好了！

吻你，深深的一个吻！

祝生活愉快

永远爱你的　一禾

1984.10.14 夜

玞玞：

你好。今天晚上到现在你还没来电话，我估计你是读书很累了，还发低烧吗？注意穿得暖一些。

我在看《梅特林克戏剧集》之后，想做一些笔记，这一周就有事情可干了。另外，戏剧理论的书，我也托小予和李赜分别去打听了。小予从所里打借条借，还是可以的。另外这次去安徽开会，认识的一个文研所的人，也可以托他帮个忙，总之我尽快弄到吧。

另外，在王府井书店转了一下，看到一本用现代批评方法写成的文艺学引论《语言的艺术作品》，是一本译著，我已买了，还买了《迦陵论诗丛稿》《培尔·金特》《二十四诗品探微》《世界艺术与美学》(介绍了一些剧作理论及流派情况)，有《词学》(一、二辑)，这是不是小C说的《词学研究论文集》？我没敢买。

关于唐宋词作业的问题，我们见面时可以评议，我对诗、词结构比较，已有了个初级的想法，如果可能，我们把它写进全文去。《词学》是华东师范大学编的论文集，但其中论文的质量不是很高，对《温庭筠及初期词》略加丰润，也可以成为一篇文字的。

另外，晚上读一读《经济学》，虽然要自己经济独立，像个男人一样过独立生活，不得不承认自己的贫困，可是《经济学》还要看，也在看《西方的没落》与《管锥编》。以后如果穷困化得太厉害了，也好找一个第二职业，兼职工作什么的。下个月工资就要调整上去了，大约可以拿65元以上，加上稿费和置装费，把我们两个人的料子、皮鞋(红色的，丁字形的是吗?)，裤子和毛衣都打点了，还是不成问题的。

今后该注意把心里的想法写出来了，否则成不了私有财产，妈妈的哟！还能有多少人关心很远的事呢？

我突然觉得很想重做学生，把几年来的日子安排得更紧张些，写更多的东西。

*

我想念你，灯光弥满屋子，一片橙黄，“米修司，你在哪儿呵！”

这些天一直在忙于给向东、林贤治、梁晴[①]、《绿风》杂志和几个作者回信，写信的感觉都迟钝了，但我仍然被给你写信的愿望推动着。得到你的温柔抚爱，我变得有些“耽于肉欲”了。很想抚摸你，我会终生抚爱你的。

晚上放映的电视是《咖啡馆》，你可能看过的，里面对男女大学生施暴的场面，让我有一种不想看下去的感触，就另拨了一个台。

今年底的工作很顺利，《灯城》和《马桑部落的三代女人》两个中篇、梁晴的短篇《忍冬》和一组西藏短篇小说都推荐上去了，可以用较多的时间来为你翻阅期刊了，也可以为你干各种跑腿的事。我很乐意。当我在南京街头选购发夹时，心境特别宁静，仿佛世界上没有了战争似的。

给自己买些水果吃，对自己的身体不能太抠门儿了，得好好地侍候它，以后你还要上很多年学的，现在就弄坏了不好，工作了以后就更为不由自主了，玩的地方也少了。对中国城市一个大不满就是它没有地方让人去玩，到香山看红叶的人已有一日十万多人，城市迫使人懒惰和退化。所以我不知怎么写城市。

到现在为止，我们除去你的二十元新票子之外，还有八十七元钱，所以你的钱可以用在吃好上，下月的钱票饭票你也不必担心的。

我得赶紧练习健美和读夜书了，时间匆匆，就写到这儿，紧张

---

① 南京女作家，《青春》杂志编辑。

一天之后，反而特别想你，又不烧烟卷儿了，在入睡前和睡梦中，都有一种思念的紧张，有时候梦见你站着，穿着白短裤，戴白帽子，就像黄山及杭州洞里的样子，时而还是光裸的，修长，健美，妩媚自然。常常翻看你在嵊泗穿着泳衣飞行的照片，有照片，我是能过好的，望你安心读书，把看过的戏剧理论在脑中逐一过上一遍，另外快去找陆老师问一问复习重点及用书，以免重复劳动。①

星期三见到小宇时，就问他师大的事，《词学》是否晓霞所要的书(小 32 开，一个蓝色套的胶印书皮，一个是橘色的)，是否另有《词学研究论文集》?

回信不要太长了。热烈地亲吻你秀气的光脚丫儿。

祝健康!

永远爱你的　一禾

1984.10.30 夜

---

① 彼时张玞已经在准备考北大中文系研究生了，专业方向是当代戏剧。

玞玞：

你好。我想好好地同你谈谈我近来的想法，我们并不是无话可谈了，也许我们都熟悉了，不好意思再郑重其事地谈谈了吧。

的确，前一段我常常想到老熊作的一首诗《寂寞》：

明亮的白带子在人群中悠然升起，
缓缓地在修长的楼梯上流逝。

我很喜欢老熊的诗，潇洒、彗星般拖曳着长尾的调子，还有意象派的纯净。可是真正让我不敢小看他的是这首《寂寞》，只有精神生活很紧张又总是咀嚼着平淡生涯的人，才能写出这种飘飘的，修长的，有一种亮度的寂寞，它太轻盈了，让人超脱而不能面对生活地超脱，它像一个穿白衣的人背过脸去的刹那，神伤气促，但还残留着一种无奈的风度。

每当你不在我身边吹气如兰的时候，我就会想到这首诗。它是城市青年的一种状况……我常常会私自想：唉，一禾，你可不能因为生活中的某一件事而消沉，不要丧失了那一点点精神生活，不要只是像牛的反刍一样，只是回味寂寞啊！那样人们很快就吞没你了，就没有做人的光泽了。连自高自大的人都有光泽，我怎么能不带光泽地活着呢？

在我中学的时候，英文老师对我讲，有很多学生在中学是"狄丝听蜜诗"式的人（不知是什么文的"辉煌"之意），他们都很不得了，但在大学以后就一下子跌落下去了，每个人都有自己的辉煌时期，这好像是不由人的。我能不能走好运呢？当时我们笑了笑，没有再想这个问题。可是现在我好像觉得我的挣扎很不力，太懒了，这是在自己埋葬自己。我对得起谁呢？

有一天下午我写一封关于文学问题的回信，思路卡住了，我很想吸一支烟。其实吸烟没有什么，可我对烟的感觉却不对头，我也弄不清不对头在哪儿，似乎它能使我对空闲时间抱一种不窘迫的态度，这不好。我想得出了神，好像有个人冲我喊："我要是娶了她，我就不抽烟了。"——当时我惊了一下，心里很难过。虽然是这么一种出神吧，可是我想，我是该不抽了，我找了个很好的女孩子。我想，是该照顾一下自己了，把自己的生活和身体料理得好一些。

你说过我们要去金山玩，要去颐和园划划船，可我太松散了，连这点心思都没有。陶宁和石冰去香山玩过了，等到了四月，天气暖了，杨柳绿了，我也要带你出去玩玩。你说过我这个人是被挤到某种物质与精神间、第三点上去的人，又说我的生活受精神影响太大了。这在我固然有好处，可是我也常常因为精神上是自足的，所以也不觉忽视了长进，总觉得别人要赶上我的智慧还早呢，也觉得自己有所特长，而轻慢了其他的发展。

现在烟总算戒掉了，虽然有时看到它还会心里头直动。我要在近两年好好振作一下自己的肉体，也振作一下自己的精神生活，多生产出一些产品来。也许我总也成不了大力士，可是得让自己有十八九岁时的灵活劲儿，爆发力和调节能力好一些吧。近来打了个球，投篮的时候，原来能做空中转体投篮，现在因为肌肉控制得不好，总也投不准，转和投也配合不好了。

一个人肉体迟钝了，也就很容易迁就自己，因为自恃年轻，就拼素质，这两种东西我都有，找你做朋友以后，我觉得有人关心我了，对我自己也是个催促吧。你常常叮嘱我勤洗澡，勤洗衣服，给我买拉力器了，像个好姑娘一样给我打扮，像个母亲一样催我这个"孩子"（有奶味的）别睡懒觉，我们有机会在一起的时候，你也提醒我洗洗小老二什么的，这些事情说多了，做多了，我又不迟钝，心里是什么一种劲儿，你是能明白的。我要好好地学会料理生活，照顾自己，也是为以后的共同生活多下功夫。

一个人要从生活习惯上变，真得从心里愿意才行，我真愿意。我品味着，留恋着幸福，又担心它会流逝。要像现在这样抚摸你，跟你亲昵到很久以后，我心里愿意极了，前一段有一阵不知为什么，我一碰你，不一会儿就流精，我当时很担心这样不能陪你到 40 岁，那想法挺让人痛苦的。现在好一些了，我很高兴。一方面我当然很珍爱，很贪恋你的姿色，另一方面我也确实想好好地待你，为你多做些事情，我也很想好好地生活。

这次去黄山，我坐在松谷庵，看清清流水，才觉得抽烟对我的伤害，有时候多了一夜抽 20 多支烟，肺和肾都发酸了，前一段总有尿频，关节在抽烟以后发酸的毛病。呼吸了几天山上的空气，觉得肺里松快多了。

玞玞，别生气我曾经嫉妒过你。我有时平躺在床上，从胸口、腹部、阴茎、两条大腿上，都有一种被你熨帖过后的那种感觉，想起我若是失去了你怎么办时，我想到我又痛苦又孤独可又不能说和做任何涉及你的事，我就难过得像全身毛孔都堵住了，封在蜡里一样。我自己不能想念你，直到现在，我很怕晚上梦见你，因为那样醒来常常孤寂难熬。

我爱你……那年我们还没好的时候，有一天晚上我送你回去，你绊了一跤，跌倒了，起来以后你说：都怪你……我也许是从那时热恋了你的，我时常会体验到当时我的心情，我恨不能也摔倒，我笨嘴拙舌，不知怎么开个玩笑逗逗你，不知道你手卡破了没有。好像我很想揪住自己的头发。那时候我多想亲亲你胖胖的巴掌呵。普希金说："我曾经怯懦地无望地爱过你。"他是个英雄，见过叶卡捷琳娜女皇，写过普加乔夫，死于枪下，但他在爱时，也会感到"怯懦”和“无望”,该是什么绞动着男子们的心呢?

玞玞,我亲爱的友人,什么时候你还能踏雪走来,北风呜呜地在你身后鸣叫,你怀里焐着一只皮球呢? 什么时候你还能心满意足地吃着鱼皮豆,让一罐豆瓣酱在大家伙儿的汤里香气四溢呢? 好像很久很久了,可我还是常常会想到要掉下泪来,那会儿我看着你的靴子,看着你露出在大衣下的脚尖儿,心里感到异样的波动。

我爱你的灵魂,想要让我完全不敬重你是不可能的,尽管你一再说要我把你看得低一些。我有时是很羞怯的,有一次大哥[①]说:我在人一多的情况下就张不开嘴来,我心里也知道其实是我自己别扭住自己了,这个一禾也许有同感吧! 这种推心置腹的谈话,让我至今还敬重大哥的为人。你过 20 岁生日的晚上,我们坐在未名湖边,你是那么不愿意从 19 岁长到 20 岁,你的裙子拉到腿上,蚊虫扰乱着我们的心境,我当时很紧张,我想说些话安慰你,可是那种该死的羞怯使我很不自然,我觉得我无能为力,我不能对你有什么帮助,你白净素雅,坐在石头上,月光在水里颤抖,你还给我唱了歌,你虽然很快又不唱了,可我那时真爱你,感到有一种东西堵住我的喉咙,使我要手扶住地面,急促地扭动我的全身,化成空气,成为一个奔放的舞蹈,摆出我的全部呻吟和感恩的情绪。

话说远了。近来我很想好好生活,想离开《十月》去考研究生,也不是由于处境不好或者深造,我感到那种初恋时高傲的纯洁,异样的波动,那充沛着感情而挪动的双手的感触,那绝望和怯懦的爱,那长远的呻吟和感恩的情绪,那奔放的扭动的愿望,那鼓动于胸中的爱情,都促使我要好好地生活,好好地爱你。

---

① 骆一禾同班同学王郑生。

不写了,我很激动,我渴望自己更强健,要好好地料理自己。这一段想好好帮助你复习,有什么抄的东西交给我!我真爱你,几乎成为一种痛感似的。

热烈地吻你!

永远爱你的　一禾

1984.11.9

玞玞：

我真爱你啊！

好好在学校读书。

你交朋友我不疑心，我疑心的就是你为什么老怕我，老担心我猜疑。到勺园去吃冷饮我都假装和你不亲密的样子，你还是担心我猜疑，我真没法跟你说。

你待我是真好，以前我待你不好，现在我从来也没说过你的重话，因为我知道你心里很孤独，你很需要快乐的生活，需要交谈和倾听，你是个不随波逐流的人。我是怎么待你的，你自己想想你是怎么样待我好的，我想你就会明白的。

我是真爱你。我们是爱人，是情侣，是朋友，是兄妹（有时又是姐弟），你尊重我，爱我，我也仰慕你，我发疯似的想吻你的手，吻你的脚。你甚至是小妈妈，我吮吸你的奶头。爱着的人没有止境和深浅，没有等级、辈分和理智。所以爱人和朋友不一样，朋友的和睦是常有一种理解，一种尊重，一种亲切的距离，超过了这些，就会成为爱人或者彼此厌恶的仇人。我多么爱你呵，没有距离又被爱着的狂喜，使我失聪，不能忘怀你。玞玞，因为要去开会了，接下来又是一星期的工作，我离你多么远呵，这真是残酷，我对你诉说心中的爱慕和惆怅，就是为了这个才写信的。

给我写一封短信，寄到我家里，我想念你，回来以后想看到它。

我跪在我爱人的灵魂前，感到此时的无罪，我吻着你的手，觉得这就是一生。

永远爱你的　一禾

1984.11.20 中午

玦玦：

我们和解吧。

如果无聊的议论反而使我们疏远，那是荒唐的。

我听你的。

不过我不是无理取闹。我一直是这么活着。不曾招惹了谁，可是议论已经太甚了，是它找上来的。我谁也没惹，干吗跟我扯什么男子汉与否，你单独跳舞是不该的等，干吗弄得我们之间好像有判分。我忍了，可是它还没完，是个人也没有光受踩的好脾气。

我也是人，我也想让自己的女朋友快活，自己也快乐，不能总捏着软的当好捏的，我也受不了。

我对不住你，你千万别怪自己错，别赌气不玩了，那样我只有求饶认错，可那是不真实的，我还有什么路可走呢？我又离不开你。

我但凡能忍的都忍，发一回火[①]是不应该，但别不谅解我。我是真急眼了。

一禾

1984.12.11

---

① 指的是写信头一天在陶宁的生日宴上，因小宇介绍过来的一个外地朋友对张玦的态度惹恼了骆一禾。

玞玞：

我亲爱的果树林，今天回家以后，心里不能平静，想翻翻以前的日记，就拉开抽屉，我看见你寄给我的那一札信，还有明信片和便条。

有一支歌子是怎么唱的来着：

> 哪年哪月，哪一天，哪个时辰……

翻着这些饱含着青春热恋和甜蜜情意的信件，我逐一地回想着那些时辰，那些天，那些年和月。

我很喜欢你明信片上，报告那一年你打江南走过的行踪时，那短短的句子。还有，你戴着白凉帽，穿着白短裤的相片。我还没有见过你在我面前这样打扮呢！当我在飞来石下的时候，云正在上来，我背抵着大石，在手掌中点着了火，那抖闪热烈的小火苗不就是你吗？

也许，有一天，我重看旧信，还会像上次一样，放声大哭，忍不住抽泣，那时你不要追问我，我需要你，我也很幸福了，能有个日子值得痛哭，生活就很美好了吧。因为除去将随日月减去的容颜，我们总还有一些可宝贵的日子。

贺年片上，你写给我的话，我全都懂得。所以我很想跳舞（不会最好吧，但至少可以使你不受压力），想去看你，我也期待着，有一张美丽的信卡寄来，让我想起湖边上，19 岁的玞玞，把白衬裙拉到小腿上挡蚊子，而每一次你都要被咬，而我们在草地上是不吵架的。是啊，草地是年轻美丽的，草地就没有抱怨。

我爱你，我太爱你了。你无法阻止，你也懂得这是爱。这是“我的心上人穿着蓝色衣裳”所激起的爱。

在这隆冬时节，把吻送到中关村去，它会被风吹得又红又冷，然而依旧像冻草莓一样鲜润。

石冰说：女孩子是有一种特“神”的地方，不过我他妈的就不想弄懂，因为弄不懂。但我多么希望每一年都收到你的贺年片，每一天都看见你高大而漂亮的步子，像舞一样。生活不像走路那么容易，而你是怎么走的呢？——相信你会考好，会写好东西的，会的。

告诉我，请告诉我。不过现在不要费时写信，等春天了，我们要去玩的。祝你健康，到时还像中文系短跑女选手一样，能跑得像头小鹿，甩趾着你的鹿儿腿。

致遥远而近的问候，吻你！

永远爱你的　一禾

1985.1.7 夜

玦玦：

你好。

到这里的旅途很累，硬座一直到昆明，因为腿上小有水肿，睡眠很少。

这里的气候很好，有时呼吸急一些，特别是跑动时，因为海拔在一千八百米。

黄尧[①]照顾得很好。在后勤部招待所住下，洗了个澡，光身子睡了一晚，已经休息过来。买东西的事要下去到瑞丽、芒市再办，回昆明大约是24日，因为路上要花八天左右，全是山路。然后黄尧邀我，我们两人去西双版纳玩一下，5月1日回昆明。我要和他好好聊聊。

非常非常想念你，你在北京要好好的，有什么麻烦事赶紧告诉我，我会赶回去帮助你的。好好跳舞，准备论文，论文的事下次去信详谈。11日就去德宏州了。

非常非常想你，不便多写了，人很多！

爱你的　一禾

1985.4.10

① 云南作家，骆一禾很敬佩的兄长、朋友。

玞玞：

我亲爱的人……

在云南，我在老汤、黎泉[①]的陪同下，在德宏州开孔雀笔会，在瑞丽、畹町两个地方游览了一下，高原上的阳光紫外线很足，已经把脸晒黑了。瑞丽江上，那些裸体洗澡的傣族姑娘还不多，也不像传说中那么多，风情总是被夸大的，有时候看到两三个，很朴素、很健康。傣族人很好客，做的泼水粑粑也很香甜。他们的蔬菜很多，你来了就好了，以后我一定陪你来云南好好吃些蔬菜。傣族姑娘对年轻小伙子是很宠爱的，但也很有分寸，如果小伙子被泼得太湿了，她们就会很宽容地抄一捧水，亲热地拍在肩上，不多泼的，泼水的时候到处是欢乐的嗷嗷的叫声，我被淋得透湿，有的河沟里的水，也是很浑浊的。

在瑞丽买了一件西服，傣族小卜少（姑娘）向客人要礼物，就把它脱了去。西服也不大好，是支援难民从泰国、日本、缅甸等国捐献的，是半新的，18 块一件，据说取走礼物是傣族人对小伙子表示祝愿的表示，我还是很愉快的。他们的金银首饰很漂亮，全是真金银的，在 160 元以上一件，我没有买得起，这次钱还是带少了。给你买了件短袖衫，一顶白帽子，两串普通的项链，是印度的、一般镀金的小东西，买了一对傣族少女的金属发卡，一个傣族姑娘送给我一件她穿的花衬衫，也是在泼水节里随便脱下来丢过来的。她们的筒裙是一块布，围在腰里的，我就没买，给你和陶宁各买了一只傣族姑娘喜欢背的筒帕、盛东西的包包。我买的最没把握的就是

---

① 汤世杰、黎泉均是云南作家。

瑞丽姑娘喜欢穿的超短裙，她们都很瘦小，穿的花花的，可不知你穿这种民族色彩的小裙子，会不会绷得太紧了。

在昆明，蝙蝠衫是上海的，国内也可买到，多是黑白或红白条纹的，就没有买。我到时，昆明游泳衣还没上市，我托昆明饭店的小王记着代我看看能否买到两套比基尼，可能得以后再看货了，他可以从外国游客和内部买一些三点式游泳衣。由于瑞丽、畹町靠近缅甸，一些女裸体图案的花衫，肉色尼龙奶罩，尼龙女式三角裤很多，因为穿不出去或者质料不合你的皮肤，就没有买。

孔雀笔会本身是乏味的，我现在还是忍不住说了一些看法，可能也引起了某些云南人地方主义的嫉妒，他们不大喜欢让外地人占上风，一度出现围攻，但都顺利驳辩过去了，《收获》和《人民文学》空手而归，我在云南的组稿很顺利，大部分作者还是愿意给我看稿子的，这些你都放心。我工作很好，也很紧张，几乎都工作到晚上一两点，抽烟应酬也比较凶，我注意喝水，锻炼和吃辣椒，身体还好，很多人中暑、感冒，我还很好。我不知为什么，很想对你多写写，让你知道我身体不用担心。

也有安静下来，听布谷鸟在叫的时候，这时，我也不明白，为什么我要出差，要一个人跑这么远来，特别当长途车在十万大山间颠簸两天半的时候，我一个人坐着车，不知为什么会离开你。我看着头顶上的云，感到对你是这样难舍。

我爱你，你在北京还好吗？跳舞有你吗？舞蹈团里有什么不顺心的事吗？和约翰牛俱乐部的牵涉没有什么后遗症吧？和麦克、王达他们还玩得好吗？

我会成为一个心胸开阔的男人的，如果说我对你有苛求的话，我也确实承认，我是非常需要你温柔我的，我确实很想。这儿的傣族姑娘，很多十五六岁就结了婚，19 岁就成了两个孩子的妈妈，她们结婚以后，除了赶集之外，几乎没有社交，绝不和丈夫吵架。但我还是喜欢我和你的岁月，我的海鸥。

车过高黎贡山的时候，收音机里放了《海鸥》这支歌。我还记得我们有一次看完意大利电影，从动物园走回家去，正是傍晚，你那会儿缺维生素，给我唱海鸥。这会儿我离澜沧江、伊洛瓦底江很近很近。

在潞西县爬三仙洞，那个洞有些像桂林溶洞，由于没开放，它很湿，烂泥很多，淤水，并且有很多洞完全是匍匐爬行的，要跳上跳下，有一道深涧的陡壁上只有手扒脚蹬的地方，拉了一条绳子横过去，我拉人过往，右手拉伤了，使不上劲儿，写的字可能也就潦草了些。我真想念你，躺在床上感到需要抱你一回，真想拥抱你啊。

出外脏一些，在昆明洗了回澡，在芒市洗了一回温泉，在芒市水库里游了一回裸体泳，四下无声，不是游泳时节，又没有泳裤，四周安静得好像《这里的黎明静悄悄》。水是最好的，你是最好的。

不知为什么，我独自一人的时候，感到你离我这样近，使我的心产生出亲切的隐痛来。

在这儿年轻人比较多，交了一个会骑摩托车的小伙子做朋友，还有一个人们叫她“多多”的傣族小姑娘。我们还到傣族泼水节晚上的戛秧舞会上去跳傣族舞，也跳景颇小伙子的长刀舞。在芒市按你们宿舍女生的玩笑，穿了一下傣族小伙子的衣服，但一跳戛秧就显出汉族人的本色了，傣族小伙子指导了一番，最后显得像了，但细微处还不像，比如手指脚尖的摆法等等。

我亲爱的果树林，你若是到了，一定被泼得精湿。傣族小伙子在泼水节的三天里，专门挑高个子、长腿细腰和屁股丰圆的好看姑娘，然后七八个人靠近，姑娘一定要小跑着躲躲，这样就会遭到兴致很高的围击，先是兜头一盆，然后小伙子们狠狠地、很带劲儿地把整盆水朝姑娘圆圆的屁股上泼去，最后是一缸子水，有滋有味地从姑娘后脖颈里灌下去。你属于在长相、体形上都受欢迎的攻击对象。我多想念你啊！

匆匆吻你，拥抱你，想念你！

永远爱你的　一禾

1985.4.18

瑛瑛：

我亲爱的。

我已在23日返昆明，准备25日和黄尧去版纳，沿澜沧江谷，漂竹排下去。

昆明发生了一次地震，死了些人。

我很想念你。回去晚了些，我常常做梦，醒来后不知为什么感到空落落的。梦见你已经是第七次了。

论文要早做准备。回京大约在7日，马上与你谈谈。

和朋友们要和睦相处，我不再问了。

路上会平安的，乘机、漂筏子我会当心的。黄尧也很沉稳。

致怀爱的思念和吻！

永远爱你的　一禾

1985.4.29 昆明

我大约要五月初（5、6日）回北京，我去找你，你莫来回跑，累着了。

给我妈妈（唐翠英）去个短信，告诉我的行期，免得挂牵。

（你不爱打电话就尽量写个小条子，不要打电话了）

玞玞：

我亲爱的果树林。

回北京以后[1]，我急于见到你，写不出来的想。见到你我很幸福，而临走时我又从你微醉的神态中，看到了我的罪恶，从别人在你身边的生活中，看到了他们对我犯下的罪恶：我的健康陪衬了他们的健康，我的需要不被他们重视，我的忙碌奔波之后是他们的赋闲、评说和快乐。

在日则雪山上，白雪干冷、没有水分和寒气，我的鼻子流着血，黑色的血块掉在白雪上面，我感到真正的孤独。世界本来就建立在一些人的健康和另一些人的不健康，建立在一些人称斤论两的生命和一些人不顾惜自己的生命，建立在一些人的劳碌和另一些人讨巧的快乐，建立在一些人的需要如愿以偿和另一些人的基本需要得不到偿付之上的。有些人道德，有一些人就以嘲笑道德而显得高妙可爱。

我也深知道，我给你带来的痛苦，我身体的满足是建立在你的不满足之上的，这使我时时感到羞耻，感到我所担负的人性的责任。你无论怎样我都不会抱怨，因为我乃是一个身体不良的人。

但他们是毫无这种自省和负疚感的。他们不知道我需要他们不非议我的健康，他们不知道和需要从你那里感到专注、快乐、平静和关心，他们不知道一个远行的人感冒、咳嗽、发烧、几乎翻车死掉，在外奔波，指望着回来的心情，而表白着他们的可爱和健康，那

---

① 10月24至11月3日骆一禾到四川开会组稿，去过九寨沟，爬过雪山，途中一直感冒生病。

些无伤大雅的浪漫情调，他们谁知道你在哭？谁又知道我为什么古怪地不愿求医吃药，不花一分钱，想着“回来就一切都好了”的心情呢？

我需要一个人们能彼此查知他人性格和需要的环境，这里是一个家，在别人不会照顾你的世界上，你自己照顾自己，也有一个人照顾你。我们大家不是在自己痛苦不安、感情涌动时才感到需要，而是能及时察知别人的需要。我从你躺在床上的眼神里看到你挣扎着寻求高潮而不能，看到你酒色微醺时的痛苦。我感到我是不道德的，我很想对你说：丢下我吧，我受得了。我已感受了你的爱，忍让和关怀体贴，我知道我的健康不曾容许我给你什么，我不能阻挡你的需要，不能责怪你，不能让你觉得无处可走。

我感到快乐的是石冰的《白木》发表了，陶宁可以从中感到丈夫的爱和需要，不要再伤他的心了。因为石冰似乎也觉察到他对陶宁的需要和疏失。

我感到快乐的是你的天真和人性，你健康的身心，对人们需要的觉察和对大家的关怀。

我没有在雪山和高原的寒冷中借大衣，因为我确实想到我不能拖累大家，尤其是拖累你，如果有什么疾病不知不觉来临，天降的打击会使我这个心地过于发达而身体却不争气的人及时中止，没有什么怨尤，不必再忍受别人对我身体的评价，不必再去打扰别人，让他们快乐时还要注意我的需要，不必再让我心爱的果树林挣扎着为我添加柴禾，你受累了。我心地是高傲的，我的疾病、衰老我不需要别人知道，只想自己挺回家。我爱你，我并不指望有意地中止生命，所以还可以活上一段，轰轰烈烈。

我亲爱的果树林，一个人活着要珍视他人，要身心健康，学会照顾自己，要勇敢地对待自己，不听从他人的摆布，不要背叛青春，好好地生活。我衷心地祝愿你幸福快乐。对异性要重情意讲信义。

这不是自裁决，而是我的渴望生活，尊重自己的自白，我们共同生活下去，要知道自己，尊重朋友，好好地度过一生。我写这几段，是从一个爱人的角度，同你谈谈我的人生信仰，你放心，我们要善始善终，一道生活下去，而有些东西是我希望你了解的。

昨天你谈到我死后你会乱来但不结婚了。你还说万一你有了一个别人也不要责怪你。你还说你要鼓励我，使我自信，你最爱我。你的第一句话我永远不赞同，我会好好活下去，但你也要从我身上学会热爱自己，热爱生活，就是我死了，你也不能让自己乱来，那样我死得不安宁，要是我死了，你要好好找一个爱你的人，珍视自己。你的第二句话我一定照办，我明白我有很多对不住你的地方，你的一切我都尊重，不论你怎样了，我都不会责怪你的，我也是这么深地爱着你。你的第三句话我是明白的，我感谢你，我也会努力发愤以免对不起我自己又辜负了你。你是一个爱我的人，爱我的人必须是个好姑娘。我也相信你不会在我死后"胡来、不结婚"，因为你爱我，你也不会辜负了我的（即使是死后的遗愿）愿望。我了解你的爱情，你的童话，你的孩子气和从我身上传给你的人性，我了解你的哭泣和痛苦（为此我于心不安，我永远不责怪你的，我只求我能常常想到你，不对你恨恨地掉过脸去，置你于不顾）。你是个好姑娘，万万不能自己毁灭自己，其他一切都在人性之中。你的爱不会是我所不懂得的，我都懂，所以我以此自豪，我久感年轻，我心地柔软，在我忧伤的灰烬里，埋藏着我对你深深的快乐。

问陶宁好，问老熊和小玮好，问旺子好，问麦克、王达[1]好，我会公正地、友爱地对待他们的，尤其是对陶宁，我深知她作为石冰的爱人，你的朋友所具有的良知和美慧，有时我苛责了她，这不是

① 小玮、麦克、王达均是张玞的朋友。

我的恶意。前面的话我不想让别人知道，但见到他们，你可以说我是希望友谊长存，祝大家好的。石冰有一句话说得对：换命的老朋友不多了，得好好活。我不能有负于人，人还是有人格的，希望大家都这样。

我爱你！我亲爱的果树林，my dear Bonny，你要爱护自己，只要你不受人欺负，我就心满意足了，只要你一生能从我这里得到爱护，从我这里学会尊重自己的人格，善待自己，我就快乐了。

一个人总得对另一个心爱的人心底无私，我选择了你，我爱你，我不能对你使心眼，就像你对我那样。金钱使一些人快乐，权势使一些人快乐，而友爱使我快乐，爱你而不忽视你的美丽、温情，才能使我快乐。

永远爱你的　一禾

1985.11.5 夜

My dear Bonny：

你好。

给你写一封信，为的是回忆那初恋时几乎每天一信的快乐时光。现在也很美。我们好久不写信啦，我爱你。

你离开以后，我又看了一下那本《战争风云》，俄底修斯和他黠慧的王后珀涅罗珀的团聚让人心荡神驰。兴许你是对的，我们有不少时候需要送一封信和一张明信片。一个幸福稳定的家，也有自己的小把戏。

小玞玞，thank you for your help。晚间电视完了以后，我没有写日记，而是写了这封信，因为日记好像在检省自己，而信却联络了感情，我听电视里放一支"让我忘记你已漂泊多年"的歌儿，小说里的姑娘娜塔丽找回了自己的小儿子，他们唱着：

> 路易斯的摇篮下，有头雪白的小山羊。小小山羊去干活——
>
> 宝宝长大也干活，葡萄干和杏仁……

这时候，我很想念你，很想和你共度良宵，我不再打扰你动情后的睡眠……

永远爱你的傻孩子　一禾

1986.1.31

玞玞：

我心爱的人，今天在平安时刻里度过。有一种微微摇曳的声音却又使我不断地把书翻来覆去地倒着读，这是一只在夏天能歌善舞，拒绝进食的美丽蝈蝈的声音。

你得不断地注意身体，它就像调频电台一样，得不时调它一调，才能放出清晰的声音。你肯定又会发现我举例不当，我只有用你的理论说，这是“借喻”。

你来了电话，你这一天虽说没什么难过的，但也许过得有些单调，所以你不高兴啦，还有那个该死的电话总机。正当考试与足球大赛，麦克的小脑袋肯定被一文一武两座土山埋住了，能够考试能够骂世界最著名的球星，他是这样能文能武，自然来无影去无踪，恍若飘飘然的小仙女了。等球赛一完，他才会出来现眼。

老熊找了个名叫莎莎或丽丽的首都医院女护士做女朋友，脸色很不好看，很疲劳似的。这是他最近的消息，真不如找小玮，有人就是怪。

祝身体好

永远爱你的一禾（小狗狗）

1986.6.9

玞玞：

你好。收到你的来信，第二封上说明了地址[①]，我想大约是管用的。我非常想给你写信，就更想着它是管用的了。

首先不要贸然到水闸近处去游泳，要离得远一些。千万记住。下水的时候趿上鞋子走到尽可能入水的地方，但一定要注意不游近闸门和不要在打开闸的时候下水，闸门下的吸力是很大的。

你走后我找到一处洗澡的地方，离家不远，但还没有去过，天天在家一身汗，天气很闷，汗是不出也不进，天天晚上一入睡就可以想到早上醒来一身汗水，连降了两回大暴雨，中雨不停，隔天就下，气温还是降不下来，我现在天天中午蹲在家里，还算凉快，隔一天去上一次班，处理稿件，以备去西藏。

但西藏处还无动静，马丽华说通知已经寄出，定在8月15日，而谢老师那里还没消息，大约近日内可以收到了，再联系。西藏方面的话说得很软，一方面指出他们请的是稿子《太阳说：来，朝前走》的作者，通知上写你的名字，另一方面也说请谢老师酌定哪一个去，请他考虑。这样也有他们的苦衷，他们得罪不起名人，也顾忌我的身份，谢老师去了，他们的会议名望要大，谢老师是缺不了的。于是我也不好说话了，心想，这就不是黄尧办的事，如果他在西藏，那就硬朗明白得多。

何群[②]来了，勤恳地准备考试，热天也搞得很苦，虽然他是有一本集子，在《十月》发过一篇中篇小说，还有一篇要发的中篇，另

① 当时张玞作为舞蹈团成员随北大艺术团去大连演出。

② 云南作家，后入北大作家班。

有约几十部短篇小说和中篇小说，一共是一百多篇，作品无论如何是中等多的，质量也过硬，但他说，和他同考的一个云南人，是中国作协书记冯牧的亲戚，门子很硬，他不能比，这个名额不一定拿得到，所以赌气要考得很好，背了一大摞书来，关在小屋子里挥汗如雨地备考。——我由是想到很多很不错的人的苦衷，机会总是那么不均等。他说起要是考不上北大就再也不考了，又说起如果上学了他要好好地在学校里用功读书，不串关系也不泡日子谈“恋爱”，好像他已经上了学似的。黄尧[①]回去给他上了一课，讲了很多北大的好话。我请他考完试来我家吃饭，并到单位盖了个公章，证明他有两个中篇《十月》采用了，近日内给北大中文系寄去。说起打网球，他说来北京时带拍子来，问“有网球场吗？要是没有人要跑死了”，看得出他很想上学。

西藏的事，我是这么打算的：因为 18 日的预订机票已经卖到 8 月 7 日，所以 8 月 14 日的机票在目前这种情况下，恐怕时日迁延，要耽误了，这是内部订票的情况，我想你爸爸也大约只能办到这个速度，这样，我们干脆不管《西藏文学》怎样，也不管谢老师怎么打算(他也不会有什么恶意，只是形势搞得他有些固执不好改)，如果等，可能性只会是耽误了行期，而 15 日是万圣节的高潮，整个藏剧演出就在 15—18 日几天之内，20 日所有收尾演出都结束了。那么我想去的目的之一，就是我们去看藏剧的盛大演出，然后据马丽华说开五天会，会上要几个人开讲座，其中要请我讲一回，我想就讲一回，然后我们和会议人员一路去藏北草原，看阿里古格王朝遗址及转一转，9 月初我们再回。为了不让别人的计划干扰我们的行期，打定主意我们要赶藏剧，这样就定下这样走：从

---

① 黄尧是在何群之前在北大上的作家班。

北京到西宁，约好昌耀[①]，我们三个结伴到格尔木，再从格尔木市坐车两天到拉萨，这样一路上可以看看，行期约莫为七天。《西藏文学》这一路上也安排了各地文联的人员接待。这样不管他们请不请，你都可以去，有 300 元钱来回也够了，说不好了也是这样，说好了回来给你添一张机票钱报销。加上我 8 月的工资，完全够这条线路，这样你以游览的旅行者身份去也可以见到西藏风光和节日，只是从格尔木到拉萨的晕车要苦了你了。无论如何也要去。省得那帮拖拖拉拉的人把计划拖垮，搞得我们成了殉葬品。

这样，你可以在大连玩满日期，8 月 5 日回来即可，我买好 6 日去西宁的火车票，约 9 日可到西宁，约好昌耀派个大学生来接站，11 日到格尔木，14 日(至晚)到拉萨。你在大连可以看看大连市，在西海滩游游泳。注意卫生。

然后我想到了拉萨，回程无论如何他们那么多朋友不至于不想个飞航的票价问题。

在这一阵我也就没有去买椅子，另外我也吩咐好京秋、小红、小予他们拉家具到你爸爸那间空屋里的事，这趟车找月秋[②]出，9 月刷完新房，再劳你爸爸派个车到那边拉回来。

我想这么走个人生活气息好一些，不耽误。于是我已写信给《诗刊》的刘湛秋[③]，辞去了参加《诗刊》青春诗会的事，名额已经批准给我一个，会期是在 8 月底，赶不回来，所以我就辞了，另外邹静之告诉我，刘湛秋周围有一堆北京诗人吵着要名额。送他这个人情，他是巴望的，以后几年我再去青春诗会。我打听了一下今年这个会，是在北京开，与会的诗人像莫非一类，名气不大，诗也不好；

---

① 骆一禾推崇的青海诗人(2000 年去世)，前面《太阳说：来，朝前走》那篇文章就是为他写的诗评。

② 月秋和京秋是骆一禾姐夫。

③ 当时《诗刊》主编，下文中的唐晓渡、邹静之是《诗刊》编辑。

还有几个女的，是比较风骚的，我去了也败坏我的名声，讨论不了什么问题，反要吃挂累，而且今年开了两次诗会，未见得如何。总之为去西藏，这个代价付了就付了。也是我和你婚前的一次和美旅行，我想这比什么都重要，都值得。我们恋爱之后，还没有去远方过呢。

我想我的诗不会因此埋没，以后他们不可能不碰上我。

“幸存者”俱乐部给我寄了一份邀请我入会，做正式会员的证书，我考虑之后，给“幸存者”代表会写了个信，一方面表示对这样人才济济的俱乐部表示尊重，感谢他们在“对新诗有独特贡献”的章程条件下吸收我入会，另一方面我表示我不准备入会，谢绝成为“幸存者”的会员。代表会由杨炼、多多、唐晓渡、雪迪“四巨头”[①]组成，唐晓渡附信说读了我的诗和几篇诗论（五篇：《美神》，《我观今日诗坛》，《论昌耀的诗歌世界》和《西藏文学》的两篇）后，认为希望我能介入，“将是诗坛一大幸事”，所以我与他们礼尚往来，回了这封信。因为我一是有所谓“独立诗人”之称，“挑单儿干”之说在北京传得很广，来人也多，不会室寒，所以加入进去也只是同化认同，居于人下，有了团体色彩反而不好与天下交往；二是其实只要我还写诗和诗论，就能站住脚，这不是谁赐予的，入了反欠情了似的，这样在编诗上就反而由“慧眼识人”变为“哥们义气”，为我所不取；三是诗人多了缠不清，互为约束又争个高低，不如在外一人，他们还可持平而待，日后有什么争论我还可以清醒看待；四是我的东西有我的特点，无论是被吸收了，还是听多了吸收太多结论，都无好处，我一向有自己的体系和研究，有什么都是我自己产生的，以后也不能说是我听来的。长远看，这是为诗之道。——于是基于这个判断，我谢绝了入会，并表示，这样也许和“幸存者”们能本于

① 这四位和信中提到的莫非都是北京著名诗人。

艺术，正直而友好地来往，如选用会员的诗稿的话，也不涉及内部舆论喜好，而是一种和平的、不带偏见的选用，于大家都可集中精力。那四点当然没有和他们在信中说。写信给你，也是征询一下，你看我这么做还合适吗？与一向的看法是不是一贯？是否今后会显得闭塞？

后来邹静之告诉我，在“幸存者”成立之后，一些没有被吸收的北京诗人，大骂“幸存者”，也和我说过不少次，表示他们是不爱结伙成派的，但一邀请又纷纷入会，老木①是没有算得上，莫非是骂，现在莫非也入会了。这都不意外。邹静之说，小查②也于近日入了会，他没有对我讲，以前一段他问我，我说不同他们搞在一起，一个男子和一个好诗人应当是独立的，他也这么认为，于是北京还有几个。现在他入会——他有一次来，说“幸存者”的朋友，“他们邀请你去谈谈，听说我和你很近，让我请你”，也就是表明含义和他没忘了我——大半也是因为他的诗要发出来的缘故。所以我现在是一个人，和以前一样，只是尚为人所知。请了而不去的，也只有我一个人做到，所以我特别写信表示对“幸存者”我不陌生，里面有我熟识的诗人。更多的话我也不说，只是这样，对那些又要骂又一请就去、就不骂了的诗人，我以为是不彻底的，人格也不足道，而反而显得“幸存者”诗人俱乐部要大度一些。其中我只认为小查有些苦衷和无辜。

我在家每天坚持抄改《大海》③的第四稿，工作五个小时，有时是早上 9 点开始，晚上两小时，有时是晚上 8 点至 1 点，上班尽可能稳定地去。诗现在已抄了 3 100 行，工整极了，一笔一画，改动得很出色，目前抄到第十三歌“飞行：飞向黑潮和斧子”。我感到

---

① 骆一禾同班同学，北大诗人，《新诗潮诗选》的编纂者。
② 指诗人海子。
③ 骆一禾最后的长诗。

这首诗会是不朽和伟大的，兼有但丁的坚贞、但丁式的怪诞雄奇和歌德式的灵魂广大，其中是用中国的元阳之气贯通的，主题现在我清楚了：是“伟大诗歌经历四大世界（微观世界、宏观世界、巨大世界、影子世界）探寻生命和灵魂的世界构造，并以关于创世纪之后的第二次伟大起源之梦加深精神生存的深度”，也有李白和惠特曼式的长风气质，只有莎士比亚式的东西尚不在诗中。我感到过些年我还要再写一部巨作。一步一步地我都要做到，不做到是不算数的，我感到，史诗型的作品应当有博大知识，广阔胸怀，伟大事变，精神深度，元阳之气，关于再度起源的幻想，父亲人格的汇通才能做到。

我除此之外还读一点但丁《神曲》，看得很慢而不多，每天我都做功，慢慢能有调节呼吸的意念了，按摩中觉得热力可以吸入体位，但还不深入，比较舒展，睡得也少些了，因为北京时常下雨，跑步不能坚持，只是有不下雨的时候，外出在早上跑 40 分钟，在室内每天练习拉力器。这些你都放心。我想，等我们结婚以后，在你的协调下，我们身体都会特别好起来的，主要是我好像已经渡过了一个雄关，身心都感到坚定和爽朗，每当我想起我写完的这本长诗 5 000 行时，就感到看到了朝霞，前面昏沉黑暗的东西已经望穿了，我想到的大多是日后写的巨作，和做一个很好丈夫，成为我们娃娃的好父亲。我感到在这几天里很少做梦，离你很近，白天起来身体很轻，做事也从容。

我想，这是由于你的缘故。另外，我的老阿姨 7 月 16 日在老家死掉了，她是因为江南酷暑而热死的，这老女人的一生是很悲惨的，因为你不在，我很难过，一点也哭不出来，心里很是别样。关于职称的事，最后那些三次投票反对我的社评委第四次还是反对，所以连助编也仍然没有给，但我对此看得极淡，只是想了一下，大约打右派也是这么打的，他们连见我一面的时候都没有，就可以判定一个人。后来社领导，那个社长找我谈了一次，说他只要在，就不会再有人整我，他认为我是有才能的，要好好安排一下上班时间，职称的事，社里以行政方式在这次给我助编级，一二年内看表现升编辑。我坦率地对他说："你们大约只能解决我的纪律问题，而那些妨碍人做出业绩的事情和关系，你们是无法解决的；你们只会给'青年'提要求，而不管这种要求一到具体人事上掺杂的人心会让这要求根本无法满足，一次家庭纠纷，或一场天气，一次某人来月经，都会让这种要求变成刁难。尽管如此，你要求于我的，我就应允你，过一年你再看我的纪律情况，我作为编辑所应遵守的那种时间，我说到就做到。另外，你可以记住，我并不是你说的那种'学青年风气'的人，在外面，我是青年的榜样。你是内行的领导，我只建议，做青年工作的人如只把青年当'青年'看待，他就错了。你乐于继续聘用我，并且承认我的才能，肯定我的工作成绩，认为我不是钻营关系搞人事的一类，那么你这次谈话所行使的大棒加胡萝卜，我一概都当土豆烧牛肉吃了。我之所以说这些，是因为我从不跟不是首脑的人物讨论问题，下人比上人要不堪。"

这是你走前的事，因为你要走，就没有说了，你可以知道，我这次是非常冷静的。

好笑的是，这让我在社里名气特别大，老家伙莫名其妙，青年男的侧目而视，女孩子议论纷纷，还有几个平时说几句话的女孩子来问问我，说"觉得你跟好汉似的"，我自然只是笑一声，不说这个——因为说点什么一传开，唧唧喳喳，将是要成害群之马了。

梁晴来了一封信，说南京热得要命，她成天待在屋子里，只求老小不要出事，给我们寄来一匣鸳鸯宝剑，和两个丝绒靠垫，说请你原谅没有给"小玞玞买宝贝"，因为是给我的，只有寄"宝剑"了。她从武大放假回去以后，没有回家，是住在他父亲那里，大约他父亲年事已高，的确容易热出毛病。

好，写到这里，我因天气太热，能少出去就少出去，只抽了一个晚上去看了一部美国70年代的电影——奥斯卡奖的，但影展我们那没有都订到全套票，另外看到最新版的“Lady Chatterley's lover”[1]盒带及差不多的一种，我看“Lady Chatterley's Lover”艺术性还可以，比北大放的影片要好得多，演技也还行，但确实那些拍不好，不及小说。等你回来，可以借到手你看看。这还是一本名著。

谁要“揍”你，我就揍死他。喝酒要机灵点儿。

祝身体健康！

吻你

一禾

1988.7.22

---

① 指电影《查泰莱夫人的情人》的录影带。

亲爱的玞玞：

晚上回来写几个字给你。我没有别的意思，不是贬义的。而是和自己唯一的亲人、没有什么比你更亲的了，说一说心里话。

我们将事无巨细地长久地看到对方的一切，在你的性格里有勇敢、进取、勤劳和浪漫的优点，同时也有一点，你也有比较强的肝气，在我们结为夫妻之后，我们彼此将相处最密，你的肝气我也看得会是最多的。你的情绪波动也只是与它有关，作为一个能主宰自己的人。这是我们要能够理解的，因为我们都会产生情绪波动，所以要注意，尤其在逆境中的时候。

这并不是说你给我气受，而只是指情绪波动是有影响的，作为一个有良知的男子，我是珍视你一切素质的，你的情绪波动我也理解并向着你，但我也和一切男孩子一样，更喜欢富于智慧和较多朝气的女性。

我也不是要求你改变你的性格，哪怕是肝气的部分。不，我不主张和以为能改变自己的人儿的性格的星许之处，实际上我们只有了解自己，有更多的同情心怀在自己身上，而不是改。

由于婚前事务和牵涉，你要经历一些情绪的波动，近来你的声音里无奈和对我躁的成分，我想是因为这一时期的上述缘故，但这一段是会过去的。你也说起过“我绝不改变”的话，这种肝气盛的话，不该意味着把这一段的烦扰在肝里积下去。以后日子里我也可能会出现你不在时吃饭马虎或买菜做事不到家的情况，是需要你现在不积下肝气的，那么我们就能愉快地改进这种情况。具体事情引起的指责到后来是会使事情牵涉成一堆的，那样我们就在心理上不能看见事情了。

我们是一个年轻的家庭，年轻的妻子和年轻的丈夫，年轻的妈妈和年轻的爸爸——这种父性和母性也存在于我们两人之间，而不只是孩子的，例如我们存在着互相抚慰和鼓励。——在这里我指的是年轻所带来的天然的好处，像光滑的皮肤一样总是好的，多年来我们得益于它，我们要和睦相处，也就是年轻下去。

事情并不像 O 和 AB 血型那样，我们的血里有共同的东西，不然我们不会相爱，在西安我也不会老有感动得想哭的激动了。我体会你的能力超出了一切不同的客观界限，这种联系是超过了命运的，我爱你，爱和诗都不是它们自己自足自满的，我在一切里都推行了它们，并从我们的一切里得到了它们，这是我的奋斗，正如你买美容品、洗得上桑拿浴和我为自己买两颗青菜及肉蛋维持健康一样是我的奋斗。

我是深深懂得的，这世界有着令我忧伤和悲愤之处，所以我不能停止奋斗，对其他的我认为肯定都是次要的，一个男子若是能奋斗和希望自己的话，也就得到了乐趣，这是我的无上之处和不被了解之处，使我与别人的生态不同了。这样我奔向你，亲爱的，也是逃向你，你温暖的腹地和你蓬勃的心，我和你一样珍爱它，因为除此我就流离失所了。

拥抱我，并容许我在你换衣服的时候总靠在你身边，这是人生的态度，我说的不是某件事情。我觉得我很难说出诸如此类的话，所以也可能你知道得不充分。我常常是在“不知道”里做了一个堂堂男子，只要是，花时间使人“知道”是我不肯的。

因为爱你只有一生的时间，奋斗而走在主要的天国或回家的主要街道上，也只有一生的时间。我活了，我能带到最后的就是心情愉快，这无论如何都属于“你爱我”——尽管爱是复杂的，但从全程看一个人必须得到它而不是得不到，这是我最迷恋的。我要你爱我，爱得更你我。

立了家，我要在家里等着你。我爱你。无论如何你是我的心上人。我们好了多少年！为了这个提到前面的一些要求，我就写了字；为了这个我常常由衷地感到人活着可以相信许多孤独是不足道的，孤独是无可告诉和抱怨的。

这是说我自己。而哑铃、跑步、吃饭……都是我乐于做好的。我只属于你，一定尽力！

另外说一件事，排气扇我来安，第一次费点事我们也可以安好。是锻炼不是因别的。

但我是真的恐惧在医院做婚前检查，那股药水和病人的呼吸的气味实在是不对我的情绪，没办法，还是得去。真没有积极性。

热爱你的　一禾

1988.9.29

玦玦：

亲爱的。上午我给你打了一个电话，中午 11：20 时，你们楼的一个女孩子去叫你，回来说你们屋里没有人，都不在。麦克的电话两次未拨通。

查海生和刘军[①]约我去昌平玩，说是难得都碰上，我就去一天，10 月 1 日下午回来。

结婚手续，我们过完节就办。说过节中体检的人很多。我领了机关证明，过节后在北下关领婚检表——问明在哪个指定医院体检（据说不能随便去）。然后带合影去办结婚登记。和你那边打听的大体一致。

另有一信交给你，我爱你。去玩又没有和你联系上，请你原谅。

你的　一禾[②]

工钱 119.5 元我取 19.5 元用，余下 100 元你赶紧先还了欠款。我另有 30 元汇款未取。是一篇短评。

---

① 即诗人海子与西川。
② 此信是递送之时附在上一封信前的，时间上晚一天。

张玞致骆一禾

Hi,一禾：

当我跟你在人世间作最后告别的时候,也不知说什么好了,只是憋足了气,大声地哭喊：一禾！你要去哪儿啊？你告诉我一声啊!

是啊,你现在在哪儿呢？提着你那智者与情种的头颅。

你走了之后,这北京就变成了一个人的城市,空荡而寂寥,足以让人迷失。我将你安葬在福田公墓,那里是一片果树林,春生桃花,秋含硕果,晨曦鸟鸣,黄昏落鸦,是一处好风水。

我常常过去看望你,有时候在那里一坐好几个小时,身心是麻木的,乃至有一次,一股温热的尿液缓缓地滑下我冰凉的大腿、浸湿了秋裤,我才突然惊醒,意识到已是在回家的公交车上。……羞耻啊,它提醒我还活着,活在人群里！那一夜,我真的好想自杀,比任何一个孤独的夜晚都想。

可我怎能背弃你的诗歌,忘掉你对我说的话,背叛你拒绝死亡的身影？可你,可是你又怎可将我一人抛弃在这世上,换作我怎样？为此我也是可以不原谅你的吗？

那些心里又冷又痛的日子,只有夜晚能让我安静,睡眠可以像死一样。可只要醒来,便会再一次意识到,这世界已经没有你了。那时,母亲仿佛深知我的不堪,便天天早上坐在床头等我睁眼。有时候,我半夜突然醒来,听到父亲在梦中呜咽,叫着你的名字,竟然觉得有些奇怪,因为我是哭不出梦不见的,仿佛与世隔绝。仅有一次大醉,哭得在床上打滚,醒来也浑然不知。那是你走后朋友们第一次给我过生日。

很长时间你不再出现在我的梦里,好容易有一晚我梦见你还躺在床上，与我共眠，你的腿放在我的腿上，我便一动不动，拼命抗拒着醒来的欲望，怕又再失去你的体重体温，以致半身冰瘫了，还使劲闭着眼睛。

嗨，大梦不醒啊！

渐渐地，我是习惯了没有你的日子，可冷不丁地想起来，就是迎面一击，似乎时间越久，那没了你的心情就越是绝望。

大白天的，我在厨房做饭，那是几年以后了，发现盐没了，张口就喊：一禾，拿袋盐来！其实，天花板下是一个人的，哭也只是自己能听见，所以哭又有什么意思呢？可我还是嚎啕大哭了。

即便20年过去，有一天晚上突然听见有人拿钥匙开门，我本能地惊醒了，谁拿了我的钥匙？想想没别人哪。可是随着脚步的临近，我意识到那亲切的陌生，可是你吗？就这一问便惊醒了，心狂跳得要奔出喉咙一样。我记得，你也是做过类似的梦的，仿佛隔世相逢不易相认，于是你在日记里写下了告诫，叫我别穿新的衣裳。

你说过，你怀着一个大大的奢望，如果能有下辈子，希望我们还在一起的。怀着同样的奢望，我也将无惧死亡，如你一样奋力在那忘川之水挣扎，去找你、扑向你……如果不是这样死上一回，我又怎能相信死亡是真实的？

但在死神到来之前，苟活于世，如大梦不醒一般，是怕失去了今生记忆啊，那是你给我剩下的最珍贵的东西，是来世的凭依，怎能不怕它失去啊！

活下去，度过余生，说的是剩下的日子。它唯一的意义便是教会我孤独。我这样说应该不算矫情吧？我曾经是那么习惯于有点心事便要马上找你倾诉，享受着我的心情，哪怕一个细微的动作眼神也会被你关注、被你的爱所熨帖。两人世界里的光环被生生断去，无法连接，常使我陷入这样的处境，即便半夜醒来，枕边有人，心情也是无法诉说，落泪更是自怜，不能打掉牙吞进肚子里，就只能是更加地厌烦了自己。你早说过，孤独是无可号诉的。而圣贤们也早已指出，人本就是孤独地来孤独地去，能遇到一次爱已是三生有幸，其余皆是奢望和妄念。

这些人生的动作，若非再三习练、扑倒，我又怎知道它跟我有关、乃是我的宿命呢？求死而不能地选择了活下去，希望别活得那么惨淡和难看，不算是对生活的一种奢望吧？比如说至少挣钱给自己一个体面的生活，这也是你再三强调的。或许我还是太在意形式了，比如说有个家。常有不能顺遂的时候，被人家讥讽为：你就是不能离一禾的灵魂太远啊！一再地推拒婚姻，又聊胜于无地再嫁了，最终发现婚姻也真就是一张纸的时候，那是比活着还要耻辱的。活着是为了什么呀，你明明是教会了我怎样才是爱的，可最后我也不知自己是在做什么、图什么了。

这里说的宿命，并非是成为诗歌寡妇或说我总要一辈子孤单的意思，而是我注定是要成为一个人的。这是一个完整的人，不因缺少一半而不足人格的，无须依附他人便可以拥有全部的世界的，在精神上独立自足的一个人，而在这其中，能面对和忍受孤独是多么重要的一课啊。

记得我年轻时是读过伍尔夫的《一个自己的房间》的："正因为这是事实，没有可以依靠的臂膀，我们只有独自前行，而我们的关系是与现实世界的关系，而不仅仅只是和这个男人与女人的世界相关。"多数时候我是一个人的，只是花了很久，才知道经济独立并不难，难的是自我独立，它只能经历一次次地磨砺包括失败的选择，才能被获取或再三证明你就是你自己。如伍尔夫所言，成为自己是最最要紧的，而这确实是最朴素的简单的关于活着的想法。也使得我，哪怕是一个女人，也不必将人生的心痛和艰难归罪于除自己而外的别的什么，可以一己承担生命之重或思考生命之轻吧。

于是，我早早地经历和面对了死亡，考虑着未来，如上帝允许，我会保留着足够的好奇，看看这世界还能变成什么样子、又有多少宇宙大戏将要上演吧。

谢谢你让我懂得了爱，最年轻的时候我们一起创造过一段为艺术为爱情的生活，它始终是我自救自律的基石，有过爱而就无悔是多么重要的勇气。也谢谢你让我的青春成为了诗歌，让我记得自己也曾美丽，对一个女人也就足矣，其余的都尽在人性之中。

想起你，我就觉得你这一生就如同你自己的诗里写到的那样：

我就是大地上的　炙热的火焰
焚烧着　自焚着
穿过一切又熔合一切　不同于一切
我自有震颤的形态
如冲腾的无物之物
如一团燃烧的、飞旋的子夜
我就是那个叫做：焚
的性命，一道自强的光明
父性短暂　剧烈而易死
我将久久地焚烧着
倾听你的潮声起伏不宁
并把创造中的冲突释放在心脏里
在这齐声呼喊的时候
不能看到理想
我感到阵阵心痛
而伟大的幻想　伟大的激情
都只属于个人
随身而来　随身而去

每个世纪都有人触摸它　由此竭尽
哪一首血写的诗歌
不是热血自焚
……

我是懂得你的，为此，我也不抱怨你的离去了，接受自己的宿命而努力成就一个人，多少造就些艺术与精神的生活，独自一人周游和冥想世界，与人谈心，为自己和朋友们做点美食，坚持习练瑜伽，及至那渡河的日子来临，带着来世的信念呼出最后的一口气。

就这样吧！在我们再见之前，请你多多保重。

爱你的　果树林

检